□ 矢量图效果

□ 位图效果

CMYK颜色模式原理图

□ RGB颜色模式原理图

□ "正常" 模式

□ "简单线框" 模式

□ "线框" 模式

□ "草稿" 模式

□ 绘制矩形

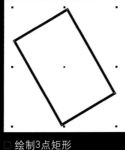

□ 绘制3点矩形

□ 绘制椭圆

□ 绘制3点椭圆

□ 星形

□ 复杂星形

□ 对称式螺旋形

□ 蜗牛

□ 多边形

□ 智能绘图工具

□ 智能填充工具

□ 选取对象

☐ 克隆对象

☐ 设置轮廓样式

☐ 倾斜对象

☐ 群组对象

☐ 擦除对象

☐ 自由旋转对象

☐ 裁剪对象

☐ 绘制短袖

☐ 绘制背心

☐ 绘制男童短袖T恤（1）

☐ 绘制男童短袖T恤（2）

☐ 绘制男童短袖T恤（3）

☐ 绘制男童装

☐ 绘制女童装

☐ 绘制女童短袖T恤

☐ 绘制鞋子

☐ 绘制腰带

☐ 绘制帽子

☐ 绘制手袋

☐ 绘制首饰

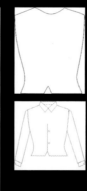

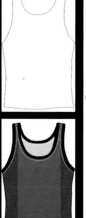

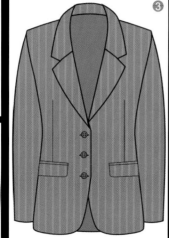

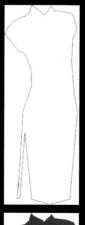

① 女士时尚背心款式设计

本例主要讲解女士时尚背心的绘制方法，案例操作以线稿绘制和上色为主。

钢笔工具、贝赛尔工具、艺术笔工具、文本工具

② 旗袍装款式设计

用户可以通过本案例了解不同类型的旗袍装绘制步骤与方法，详细讲解了服装的线稿绘制、上色处理等操作。

钢笔工具、贝赛尔工具、艺术笔工具

③ 男士西服设计

西服在男士服装中穿着非常广泛，如礼服、日常服、办公服等都以西服为主，西服一般采用同一面料，领、袖、衣长等基本固定。

钢笔工具、轮廓笔工具、图样填充

④ 夹克设计

夹克造型轻便、富有朝气，受广大男士的青睐，男士夹克要求款式简单，突出硬朗洒脱的特点。

钢笔工具、轮廓笔工具、图样填充

CorelDRAW X5
服装设计实用教程

翁小川 编著

科学出版社

内 容 简 介

CorelDRAW X5是一款优秀的矢量图形设计软件，由于功能强大、操作方便，被广泛应用于服装设计、平面设计、包装设计、书籍装帧、网页设计等领域。

本书是一本介绍CorelDRAW X5软件在服装设计领域中应用的教程，本书从实际应用出发，结合CorelDRAW X5软件的典型功能，运用大量的实例讲解CorelDRAW X5在服装设计领域的应用。本书详细介绍CorelDRAW X5的基本操作、色彩的搭配、图案的填充、女装款式、男装款式以及童装款式的绘制方法，由浅入深、内容全面、实例丰富，无论是作为服装院校设计专业及服装职业培训班的教材，还是作为服装设计从业人员与服装爱好者的参考书，都具有很高的参考价值。

图书在版编目（CIP）数据

CorelDRAW X5 服装设计实用教程 / 翁小川编著.
—北京：科学出版社，2011.9
ISBN 978-7-03-032333-0

Ⅰ. ①C… Ⅱ. ①翁… Ⅲ. ①服装—计算机辅助设计
—图形软件，CorelDRAW X5—教材　Ⅳ. ①TS941.26

中国版本图书馆 CIP 数据核字（2011）第 185459 号

责任编辑：徐兆源　张志良 / 责任校对：杨慧芳
责任印刷：新世纪书局　　/ 封面设计：林　陶

科学出版社 出版
北京东黄城根北街 16 号
邮政编码：100717
http://www.sciencep.com

中国科学出版集团新世纪书局策划
北京艺辉印刷有限公司印刷

中国科学出版集团新世纪书局发行　各地新华书店经销
*
2011年10月第 一 版　　　　开本：16 开
2011年10月第一次印刷　　　印张：19.75
印数：1—3 000　　　　　　字数：474 000

定价：36.00 元（含 1CD 价格）
（如有印装质量问题，我社负责调换）

随着电脑的普及与科技的飞速发展，数码技术已广泛运用于各个行业。在服装行业中，已广泛运用数码科技来展现时装画、效果图、结构图等。电脑技术的运用扩大了设计的空间，我们可以将手绘与电脑技术两者相互结合，使服装设计具有更多的表达方式。CorelDRAW X5是一款简单易学、操作方便的设计软件。为了帮助初学者快速运用CorelDRAW X5进行服装设计，本书采用理论加实例的写作模式，全方面涵盖了服装设计领域的相关知识，并通过大量的案例帮助初学者学会如何在CorelDRAW X5中进行灵活运用。

一、本书写作定位

本书以职业教育院校服装设计相关专业考试大纲为主线，以知识的"实用性、系统性、全面性"为写作出发点，针对服装设计相关专业教学的特点而编写。本书注重对学生动手实践能力的训练，循序渐进地加入实战训练案例，力求使学生达到学以致用的目的。

二、本书写作特点

- **知识全面，版本新颖**　结合服装设计需求，以最适合的软件版本为基础，全面地讲解了初学者应掌握的CorelDRAW X5软件操作技能。

- **实例丰富，操作性强**　结合初学者学习CorelDRAW X5软件的实际情况，以实际应用为标准，列举大量的实例来讲解CorelDRAW X5软件功能的使用，避免了传统教材枯燥、空洞等缺点。

- **理论与实践相结合**　前面6章是基础理论知识讲解，后面5章是案例讲解，并在重点章节配有"提示"、"技巧"环节，让初学者在掌握理论知识的同时，更快速地掌握使用CorelDRAW X5进行服装设计的实际应用方法，注重学练结合。

- **图文并茂，易学易懂**　本书集实用性、知识性于一体，以通俗易懂的语言和直观的图文讲解知识，并注重对学习规律、技巧和方法的总结。

三、本书内容结构

本书是一本介绍使用软件设计服装款式的专业教材，共分为11章，各章内容介绍如下。

　　第 1 章主要讲解了服装设计的基础知识、服装设计的表现形式以及电脑在服装设计领域中的应用。

　　第 2 章主要讲解了图形图像处理基础知识、启动和退出 CorelDRAW X5、CorelDRAW X5 的工作界面、页面管理与设置、显示控制、辅助工具等。

　　第 3 章主要讲解了绘制基本图形、绘制线条、智能工具的使用、选取对象、复制与粘贴对象、格式化线条与轮廓线等。

　　第 4 章主要讲解了曲线编辑操作、对象变换、改变对象的排列顺序、对齐与分布对象、群组与结合对象、查找和替换对象、切割和擦除对象、图形变形、对象造型等。

　　第 5 章主要讲解了色彩的基本原理、色彩的情感、服装色彩搭配以及使用 CorelDRAW X5 填充颜色等。

　　第 6 章主要讲解了图案的形式美法则、图案的构成形式、图案的运用以及图案的绘制方法。

　　第 7 章主要讲解了女装的分类、职业装、时尚装、休闲装、礼服的绘制方法。

　　第 8 章主要讲解了男装的分类、短袖、背心、针织衫、西服、夹克的绘制方法。

　　第 9 章主要讲解了童装的分类以及男女童装的绘制方法。

　　第 10 章主要讲解了配饰的类型与特点以及鞋子、腰带、帽子、手袋、首饰的绘制方法。

　　第 11 章主要讲解了面料的分类以及各种面料的设计方法。

　　本书写作结构为"本章导读+重点难点+基础知识+本章小结+知识与能力测试"除了讲解基础知识，还通过大量的实例进行讲述，并提供了全书配套的实例素材源文件及结果文件，用户在学习时，可以打开相关文件进行同步操作与练习，从而取得温故知新、举一反三的学习效果。

四、本书作者

　　本书由中国科学出版集团新世纪书局与前沿文化联合策划。在此向所有参与本书编创的工作人员表示由衷的感谢！

　　最后，真诚感谢读者购买本书。您的支持是我们最大的动力，我们将不断努力，为您奉献更多、更优秀的服装设计图书！本教材在编写中参考了相关学者的研究论著，采用相关网站与资讯，在此，谨向这些作者和给予本书支持的人士表示感谢。由于计算机技术发展非常迅速，加上编者水平有限，疏漏之处在所难免，敬请广大读者和同行批评指正。

作　者

2011 年 9 月

Contents 目 录

Chapter 05　服装色彩知识介绍·····································83

Chapter 01
服装设计基础

本章导读

　　本章介绍了服装设计的基础知识、服装的表现形式以及电脑在服装设计领域的应用，通过本章的学习使用户在艺术修养、审美理想、设计意图方面得以较好的发挥，为后面的设计打下基础。

重点难点

- 服装设计的表现形式
- 电脑在服装设计中的运用
- 服装的构成要素
- 电脑绘制服装画的特点

1.1　服装相关知识介绍

1.1.1　服装的概念

- **服装**：指用织物等软性材料缝制而成、穿戴于身体的物品。
- **服饰**：指衣、鞋、帽、腰带、首饰等装饰品的总称。
- **成衣**：指按照一定规格、号型成批量生产的成品服装。
- **时装**：指在一定时间、地域内为一大部分人所接受的新颖入时的时尚服装。
- **服装设计**：是运用一定的思维形式与美学规律的设计程序，将设计构思以绘画的形式表现出来，并选择适当的面料，通过相应的裁剪方法与缝制工艺完成整个创作的过程。

1.1.2　服装设计构成要素

服装是一种综合艺术，体现了材质、款式、色彩、结构和制作工艺等多方面结合的整体美，下面介绍服装设计过程的三大构成要素。

1. 款式

款式是指从造型上所呈现的构成服装的形式，是服装造型设计的主要内容。服装设计作为一门视觉艺术，其外型轮廓能给人留下深刻的印象，在服装整体设计中造型设计是最重要的环节。服装常见的外轮廓可归纳成 A、H、X、Y 四个基本型。

2. 色彩

色彩具有强烈的性格特征，不同的色彩搭配会带给人不同的视觉和心理感受，从而使人产生不同的联想和美感，具有表达各种感情的作用。服装设计中对于色彩的选择与搭配，不仅要考虑到不同对象的年龄、性格、修养、兴趣与气质等相关因素，还应考虑到在不同的社会、政治、经济、文化、艺术、风俗和传统生活习惯的影响下，人们对色彩的不同情感反映。

3. 面料

面料是服装最表层的材料，任何服装都是通过对面料的选用、裁剪、制作等工艺处理而成，以达到穿着展示的目的。服装设计要取得良好的效果，必须充分发挥面料的性能和特色，使面料特点与服装造型、风格完美结合，相得益彰。因此，了解不同面料的外观和性能的基本知识，如肌理织纹、图案、塑形性、悬垂性以及保暖性等，是做好服装设计的前提。

1.1.3　服装设计原则

服装设计原则是指服装设计所遵循的基本规范，包括实用性、审美性、经济性三个基本原则，在进行设计时，可将这三点完美结合。

1. 实用性

大部分服装具有一定的实用功能，在设计时应考虑到面料与辅料之间搭配的合理性、新颖性，服装设计的前提必须满足人们生活中的穿着需要和对面料的舒适性需求，以及进行各项活动时起到保护身体的作用。

2. 审美性

服装不断被淘汰、翻新，使之演变得更具有流行性、时间性，从而形成别具一格的风采。设计出舒适美观的服装弥补人体体形的不足、增强美感是服装设计的主要原则，体现了服装与人体的整体美、艺术美，反映出服饰文化的时尚主题。这也是服装设计的审美追求所在。

3. 经济性

设计服装时，合理用料是降低服装成本的最关键因素。批量化的服装设计其款式应尽量简洁，因为在制作时需要的劳动量变小，生产时间缩短，所支付的工资减少，其成本也就自然降低了。

1.1.4 服装设计流程

服装设计过程包含：收集资料→规划设计风格→确定设计方案→样衣制作→审查样衣→绘制产品设计正稿→下单。

1. 收集资料

在设计构思之前，需要收集相关信息以了解市场状况，做好充分调查，明确设计任务，分析产品在市场中的潜在性，明确穿着对象及穿着目的等。

2. 规划设计风格

通过对市场调查，分析流行色、流行元素、流行面料、流行款式等细节。绘制草图或者表达创意的服装效果图时，融入自己对艺术的独特理解，并附上设计主题、色系规划、大类规划以及成本规划等。

3. 确定设计方案

设计草图通过后，可进一步深化技术细节，如色彩、面料、款式及后期处理几个方面，来确定与创意相吻合的面料及辅料等。

4. 样衣制作

在绘制完草图后，可进行打版制作样衣，确定其比例、尺寸，画出剪裁的样式以及其构成部分，通过样衣进一步审查设计方案，并且计算工时，编制工序，安排车间生产计划。

5. 审查样衣

将制作完成的样衣，由设计总监或设计部门的相关人员对产品进行研究审核，判断产品是否符合市场，并对产品提出修改建议。

6. 绘制产品设计正稿

对样衣进行修改后，应及时对设计稿款式、图案、面料进行修改，以确保其正确性。

7. 下单

确定完成修改设计稿之后，制作好工业性样衣和制定完成技术文件（包括扩号纸样、排料图、定额用料、操作规程等），即可开始批量生产了。

1.1.5 服装风格介绍

服装风格指一个时代、一个民族、一个流派或一个人的服装在形式和内容方面所显示出来的艺术特色。独特的风格设计是每一位设计师必须具备的素质，也是服装行业的学生应予培养的能力。服装设计追求的境界说到底是风格的定位和设计，服装风格表现了设计师独特的创作思想和艺术追求，也反映了鲜明的时代特色，下面介绍常见的服装设计风格。

1. 民族风格

民族风格是一个民族在长期的发展过程中形成的艺术特征，中国民族服饰主要包括旗袍、唐装等，民族服饰以绣花、印花、蜡染、扎染为主要工艺，一般以棉和麻为面料，如图 1-1 所示。

2. 都市风格

现代都市风格主要是以典雅、浪漫、色彩素雅沉着、品味端庄、俏皮、活泼，线条简练，来装饰体现生活方式的一种风格，如图 1-2 所示。

图 1-1　民族风格　　　　　　　　　　图 1-2　都市风格

3. 休闲风格

休闲风格以轻松、自由为主，设计线条活泼、俏皮，色彩多变，艳丽与素雅并存，给人以轻松、祥和的感觉，如图 1-3 所示。

4. 中性风格

中性服装属于非主流的另类服装，随着社会的发展，人们寻求一种毫无矫饰的个性美，性别不再是设计师考虑的全部因素，介于两性中间的中性服装成了街头一道独特的风景。中性风格的服装常以简约的造型体现女性在社会竞争中所显示出的独立和自信，如图1-4所示。

图1-3　休闲风格

图1-4　中性风格

5. 前卫风格

前卫风格主要受波普艺术和抽象派别艺术影响，造型特征富于幻想、设计新奇、用色大胆，追求标新立异、不拘一格的反叛形象，常常以夸张、卡通的手法处理款式、色彩。面料之间的关系，如图1-5所示。

6. 田园风格

田园风格追求的是一种原始、自然、淳朴的美，即以传统农耕生活中的织物服饰为目标，以棉布、麻布的自然花卉图案连衣裙为典型代表，追求平静单纯的生活空间，向往大自然，具有一种平静、恬适又可爱的风格特点，如图1-6所示。

图1-5　前卫风格

图1-6　田园风格

7. 学院风格

学院风格是指保持低调又追求生活品质的人们热爱穿着校园学生的服装，如白衬衫、百褶裙、针织衫等种类，以体现出学生般的气质，如图 1-7 所示。

8. 浪漫风格

浪漫风格是近年来服装设计的主流，反对艺术上的刻板僵化，善于抒发对理想的热烈追求，常以丰富的想象和夸张的手法塑造形象，将主观、非理性、想象融为一体，使作品更具个性化，更具生命的活力。浪漫风格的特点是帽饰，注重整体曲线的动感表现，使服装能随着人体的摆动而显现出轻快飘逸的感觉，如图 1-8 所示。

图 1-7　学院风格

图 1-8　浪漫风格

1.2　服装设计的表现形式

如今，服装画越来越为人们所重视，它的功能不断扩大，形式也不断增多。最初主要作为服装的设计效果图，后来经过不断的发展，成为一种表现丰富的艺术形式，服装画能直接反映服装的风格特征，广泛运用于服装广告、宣传与插图等领域，下面介绍服装设计的表现形式。

1.2.1　时装画

时装画是设计师通过构思将服饰着装后的情形用绘画的形式展现出来。时装画属于商业性绘图，多用于广告宣传，强调绘画技巧，突出整体的艺术气氛与视觉效果，具有真实感与立体感，如图 1-9 所示。

图 1-9　时装画

1.2.2　服装效果图

服装效果图用于表达服装艺术的构思效果与要求，强调设计的新意，注重服装的整体形态以及艺术效果，以传达设计者的意图，保证成衣在艺术和工艺技术上都能完美地体现。如范思哲 Versace 服装设计图，如图 1-10 所示。

图 1-10　服装效果图

1.2.3　服装平面款式图

服装平面款式图用于表现服装的平面形态和细节部分，注重对服装结构以及装饰线的描绘，以利于服装结构的表达。服装款式图能更清楚地表达制作意图与要求，如褶皱、纽扣、口袋等位置，在表现上尽量注明局部设计、工艺说明、面料小样的选择等，如图 1-11 所示。

图 1-11　服装款式图

1.2.4　服装作品赏析

当今，国外服装画艺术大师的作品风格多样、形式新颖，具有独特的欣赏价值。通过时装画，设计师可以表达新颖的设计思想，以展现服装美的精髓与灵魂。时装界知名的服装设计大师所绘制的设计图堪称服装设计效果图中的经典之作。在欣赏大师作品的同时，可以学习到大师对色彩的驾驭和灵感的捕捉能力。

1. David Downton

David Downton 是来自英国的一名时尚插画家，也是一位在时尚界有着权威影响力的时装画大师，他的作品款式简约，人体形态优美、线条流畅，深受人们的追捧，如图 1-12 与图 1-13 所示。

图 1-12　David Downton 作品（1）

图 1-13　David Downton 作品（2）

2. Rene Gruau

　　法国著名画家 Rene Gruau 作为 20 世纪最具影响力之一的插画大师，他的插画与 Dior 在 50 年代推出的 New Look 风格紧密结合，流畅大气的线条勾勒出明显的女性曲线，修身、高雅、大气，色彩则是大面积色块的泼洒，这些插画与人们脑海中的 Dior 服饰产生了不可分割的联系，如图 1-14 与图 1-15 所示。

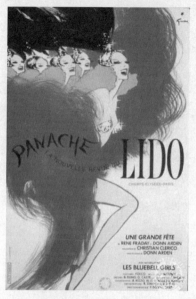

图 1-14　Rene Gruau 作品（1）

图 1-15　Rene Gruau 作品（2）

3. Arturo Elena

　　Arturo Elena 是来自西班牙的著名时装插画师，他的作品在全球最著名的刊物上发表，是当今西方时装摄影界中首屈一指的风格主义大师，如图 1-16 与图 1-17 所示。

图 1-16　Arturo Elena 作品（1）

图 1-17　Arturo Elena 作品（2）

4. Gianni Versace

Gianni Versace 是意大利高级时装设计师，其作品人体比例适当、色彩变化丰富、服装图案精细、设计风格华美，既别具一格，又有很强的艺术气息，如图 1-18 所示。

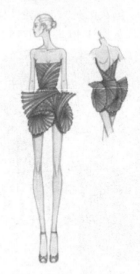

图 1-18　Gianni Versace 作品

5. Romaine de Tiroff

原籍苏联的画家及时装设计师 Romaine de Tiroff，他的作品充满创意和想象力，其深厚的美术功底，使他的作品备受推崇，其画风很好地表现了法式的新装饰主义，极富异域特色和神秘主义，如图 1-19 与图 1-20 所示。

图 1-19　Romaine de Tiroff 作品（1）　　　　图 1-20　Romaine de Tiroff 作品（2）

6. Sophie Griotto

法国插画家 Sophie Griotto 的风格主打女性服装，且缤纷艳丽，无论走个性还是优雅路线，笔下的女郎都是清一色的艳色红唇。丰富的场景充满了生活的味道，如图 1-21 与图 1-22 所示。

图 1-21　Sophie Griotto 作品（1）　　　图 1-22　Sophie Griotto 作品（2）

7. Enakei

Enakei 是韩国著名的插画家，作品以唯美著称，其画风浪漫委婉，时而朦胧忧伤，时而明朗欢快，画面干净，色调柔和，令人感觉很温暖，如图 1-23 与图 1-24 所示。

图 1-23　Enakei 作品（1）　　　图 1-24　Enakei 作品（2）

1.3 电脑在服装设计领域的应用

数字化时代的到来，给人们生活的各个方面带来了巨大的变化，尤其是对视觉艺术的巨大冲击。电脑在艺术领域的应用越来越广泛，数码艺术这一新颖的艺术形式随着电脑的发展和数字化时代的到来而诞生。

1.3.1 电脑绘图的特点

电脑技术的运用与发展扩大了设计空间，为服装设计专业的拓展起到了很好的作用，借用电脑技术，可以使服装设计具有更为广阔的表达方式，下面介绍电脑绘制服装画的特点。

1. 强大的工具和丰富的表现手法

电脑绘图表现方式多种多样，在使用电脑绘制图像时，用户可运用各种画笔工具设置出画笔的大小、粗细、样式等进行绘制，也可修改款式，调整颜色明暗，调换背景，操作时非常方便灵活。

2. 方便、高效、快速的绘图特点

在使用电脑绘图时，可以将图形填充不同的颜色进行效果对比。而手绘作品线稿与颜色一旦完成后，则很难修改，如果效果不理想，就只能重新画。与手绘服装画相比，电脑绘图具有方便、快速的特点。但电脑绘图不像手绘作品具有一定的随意性与偶然性，两者各具特色，电脑绘画是手绘的补充与拓展，在实际表现过程中，可以将手绘与电脑相结合，如将手绘完成的作品扫描至电脑中，再进行修改、加工，两种方式综合运用，以达到最完美的结合。

1.3.2 辅助设计的设备

在设计中，可以使用扫描仪、数码照相机、数位板、打印机等辅助设备，方便设计师进行绘制、编辑、修改图形，以拓展设计表现方式，加快设计速度。

1. 扫描仪

扫描仪的种类很多，可分为手持式、平板式和滚筒式三种，分辨率是扫描仪最主要的技术指标，它决定了扫描仪记录图像的精细度，单位为 dpi（像素），通常用每英寸长度上扫描图像所含有像素点的个数来表示。用户可使用扫描仪将线稿扫描至电脑中，进行上色、添加图案和纹理等后期制作。

2. 数码照相机

数码照相机是一种普通的电子设备，具有轻便、灵活的特点，方便携带与使用。它采用数字格式录制运动或者静止的图像，通过 USB 接口将存储在存储卡或硬盘中的资料传送至电脑中。

3. 数位板

数位板是一种输入设备，功能与键盘和鼠标一样。数位板为用户提供了新的创作工具和创作条件，将电脑绘图与手绘完美结合，在使用数位板时可以使用压感笔在数位板上直接绘制，以达到在纸上手绘作画时灵活自如的效果。

4. 打印机

打印机是最基本的输出设备之一，用于将电脑处理结果打印在相关介质上，即可以通过打印机打印出在电脑上绘制的作品。

1.3.3 常用的设计软件

在绘制服装画、效果图、款式图时，常常使用到图像处理软件 Photoshop、平面设计软件 CorelDRAW 以及服装打版软件服装 CAD，运用各种软件可以使设计达到完美的效果。

1. Photoshop

Photoshop 是目前较为常用的图像处理软件，通过使用软件中的图层、路径、命令菜单以及多种工具对图像进行编辑，并对图像的颜色、形象进行调整，同时还可以对图像添加特殊效果等。

2. CorelDRAW

CorelDRAW 是一款基于矢量的图像编辑软件，图像不受分辨率的限制和影响，可以随意缩放而不会出现锯齿，在使用 CorelDRAW 时，可以轻松地绘制各种标志、图案以及插图。CorelDRAW 中线条的表现也有不同的含义，实线表示服装的结构分割，虚线表示线迹，粗实线主要起区别作用。使用 CorelDRAW 软件绘制服装款式图可以更直观地表达服装款式、比例，更接近成衣的效果。

3. CAD

服装 CAD 是服装 Computer Aided Design 的缩写，中文名称是服装计算机辅助设计软件。服装 CAD 主要用于服装的打版、排版、放码和推版等。服装 CAD 可以存储大量款式和花样供设计师选择和修改，以提高工作效率，减少工作量。

1.4 本章小结

本章主要介绍了服装的基础知识、服装设计的表现形式，以及电脑在服装设计领域的应用，通过本章的学习，用户可掌握服装设计基础知识，并认识时装画、服装效果图，以及服装款式图的区别，还应了解电脑绘图的方便性、灵活性等特点。

1.5　知识与能力测试

1. 选择题

（1）以传统农耕生活中的织物服饰为追求目标，以棉布、麻布的自然花卉图案连衣裙为典型代表的是（　　）。

A. 中性风格　　　　B. 休闲风格　　　　C. 学院风格　　　　D. 田园风格

（2）多用于广告宣传，强调绘画技巧，突出整体的艺术气氛与视觉效果被称为（　　）。

A. 服装款式图　　　B. 时装画　　　　　C. 服装效果图　　　　D. 服装结构图

2. 填空题

（1）按照一定规格、号型成批量生产的服装称为_____。

（2）服装设计构成的三大要素是_____、_____、_____。

3. 简答题

（1）简述服装设计流程。

（2）简述电脑绘制服装效果图的特点。

Chapter 02

CorelDRAW X5 快速入门

本章导读

CorelDRAW X5 是一款强大的绘图软件，广泛应用于设计和绘图领域。本章主要讲解使用 CorelDRAW X5 进行服装设计的入门知识与基本操作，包括图形图像处理基础知识、启动和退出 CorelDRAW X5、CorelDRAW X5 的文件操作、图像基础知识、辅助工具的使用等知识。

重点难点

- 启动和退出 CorelDRAW X5
- 熟悉 CorelDRAW X5 的工作界面
- CorelDRAW X5 的基本操作
- 辅助工具的使用
- 页面管理
- 图形图像处理的基础知识

2.1 图形图像处理基础知识

在使用 CorelDRAW 进行服装设计之前，首先需要了解一些图形图像处理的基础知识，例如，矢量图和位图的区别、颜色模式和文件的存储格式等。

2.1.1 矢量图和位图

在电脑设计领域中，图像基本上可分为矢量图和位图两类，矢量图与位图各有优缺点，适用于不同的场合。

（1）矢量图又称向量图，可以对其进行大小缩放，而不会出现失真现象。矢量图的形状容易修改和控制，但色彩层次不如位图丰富和真实。常用的矢量绘制软件有 Adobe Illustrator、CorelDRAW、FreeHand、Flash 等。矢量图放大效果如图 2-1 所示。

图 2-1　矢量图放大效果

（2）位图也叫做点阵图、栅格图、像素图，简单地说，就是由像素点构成的图，对位图过度放大就会失真。构成位图的最小单位是像素点，位图是由像素阵列的排列来实现其显示效果的，常见的位图编辑软件有 Photoshop、Painter、Fireworks、Ulead PhotoImpact、光影魔术手等。位图放大效果如图 2-2 所示。

图 2-2　位图放大效果

提示 位图本质上是由二维连续排列的正方形栅格构成的，这些栅格又叫"像素"，是位图的最小单位。"像素"不仅是位图的最小单位，也是屏幕显示的最小单位。在 Windows 操作系统、Mac OS 操作系统中设置屏幕大小的单位就是像素，并且每个像素都会被分配一个颜色值。

2.1.2　颜色模式

颜色模式是定义颜色值的方法，不同的颜色模式使用特定的数值定义颜色。常见的颜色模式包括 RGB 颜色模式、CMYK 颜色模式、Lab 颜色模式等。

1. RGB 颜色模式

RGB 颜色模式是通过光的三原色红、绿、蓝进行混合产生丰富的颜色。绝大多数可视光谱都可表示为红、绿、蓝三色光在不同比例和强度上的混合。原色红、绿、蓝之间若发生混合，则会生成青、洋红和黄色等色彩。

RGB 颜色模式也被称为"加色模式"，因为将 R、G、B 混合在一起可产生白色。"加色模式"用于照明光、电视和电脑显示器。例如，显示器通过红色、绿色和蓝色荧光粉发射光线产生颜色，如图 2-3 所示。

2. CMYK 颜色模式

CMYK 颜色模式的应用基础是在纸张上打印和印刷油墨的光吸收特性。当白色光线照射到透明的油墨上时，将吸收一部分光谱，没有吸收的颜色将反射回人的眼睛。

混合青、洋红和黄色可以产生黑色，或通过三色相减产生所有颜色，因此，CMYK 颜色模式也称为"减色模式"。因为青、洋红和黄色不能混合出高纯度的黑色，所以加入黑色油墨可以实现更好的印刷效果。将青、洋红、黄、黑色油墨混合重现颜色的过程称为四色印刷，如图 2-4 所示。

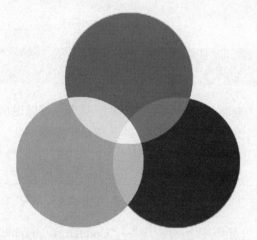

图 2-3　RGB 颜色模式原理图

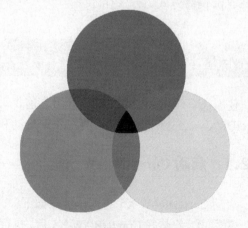

图 2-4　CMYK 颜色模式原理图

3. Lab 颜色模式

Lab 颜色模式是色域最广的一种颜色模式，能够表现正常人眼视力能够看到的所有颜色。因为 Lab 颜色模式描述的是颜色的显示方式，而不是设备（如显示器、桌面打印机或数码相机）生成颜色所需的特定颜色，所以 Lab 颜色模式是一种与设备无关的颜色模式。色彩管理系统使用 Lab 颜色模式作为标准，可以将颜色值从一个色彩空间转换到另一个色彩空间，而不会产生偏色。

2.1.3　文件存储格式

为了便于文件编辑和输出，需要将设计作品以一定的格式存储在电脑中。图像格式就是将对象数据存储于文件中所采用的记录格式。下面介绍几种常见的矢量文件存储格式。

1. CDR 格式

CDR 是一种矢量图文件格式，是 CorelDRAW 的专用图形文件格式。CDR 文件格式可以记录文件的属性、位置和分页等，但其兼容性比较差，只能使用 CorelDRAW 应用程序进行打开和编辑，而使用其他图像编辑软件通常打不开此类文件。

2. AI 格式

AI 是一种矢量图形文件格式，使用 CorelDRAW、Illustrator、Freehand、Flash 等软件都可以打开并进行编辑。在 Photoshop 软件中可以作为智能对象打开，如果使用传统方式打开，则会将其转换为位图。

3. EPS 格式

EPS 文件虽然采用矢量格式记录文件信息，但是也可以包含位图图像，而且将所有像素信息整体以像素文件的记录方式进行保存。而对于像素图像的组版剪裁和输出控制信息，如轮廓曲线的参数、加网参数和网点形状、图像和色块的颜色设备特征文件等，都用 PostScript 语言方式另行保存。

2.2　启动和退出 CorelDRAW X5

使用 CorelDRAW X5 进行绘图之前，首先要将其启动，完成图像绘制后，可以退出 CorelDRAW X5 操作界面，下面将介绍启动和退出 CorelDRAW X5 的具体操作方法。

2.2.1　启动 CorelDRAW X5

启动 CorelDRAW X5 的具体步骤如下。

Step 01 安装好 CorelDRAW X5 后，执行"开始"→"所有程序"→"CorelDraw Graphics Suite X5"→"CorelDRAW X5"命令，即可启动 CorelDRAW X5。启动过程会出现启动界面，如图 2-5 所示。程序启动完成后，将进入欢迎屏幕，如图 2-6 所示。

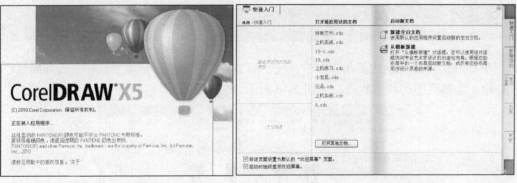

图 2-5 启动界面   图 2-6 欢迎屏幕

提示
在 CorelDRAW X5 的欢迎界面中，取消选中左下角的"启动时始终显示欢迎屏幕"复选框，下次启动 CorelDRAW X5 时将不会显示欢迎界面。

Step 02 在"欢迎屏幕"中单击"新建空白文档"选项，弹出"创建新文档"对话框，如图 2-7 所示。单击"确定"按钮即可进入 CorelDRAW X5 的工作界面，并自动创建一个默认空白页面，如图 2-8 所示。

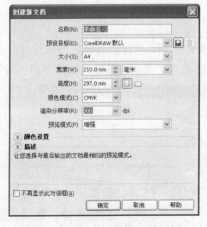

图 2-7 "创建新文档"对话框

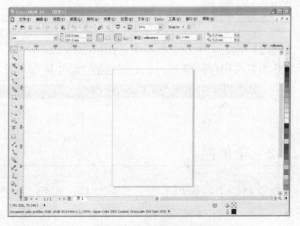

图 2-8 新建的空白文档

2.2.2 退出 CorelDRAW X5

完成文件编辑后，可以退出 CorelDRAW X5 软件，具体操作方法如下。

执行"文件"→"退出"命令，如果当前编辑文件未保存，将弹出提示对话框，询问用户是否保存当前文件，用户可以根据实际情况决定是否保存文件，如单击"是"按钮，将保存当前编辑文件，并退出 CorelDRAW X5 软件，如图 2-9 所示。

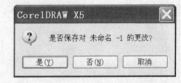

图 2-9 询问对话框

技巧
单击窗口右上角的 X 按钮，或者按 Alt＋F4 快捷键也可以退出 CorelDraw X5 软件。

2.3　CorelDRAW X5 的工作界面

在 CorelDRAW X5 的工作界面中，包括标题栏、菜单栏、标准工具栏、工具属性栏、工具箱、绘图页面和状态栏等，如图 2-10 所示。

图 2-10　CorelDRAW X5 工作界面

2.3.1　标题栏

标题栏位于工作界面最顶端，在标题栏中显示了 CorelDRAW X5 软件的名称、当前打开并激活文件的名称和存储位置。右上方包括"最小化"、"向下还原"、"关闭"按钮，如图 2-11 所示。

图 2-11　标题栏

2.3.2　菜单栏

菜单栏位于标题栏下方，包括文件、编辑、视图、布局、排列、效果、位图、文本、表格、工具、窗口和帮助 12 组菜单命令。执行菜单命令时，单击相应的组菜单，在弹出的子菜单中选择相应的命令即可。组菜单和部分子菜单如图 2-12 所示。

图 2-12　菜单栏

2.3.3　标准工具栏

标准工具栏中集成了一些常用命令的操作按钮，单击操作按钮即可执行相应的命令，不再需要依次从菜单中选择相应的命令，如图 2-13 所示。

图 2-13　标准工具栏

在标准工具栏中，常用的命令按钮功能如下。

- "新建"按钮：单击此按钮，可以新建一个空白图形文件。
- "打开"按钮：单击此按钮，将弹出"打开绘图"对话框，在对话框中选择需要打开的文件即可。
- "保存"按钮：单击此按钮，可以保存当前正在编辑的文件。
- "打印"按钮：单击此按钮，可以打印当前正在编辑的文件。
- "剪切"按钮：单击此按钮，可以剪切当前选择的对象，并将此对象放置到剪贴板中。
- "复制"按钮：单击此按钮，可以复制当前选择的对象，并将此对象放置到剪贴板中。
- "粘贴"按钮：单击此按钮，可以将剪切或复制的对象粘贴到当前文件的绘图区域中。
- "撤销"按钮：单击此按钮，可以撤销上一次的操作。
- "恢复"按钮：单击此按钮，可以恢复撤销的操作。
- "导入"按钮：单击此按钮，可以导入 CorelDRAW 格式文件和使用"打开"命令不能打开的文件。
- "导出"按钮：单击此按钮，可以将文件或选定对象输出为其他指定格式的文件。
- "应用程序启动器"按钮：单击此按钮，可以打开相应的下拉列表，单击选定的选项即可打开相应的 Corel 应用程序。

> **提示**
>
> 应用程序启动器下拉列表框中的常用程序功能如下。
>
> 选择Ⅲ Corel BARCODE WIZARD应用程序，可以打开"条码向导"对话框，"条码向导"对话框会指导用户生成自定义条形码。
>
> 选择 Corel PHOTO-PAINT应用程序可以打开和编辑位图。
>
> 选择 Corel CAPTURE应用程序是一个截图软件，可以用来截取图片。
>
> 选择 Corel CONNECT应用程序可以协助用户在电脑上即时寻找图形、样本、字型及图像，加快工作流程速度。

2.3.4　工具属性栏

工具属性栏会根据当前选择的工具显示相应的属性选项，用户可以对当前选择的工具进行属性设置。如"选择工具"属性栏，如图 2-14 所示。

图 2-14　"选择工具"属性栏

2.3.5 工具箱

在工具箱中，集成了 CorelDRAW X5 中常用的绘图工具按钮，移动鼠标到工具按钮上，短暂停留后，系统将显示此工具的名称、快捷键和使用范围。

在工具按钮右下角有三角按钮的位置，按鼠标左键，短暂停留后，可以显示此工具组的所有工具，移动鼠标光标到需要选择的工具上，释放鼠标后即可选择相应的工具。部分工具箱如图 2-15 所示。

图 2-15 部分工具箱

2.3.6 泊坞窗

执行"窗口"→"泊坞窗"命令，在打开的子菜单中可以选择开启相应的泊坞窗，泊坞窗是一种工作面板，其中集成了 CorelDRAW X5 中各类管理和编辑命令。

泊坞窗默认被嵌入在工作界面的右侧，用户可以根据操作习惯，拖动泊坞窗到工作界面的任意位置。各种泊坞窗如图 2-16 所示。

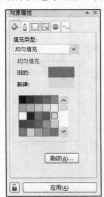

图 2-16 常用泊坞窗

> **技巧** 在泊坞窗的标题栏双击鼠标左键，分离泊坞窗为浮动的面板，拖动泊坞窗顶部的标题栏，就可以任意拖动泊坞窗的位置。

2.3.7 调色板

调色板用于设置对象的填充和轮廓颜色，放置在工作界面的右侧，默认以 CMYK 印刷模式显示颜色色块，如图 2-17 所示。如果用户需要对文档调色板进行编辑，如编辑颜色、删除颜色和添加颜色等，可执行"工具"→"调色板编辑器"命令，在打开的"调色板编辑器"对话框中对文档调色板进行编辑，如图 2-18 所示。

如果需要在工作界面放置其他颜色模式的调色板，可以执行"窗口"→"调色板"命令，在展开的子菜单中选择相应的调色板即可，如图 2-19 所示。

图 2-17　默认 CMYK 调色板

图 2-18　调色板编辑器

图 2-19　调色板菜单

2.3.8　绘图区域

绘图区域是用户可以在其中进行图形绘制和文件编辑的操作区域，除去工作界面中的标题栏、菜单栏、标准工具栏、工具属性栏、工具箱、标尺、泊坞窗，其他可绘制区域都可称为绘图区域。

2.3.9　绘图页面

默认状态下，CorelDRAW X5 中的绘图页面为 A4 大小，用户可以根据输出需要，自定义绘图页面的尺寸和方向。绘图页面是指在绘图区域中生成的矩形带阴影的页面范围。当文件用于打印或后期输出时，文件内容要放置到绘图区域中，否则将会影响正常输出。

2.3.10　状态栏

状态栏位于工作界面的底部，用于显示当前文件的相关信息和选择对象的位置，在状态栏右侧，显示了当前选择对象的填充和轮廓信息，如图 2-20 所示。双击需要调整的选项即可打开相应的对话框，进行填充和轮廓笔设置。

图 2-20　状态栏

2.4　CorelDRAW X5 的文件操作

文件操作是进行文件处理的基础。在进行设计工作前，首先要新建一个空白文件或者打开已有的设计文件，在文件编辑过程中，可以查看文档信息随时掌握文件状态，完成设计后需要保存所有的设计成果。

2.4.1 新建文件

新建文件时，系统默认新建图形文件的绘图页面大小为"A4（210mm×297mm）"，方向为"纵向"，新建空白图形文件的方法有以下三种。

- **方法一**：启动 CorelDRAW X5 程序，进入欢迎屏幕后，单击"新建空白文档"选项。
- **方法二**：执行"文件"→ "新建"命令或者按 Ctrl+N 快捷键即可。
- **方法三**：单击标准工具栏中的"新建" 按钮。

新建空白文件时，会弹出一个"创建新文档"对话框，在对话框中可以设置文件名称、文件大小、原色模式等选项。

2.4.2 打开文件

CorelDRAW X5 只能打开文件扩展名为.cdr 的文件，即 CorelDRAW X5 的默认文件，其他图像格式文件可以通过导入的方式进行编辑，打开扩展名为.cdr 文件的具体操作步骤如下。

Step 01 执行"文件"→"打开"命令或者按 Ctrl+O 快捷键，也可以单击标准工具栏中的"打开" 按钮，将弹出"打开绘图"对话框。

Step 02 单击"查找范围"下拉按扭，在弹出的下拉列表中查找文件保存的位置，然后在文件列表框中选择要打开的文件，单击"打开"按钮，即可打开此文件，如图 2-21 所示。

图 2-21 "打开绘图"对话框

 技巧 在"打开绘图"对话框的"查找范围"下拉列表中按住 Shift 键进行单击或者框选，可以同时选中多个连续排列的文件；按住 Ctrl 键进行单击则可以选择不连续排列的多个文件，完成文件选择后，单击"打开"按钮，可以同时打开选中的多个文件。

2.4.3 保存与关闭文件

完成文件编辑后，需要对文件进行保存，以方便下一次编辑或者进行胶片输出。在 CorelDRAW X5 中保存文件的具体方法如下。

Step 01 执行"文件"→"保存"命令或者按 Ctrl+S 快捷键，如图 2-22 所示，也可以单击标准工具栏中的"保存" 按钮。

Step 02 弹出"保存绘图"对话框，单击"保存在"下拉按钮，在弹出的下拉列表中选择保存文件的位置，在"文件名"文本框中输入文件名称，在"保存类型"下拉列表中选择文件保存的类型，完成设置后，单击"保存"按钮即可，如图 2-23 所示。

图 2-22 执行"保存"命令

图 2-23 "保存绘图"对话框

> **技巧**
> 如果既要保存文件的修改，又要保存原来的文件，可执行"文件"→"另存为"命令，在弹出的"保存绘图"对话框中修改文件名和存储位置后，再单击"保存"按钮即可。

Step 03 执行"文件"→"关闭"命令，或者单击菜单栏右侧的"关闭" × 按钮可以关闭当前打开的文件；如果要关闭当前运行的所有文件，可以执行"文件"→"全部关闭"命令。

2.4.4 "导入"与"导出"文件

导入命令可以将非 CorelDRAW 文件导入到 CorelDRAW 中进行编辑，完成图形编辑后，还可以使用导出命令将文件存储为需要的格式。

1. "导入"命令

将非 CorelDRAW 文件导入到 CorelDRAW 中进行编辑，具体操作步骤如下。

Step 01 执行"文件"→"导入"命令或者单击标准工具栏中的"导入" 按钮，弹出"导入"对话框；在"查找范围"下拉列表中选择导入文件的具体路径，在"文件类型"下拉列表中选择所要导入的文件格式，在文件列表中选择所要导入的文件，单击"导入"按扭，如图 2-24 所示。

Step 02 鼠标指针变为图 2-25 中左上所示的形状后，单击或拖动即可导入文件。

图 2-24 "导入"对话框

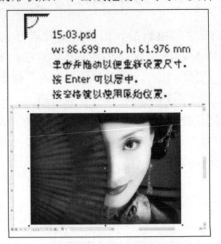

图 2-25 导入文件

技巧 在"导入"对话框中，选中"外部链接位图"复选框后，导入的位图可以与外部位图链接，外部位图的所有修改都会反应到导入的位图上；选中"合并多层位图"复选框，可以使导入的多图层位图合并为一个图层；选中"保持图层和页面"复选框，可以使导入的多图层和多页面文件保持原有的图层和页数。

2."导出"命令

"导出"命令可以将当前绘制的图形或文本以不同的文件类型和格式导出并保存在硬盘或其他存储设备中。导出文件的具体操作步骤如下。

Step 01 选择所要导出的对象，如图 2-26 所示。

Step 02 执行"文件"→"导出"命令或者单击标准工具栏中的"导出"按钮，弹出"导出"对话框，在"保存在"下拉列表中选择保存的位置，在"文件名"文本框中输入文件名称，在"保存类型"下拉列表中选择保存类型，选中"只是选定的"复选框，单击"导出"按钮即可，如图 2-27 所示。

图 2-26 选择导出对象

图 2-27 "导出"对话框

提示　　在绘制服装设计图时，使用快捷键可以大大提高工作效率。"导入"命令的快捷键是 Ctrl+I，"导出"命令的快捷键是 Ctrl+E。

2.5　显示控制

绘制或浏览图形时，使用不同的视图显示模式和显示比例，可以使用户更清晰地查看对象的细节，更方便地对其进行对齐、节点编辑等操作。

2.5.1　图形显示模式

在 CorelDRAW X5 的"视图"菜单中可以选择"简单线框"、"线框"、"草稿"、"正常"、"增强"、"像素"六种基本显示预览模式。

1．"简单线框"和"线框"模式

在"简单线框"模式下，矢量图将只显示绘图轮廓，位图则显示为单色，如图 2-28 所示。"线框"模式是在简单线框的基础上显示绘图及中间的调和形状，如图 2-29 所示。

图 2-28　"简单线框"模式　　　　　图 2-29　"线框"模式

2．"草稿"和"正常"模式

在"草稿"模式下可以减少图形中的某些细节，使用户能够观察对象的颜色是否均衡，如图 2-30 所示。"正常"模式下，图形按正常状态显示，位图会以高分辨率显示，如图 2-31 所示。

图 2-30　"草稿"模式　　　　　图 2-31　"正常"模式

3. "增强"和"像素"模式

在"增强"模式下，系统将以高分辨率显示位图，使用此模式显示复杂的图形时，会耗用较多内存和运算时间；"像素"预览模式可以以实际像素单位创建和查看绘图。

> **提示** 使用"模拟叠印"模式，可以模拟重叠对象的区域颜色；"光珊化复合效果"模式可以光珊复合的图像效果。

2.5.2 缩放与平移

在进行服装设计时，可以对图稿视图进行缩放和平移，用户可以根据实际需要调整视图大小和位置。

1. 缩放

在进行对象编辑时，可以放大或缩小对象的局部显示区域，以便观察对象或进行更细致的编辑处理。

单击工具箱中的"缩放工具" 按钮，鼠标指针变为 形状，在对象上单击，即可将对象逐步放大。如果使用"缩放工具" 在对象上按鼠标左键并拖动鼠标，将出现一个选取框，释放鼠标后，选取框内的对象区域将在工作区中被最大限度地放大显示，如图 2-32 所示。

图 2-32　放大视图

> **提示** 使用"缩放工具"在对象上单击，可使显示区域放大两倍；在对象上单击鼠标右键，可使显示区域缩小一半。

2. 平移

当视图放大尺寸超过工作区域而无法显示全部对象时，可以使用平移工具移动视图。选择缩放工具组中的"平移" 按钮，在对象上按住鼠标左键拖动，即可移动视图的显示位置，如图 2-33 所示。

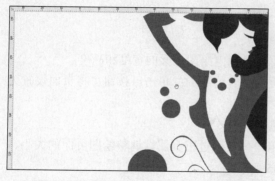

图 2-33 移动视图

 提示　　　在 CorelDRAW X5 中，用户可以对文件中的对象进行全屏预览，也可以对选定的对象进行单独预览。在设计过程中，经常会使用全屏预览命令查看设计的整体效果。

　　　执行"视图"→"全屏预览"命令或者按 F9 快捷键，工作区会隐藏操作界面，以最大限度显示整体图形。

　　　进行全屏预览状态后，单击屏幕或按 Esc 键可返回对象编辑窗口。

2.6　页面管理与设置

在进行服装设计时，需要根据成品的尺寸，自定义设计文件的尺寸。或者设计配饰时，会根据设计款式的不同，在文件中新建多个页面，并根据设计旨意，调整页面方向，以满足设计制作的需要。

2.6.1　设置页面尺寸

新建空白文件的默认页面尺寸为"A4"大小，在绘图页面的阴影上双击鼠标左键，或者执行"布局"→"页面设置"命令，将弹出"选项"对话框。在对话框中可以对当前绘图页面的尺寸、方向和出血范围等参数进行设置，如图 2-34 所示。

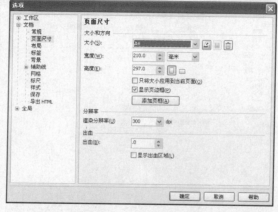

图 2-34　"选项"对话框

"选项"对话框中的常用参数含义如下。

在"大小"下拉列表中可以选择纸张类型和大小。

在"宽度"和"高度"文本框中输入数值，以确定绘图页面的宽度和高度。

单击"高度"文本框右侧的□按钮可将页面设置为纵向；单击□按钮可将页面设置为横向。

"出血"选项可以设置页面四周的出血范围。

在"选择工具"无选择对象的情况下，用户也可通过工具属性调整绘图页面的大小、方向和绘图单位等。其常见属性设置如图 2-35 所示。

图 2-35　"选择工具"无选择对象时属性栏效果

- 页面度量 ：设置页面的宽度和高度。
- 页面方向 □□：单击□按钮，调整页面方向为纵向；单击□按钮，调整页面方向为横向。
- 所有页面 ：在页面度量 文本框中输入页面尺寸后将页面大小应用到当前文件中的所有页面上。
- 当前页面 ：在页面度量 文本框中输入页面尺寸后将页面大小只应用到当前页面上。
- 微调距离 ：使用键盘方向键移动对象时的单位步长。
- 再制距离 ：设置原始对象和再制对象之间的默认距离。

2.6.2　设置页面背景

创建空白文档时，系统默认页面背景为白色，用户可以根据需要将页面背景设置为不同的颜色，也可将背景设置为位图图像，具体操作步骤如下。

执行"布局"→"页面背景"命令，弹出"选项"对话框，在该对话框中可以自定义设置背景的内容，如图 2-36 所示。

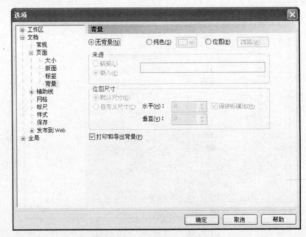

图 2-36　"选项"对话框

- **无背景**：页面的背景为默认的白色。
- **纯色**：选中该单选按钮，单击右侧的下三角按钮，在弹出的颜色列表中，选择使用的颜色，即可完成页面背景的颜色，如图 2-37 所示。
- **位图**：选中该单选按钮，单击右侧的"浏览"按钮，在弹出的"导入"对话框中选择图片，即可完成该页面的背景图像设置，如图 2-38 所示。

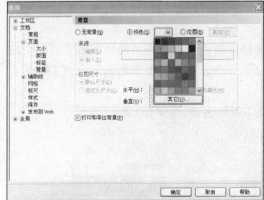

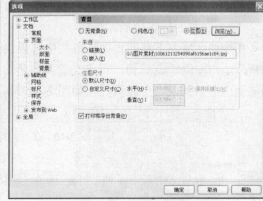

图 2-37　选择纯色设置　　　　　　　图 2-38　选择位图设置

2.6.3　插入、重命名与删除页面

插入、重命名与删除页面是进行页面处理的基础工作，下面将分别进行介绍。

1. 插入页面

在进行多页面文件设计时，一个文件中包含多个页面，在插入页面时，用户可以自定义插入页面的大小和方向等属性，插入页面有以下两种方法。

（1）"插入页面"对话框

如果要在当前页面中插入页面，执行"布局"→"插入页面"命令，弹出"插入页面"对话框，在对话框中可以设置插入页面的数量、位置、版面方向和大小等参数，完成设置后，单击"确定"按钮即可，如图 2-39 所示。

图 2-39　"插入页面"对话框

在"页码数"文本框中，可以设置需要插入的页面数量。

选中"地点"栏中的"之前"单选按钮，可以在当前页面之前插入新的页面。选中"之后"单选按钮，可以在当前页面之后插入新的页面。

如果文件中存在多个页面，在"现存页面"文本框中输入页面位置，新插入的页面就会位于此页面之前或之后。

在"页面尺寸"栏中，可以设置新插入页面的大小、高度等参数。

（2）在页面标签栏插入页面

在绘图区域左下角的页面标签栏中可以快速插入新的页面。在页面标签栏上有两个按钮，单击左侧的按钮，可在当前页面之前插入一个新页面，单击右侧的按钮，可在当前页面之后插入一个新页面，如图 2-40 所示。

图 2-40　在页面标签栏插入页面

提示

执行"布局"→"再制页面"命令，将会弹出"再制页面"对话框，选中"仅复制图层"单选按钮，将插入和当前页面一样尺寸、大小和方向的页面；选中"复制图层及其内容"单选按钮，插入页面中将会复制当前页面中的所有对象，如图 2-41 所示。

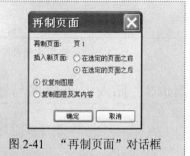

图 2-41　"再制页面"对话框

2. 重命名页面

当一个文件中页面太多时，可以为创建的页面重新命名，以方便用户管理和查找到需要编辑的页面，提高工作效率。重命名页面的具体操作方法如下。

Step 01 在工作区左下角的页面标签栏中单击需要重命名的页面，执行"重命名"命令，弹出"重命名页面"对话框，在"页名"文本框中输入新名称后，单击"确定"按钮，如图 2-42 所示。

Step 02 在绘图区域左下角的页面标签栏中可以看到，"页 1"被更改为"服装"，如图 2-43 所示。

图 2-42　"重命名页面"对话框

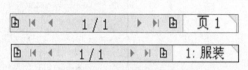

图 2-43　更改页面名称

3. 删除页面

删除文件中不需要的页面可以减小文件的大小，具体操作方法如下。

执行"布局"→"删除页面"命令，弹出"删除页面"对话框，在对话框中根据需要设置删除页面的位置，在"删除页面"文本框中输入删除页面的数量，完成设置后，单击"确定"按钮即可，如图 2-44 所示。

4. 转到某页

使用"转到某页"命令可以快速切换到需要编辑的页面中，具体操作方法如下。

执行"布局"→"转到某页"命令，弹出"转到某页"对话框，在"转到某页"文本框中输入调整后的目标页码，单击"确定"按钮即可，如图 2-45 所示。

图 2-44　"删除页面"对话框

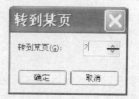

图 2-45　"转到某页"对话框

5. 调整页面顺序

完成多页面创建后，可以根据页面内容，调整页面的前后顺序，具体操作方法如下。

在绘图区域左下角的页面标签栏中，将要调整顺序的页面拖动到目标位置，释放鼠标后即可完成页面顺序的调整，如图 2-46 所示。

图 2-46　调整页面顺序

2.7　使用辅助工具

使用辅助工具进行绘制，可以使图形效果更加精确，辅助工具包括标尺、网格和辅助线。用户可根据操作需要，添加适合的辅助工具。

2.7.1　使用标尺

标尺可以辅助用户精确绘制对象尺寸，调整对象大小和对齐多个对象。执行"视图"→"标尺"命令可以显示或隐藏标尺。调整标尺原点的方法如下。

Step 01　移动鼠标指针到水平和垂直标尺相交处的默认原点图上，按住鼠标左键并拖动原点到绘图区域的新原点处，此时会有两条垂直相交的虚线随鼠标指针一起移动，如图 2-47 所示。

Step 02　拖动到适当位置后，释放鼠标左键即可，如图 2-48 所示。

图 2-47　拖动标尺

图 2-48　重新定义标尺原点

2.7.2 使用网格

使用网格可以使对象在绘图区域中精确地对齐和定位。默认状态下，绘图区域中不会显示网格，执行"视图"→"网格"命令，可以在绘图区域中显示出网格，如图 2-49 所示。

> **技巧**
> 执行"视图"→"贴齐网格"命令，或者按 Ctrl+Y 快捷键，可以激活贴齐网格功能。
> 显示网格并激活贴齐网格功能后，在绘图区域移动对象时，对象节点会自动吸附并对齐到网格点。

图 2-49　显示网格效果

2.7.3 使用辅助线

辅助线是辅助作图的线条，可放置于绘图区域中用于辅助定位，辅助线可分为水平线、垂直线和斜线。用户可以根据定位方向，选择绘制不同方向的辅助线。绘制辅助线的具体操作方法如下。

Step 01 单击"视图"→"标尺"命令，在绘图区域中显示标尺。

Step 02 移动鼠标指针到水平或垂直标尺上，按鼠标左键向目标区域中拖动鼠标，即可创建一条辅助线，如图 2-50 所示。

Step 03 使用"选择工具"在辅助线上单击，辅助线将变为红色选取状态，再次单击，在辅助线两端将出现旋转手柄，拖动旋转手柄即可旋转辅助线，如图 2-51 所示。

图 2-50　创建辅助线

图 2-51　旋转辅助线

> **提示**
> 执行"视图"→"贴齐辅助线"命令，可以激活对齐辅助线功能，当激活贴齐辅助线功能后，移动选定的对象时，对象节点会自动吸附到距离最近的辅助线及交叉点上。选中辅助线后，按 Delete 键可删除不再需要的辅助线。

2.7.4 标尺、网格和辅助线设置

执行"工具"→"选项"命令，弹出"选项"对话框，双击左边的"文档"选项，在打开的下拉列表中选择"标尺"、"网格"和"辅助线"选项进行设置，用户可以根据实际需要设置标尺的单位、微调距离和刻度记号、网格线或网格点之间的距离、辅助线的线条颜色等。

2.8 本章小结

使用 CorelDRAW X5 进行服装设计前，首先需要了解 CorelDRAW X5 的一些基础知识，本章讲述了使用 CorelDRAW X5 进行服装设计需要掌握的基础知识，包括图形图像处理基础知识、启动和退出 CorelDRAW X5 中文版、CorelDRAW X5 的工作界面、页面管理与设置、显示控制、辅助工具等，通过本章的学习，用户能够熟练地使用 CorelDRAW X5 进行文件基础操作。

2.9 知识与能力测试

1. 选择题

（1）新建空白文档的快捷键是（　　）。

A. Ctrl+N B. Ctrl+J C. Ctrl+C D. Ctrl+E

（2）全屏预览的快捷键是（　　）。

A. F2 B. F3 C. F9 D. F10

（3）进行全屏预览状态后，单击屏幕或按（　　）键可返回对象编辑窗口。

A. Esc B. Tab C. Shift D. Enter

2. 填空题

（1）辅助线分为_____、_____和_____ 3 种类型。

（2）在 CorelDRAW X5 中，在"视图"菜单中可以选择_____、_____、_____、_____、_____、_____六种基本显示预览模式。

（3）在电脑设计领域中，图像基本上可分为_____和_____两类。

3. 简答题

（1）什么是位图？

（2）"插入页面"与"再制页面"命令有什么区别？

Chapter 03
服装设计图形绘制与编辑

本章导读

  使用 CorelDRAW X5 进行服装设计时，复杂图形都是在基础图元的基础上创建的，所以熟练掌握基础图元的绘制和编辑是处理复杂图形的前提。

  本章将具体介绍基础图元的绘制和编辑操作，包括创建、编辑、线条处理等知识。

重点难点

- 基本图元的绘制
- 基本图元的选取
- 线条图元的绘制
- 图元线条的格式化
- 将轮廓转换为对象

3.1　绘制基本图形

CorelDRAW X5 中内置大量的基本形状，可以充分满足用户创建复杂图形的需要。包括矩形、椭圆、圆、圆弧与饼形、多边形与星形、螺旋形、图纸等。

3.1.1　绘制矩形

矩形工具可以在文件窗口中绘制出矩形和正方形图元，在工具箱中选择矩形工具后，其属性栏常见设置如图 3-1 所示。

图 3-1　矩形工具属性栏

- **对象位置** ：通过设置 X 和 Y 坐标值确定对象在页面上的位置。
- **对象大小** ：在对象大小文本框中输入数值可以设置和修改对象的高度和宽度。
- **缩放因子** ：可以在文本框中输入百分比进行对象缩放。按钮激活时，当缩放和调整对象大小时将保留原来的宽高比例。
- **旋转角度** ：在其文本框中输入数值，可以使对象以指定的旋转角度进行旋转。
- **镜像按钮** ：按钮从左至右镜像翻转对象，按钮从上至下镜像翻转对象。
- **圆角选项** ：圆角按钮为当圆角半径值大于 0 时，将矩形的角变弯；扇形角按钮为当圆角半径值大于 0 时，将矩形的角替换为曲线；倒棱角按钮为当圆角半径值大于 0 时，将矩形的角替换为平直边缘；可以设置矩形的一个或多个圆角的半径；按钮激活时将圆角半径应用于矩形的所有圆角；为相对的角缩放按钮，激活时会根据矩形大小来缩放角大小。
- **文本换行** ：设置段落文本环绕对象的样式并设置偏移距离。
- **轮廓宽度** ：在轮廓宽度文本框中输入数值可以设置对象的轮廓宽度。
- **转换为曲线** ：单击此按钮，对象被转化为曲线，可以使用形状工具对曲线节点进行修改。

使用矩形工具绘制矩形图元的具体操作步骤如下。

Step 01 单击工具箱中的"矩形工具"按钮，移动鼠标指针到绘图区域中，此时鼠标指针变为形状，在绘图区域的恰当位置拖动鼠标，如图 3-2 所示。

Step 02 释放鼠标后，在绘图区域中即可创建一个矩形图元，如图 3-3 所示。使用矩形工具绘制图形实例，如图 3-4 所示。

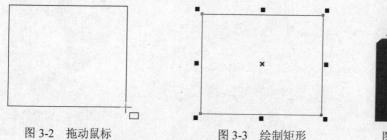

图 3-2　拖动鼠标　　　　　图 3-3　绘制矩形

图 3-4　实例效果

提示　　在矩形绘制过程中，同时按住 Ctrl 键可以绘制出正方形图元；按住 Shift＋Ctrl 快捷键可以绘制出以单击点为中心点的正方形图元。

3.1.2　绘制 3 点矩形

3 点矩形工具可以在绘图区域中绘制出特定宽度和高度的矩形，并且可以指定任何绘制角度，使用 3 点矩形工具绘制矩形图元的具体操作步骤如下。

Step 01　单击工具箱中的"3 点矩形工具" 按钮，按住鼠标左键并拖曳绘制出一条线段，释放鼠标后，确定矩形第 2 个点的位置（矩形的角度），如图 3-5 所示。

Step 02　再次拖曳鼠标确定第 3 个点的位置，单击后即可在绘图区域中创建一个 3 点矩形图元，如图 3-6 所示。

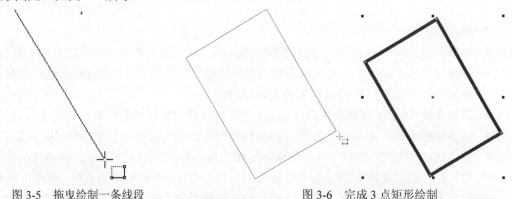

图 3-5　拖曳绘制一条线段　　　　　　　　　　图 3-6　完成 3 点矩形绘制

3.1.3　绘制椭圆、圆、圆弧与饼形

使用椭圆形工具可以在文件窗口中绘制出椭圆、圆、圆弧和饼形，使用椭圆形工具绘制椭圆形图元的具体操作步骤如下。

Step 01　单击工具箱中的"椭圆形工具" 按钮，移动鼠标指针到绘图区域中，此时鼠标指针变为 形状，在绘图区域的恰当位置拖动鼠标，如图 3-7 所示。

Step 02　释放鼠标后，在绘图区域中即可创建一个椭圆形图元，如图 3-8 所示。结合椭圆形工具绘制图形实例，如图 3-9 所示。

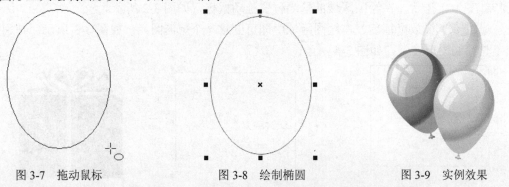

图 3-7　拖动鼠标　　　　　　　图 3-8　绘制椭圆　　　　　　　图 3-9　实例效果

提示
在绘制椭圆形图元的过程中按住 Ctrl 键，可以绘制出规则的正圆形图元。
选择"椭圆形工具" 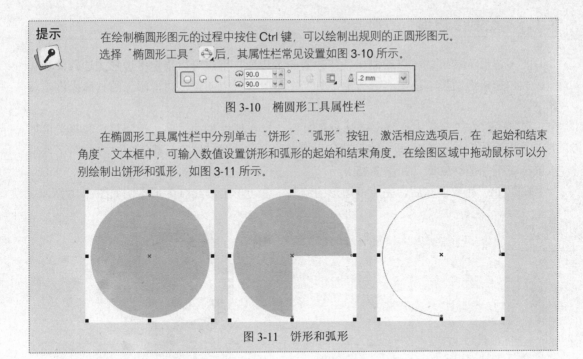 后，其属性栏常见设置如图 3-10 所示。

图 3-10　椭圆形工具属性栏

在椭圆形工具属性栏中分别单击"饼形"、"弧形"按钮，激活相应选项后，在"起始和结束角度"文本框中，可输入数值设置饼形和弧形的起始和结束角度。在绘图区域中拖动鼠标可以分别绘制出饼形和弧形，如图 3-11 所示。

图 3-11　饼形和弧形

3.1.4　绘制 3 点椭圆形

通过 3 点椭圆形工具可以绘制出特定角度的椭圆、圆、圆弧和饼形，使用 3 点椭圆形工具绘制椭圆形图元的具体操作步骤如下。

Step 01 单击工具箱中的"3 点椭圆形工具"　按钮，在绘图区域按鼠标左键并拖出一条任意方向的直线，确定椭圆的一条直径，如图 3-12 所示。

Step 02 确定好椭圆一端直径长度后，释放鼠标左键，接着在与该直径相垂直的方向上移动鼠标指针，确定椭圆形另一端的直径长度，如图 3-13 所示。

Step 03 最后单击鼠标左键，即可创建特定大小和角度的椭圆形，结合 3 点椭圆形工具绘制图形实例，如图 3-14 所示。

图 3-12　拖动鼠标　　　　图 3-13　绘制 3 点椭圆　　　　图 3-14　实例效果

提示
单击 3 点椭圆工具属性栏中的"饼形"、"弧形"按钮，激活相应选项后，在"起始和结束角度"文本框中，输入数值设置饼形和弧形的起始和结束角度。在绘图区域中可以分别绘制出指定角度的饼形和弧形。

3.1.5 绘制多边形

"多边形工具" ⬡可以绘制出任何边数的多边形，用户可以指定多边形的边数，其数值越大，越接近圆形。使用"多边形工具"在绘图区域中创建多边形图元的具体操作步骤如下。

Step 01 在工具箱中选择"多边形工具" ⬡，在属性栏的"多边形、星形和复杂星形的点数或边数" ⬡5⬚文本框中输入数值设置多边形的边数，如输入数值10。在绘图区域中按鼠标左键并拖动鼠标，如图 3-15 所示。

Step 02 释放鼠标后，完成多边形的绘制，多边形工具绘制图形实例如图 3-16 所示。

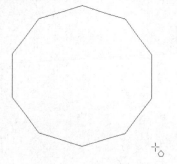

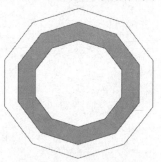

图 3-15　绘制多边形　　　　图 3-16　多边形实例效果

3.1.6 绘制星形和复杂星形

"星形工具" ✩可以绘制规则的、带轮廓的星形，"复杂星形" ✿可以绘制带有交叉边的星形。用户可以指定星形和复杂星形的锐度。其值越高，星形的边角锐度越大。使用星形工具在绘图区域中创建星形的具体操作步骤如下。

Step 01 在多边形工具组中选择"星形工具" ✩或"复杂星形工具" ✿，在属性栏中设置星形的边数和锐度。

Step 02 在绘图区域中按鼠标左键并拖动，释放鼠标后即可完成星形的创建，星形和复杂星形效果如图 3-17 所示。

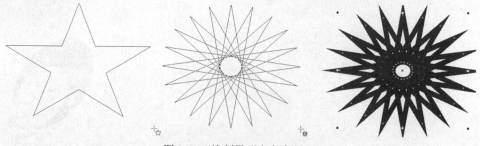

图 3-17　绘制星形和复杂星形

> **技巧**
> 多边形、星形和复杂星形的各个边角是相互关联的，当使用"形状工具" ⬚拖动任一角点时，其余角点也会发生相应的变化。

3.1.7　绘制螺旋形

　　螺旋形工具可以绘制对称式螺纹和对数式螺纹两种图形。对称式螺纹呈均匀扩展，每个回圈之间的间距相等；对数式螺纹扩展时，回圈之间的距离从内向外不断增大。用户可以设置对数式螺纹向外扩展的比例。使用"螺纹工具"在绘图区域中创建螺旋形图元的具体操作步骤如下。

　　Step 01　在多边形工具组中选择"螺纹工具" ◎，接着在属性栏中单击"对称式螺纹" ◎ 按钮，在"螺纹回圈"文本框中输入螺纹的回圈数 4。在绘图区域中按住鼠标左键拖动，释放鼠标后即可完成对称式螺旋形图元的创建，如图 3-18 所示。

　　Step 02　在属性栏中单击"对数螺纹" ◎ 按钮，在"螺纹回圈"文本框中输入螺纹的回圈数 4。在"螺纹扩展参数"文本框中输入螺纹的扩展量为 80，在绘图区域中绘制对数式螺旋形图元，如图 3-19 所示；结合螺旋式工具绘制图形实例如图 3-20 所示。

图 3-18　对称式螺旋形　　　　图 3-19　对数式螺旋形　　　　图 3-20　实例效果

3.1.8　绘制图纸

　　"图纸工具" 可以绘制类似表格的图纸，该图纸由指定个数的矩形或正方形对齐并排而成。用户可以设置图纸的行数和列数。使用"图纸工具" 在绘图区域中创建图纸的具体操作步骤如下。

　　Step 01　在工具箱中单击"图纸工具" 按钮，接着在属性栏中设置图纸的行数和列数，在绘图区域中按鼠标左键并拖动，释放鼠标后即可完成图纸的创建，如图 3-21 所示。

　　Step 02　单击工具箱中的"选择工具" ▷ 按钮，选择绘制完成的图纸，在属性栏中可以设置图纸的背景颜色、边框颜色等，如图 3-22 所示。

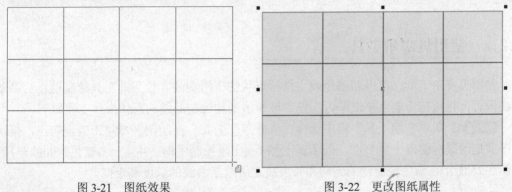

图 3-21　图纸效果　　　　　　　　　图 3-22　更改图纸属性

3.1.9　绘制其他基本形状

在 CorelDRAW X5 中，系统内置了各种形状绘制工具，可以绘制出三角形、圆柱体、箭头、流程图、标题、标注等多种实用的形状图元。工具箱中的"基本形状工具组"如图 3-23 所示。

在工具箱中选择需要的形状绘制工具，单击属性栏中的"完美形状"按钮，在弹出的下拉列表中选择需要的形状样式，接着在绘图区域中按鼠标左键并拖动即可。不同形状绘制工具提供的完美形状如图 3-24 所示。

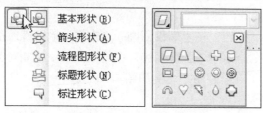
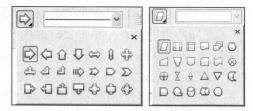

图 3-23　基本形状工具组　　　　　　图 3-24　基本形状工具组

3.2　绘制线条

只会绘制简单图元对于创作性的工作是不够的，还必须学会绘制各种线条，因为线条是组成各种复杂图元的基本元素，使用线条绘制工具，可以帮助用户创建各种不同的复杂图元。

3.2.1　使用手绘工具

手绘工具主要用于绘制直线和自由形状线条，在工具箱中单击"手绘工具"按钮，当鼠标指标变为 形状，在绘图区域单击创建直线起点，移动鼠标指针，可看到鼠标指针与起点处有一条直线，确定好直接的方向和终点位置后，单击即可完成直线的绘制。

提示　　　选择手绘工具后，在绘图区域单击确定起点，并随意拖动鼠标，释放鼠标后，即可以拖动鼠标绘制出自由形状的曲线，系统会自动平滑手绘的曲线形状。

3.2.2　使用贝塞尔工具

使用贝赛尔工具，可以精确绘制出任意形状的平滑曲线。使用此工具绘制连接的多条直线段时，只需在绘制点单击即可。使用贝赛尔工具绘制曲线的具体操作步骤如下。

Step 01 在"手绘工具"组中选择"贝塞尔"工具，在绘图区域单击确定起点，再次单击并拖动鼠标创建平滑节点，此时该节点两端出现控制手柄，并由一条蓝色控制线连接，如图 3-25 所示。蓝色控制线的方向和长度决定所绘制曲线的弧度和走向。

Step 02 在需要创建第 3 个节点的位置单击，此时由平滑节点连接的曲线处于平滑状态，如图 3-26 所示。

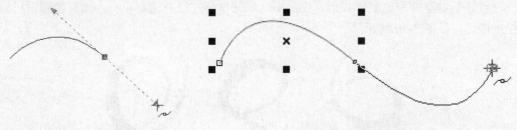

图 3-25　拖出控制线　　　　　　　　　　　　图 3-26　创建平滑节点

Step 03 如果在绘制下一段曲线时，需要将曲线转角，需要双击平滑节点，取消此节点一端的控制手柄，转换平滑节点为尖突节点，如图 3-27 所示。使用贝赛尔工具绘制绿叶效果如图 3-28 所示。

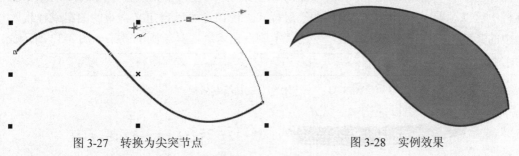

图 3-27　转换为尖突节点　　　　　　　　　　图 3-28　实例效果

> **技巧**　　如果要绘制多条不连接的曲线，完成第一条曲线的绘制后，按空格键切换到选择工具状态，然后再次按空格键返回贝塞尔工具状态，接着进行下一条曲线的绘制即可。

3.2.3　使用艺术笔工具

艺术笔工具可以绘制出艺术、喷溅和书法的艺术线条效果，包括预设、笔刷、喷涂、书法和压力五种基本样式。下面介绍此工具组的使用方法。

1．预设

选择工具箱中的"艺术笔"工具，在工具属性栏中，系统默认选择"预设"按钮，如图 3-29 所示。

图 3-29　"艺术笔"工具属性栏

- **手绘平滑** ：在数值框 中，可以设置线条的平滑度。
- **笔宽度** ：在数值框 中，可以设置所绘制笔触的宽度。
- **预设笔触** ：在列表框 中，可以选择系统提供的预设笔触样式。

- **随对象一起缩放笔触**⬚：单击此按扭，将变换应用到艺术笔触宽度。
- **边框**⬚：单击此按钮，使用曲线工具时将隐藏对象边框。

设置好笔触宽度和笔触样式后，在绘图区域按鼠标左键并拖动鼠标，即可绘制出相应笔触的图元，如图 3-30 所示。

图 3-30　艺术笔工具绘制效果

2. 笔刷

在"艺术笔"工具属性栏中单击"笔刷"⬚按钮，属性栏常见设置如图 3-31 所示。在属性栏中可以设置手绘平滑度、宽度和笔触样式。用户还可以自定义喜欢的图案或者载入硬盘中的其他图案为预设艺术笔触。使用"笔刷"艺术笔工具绘画的效果如图 3-32 所示。

图 3-31　"艺术笔"工具绘制效果

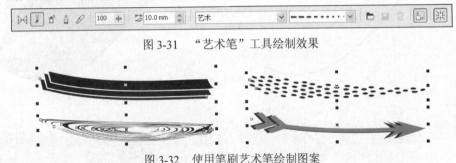

图 3-32　使用笔刷艺术笔绘制图案

3. 喷涂

在"艺术笔"工具属性栏中单击"喷涂"⬚按钮，属性栏常见设置如图 3-33 所示。用户可以通过喷射一组预设图像进行绘制，调整对象之间的间距，可以控制喷射线条的显示方式。还可以改变线条上的喷射顺序，以及对象在喷射线条上的位置。

图 3-33　"喷涂"属性栏

- **喷涂对象大小**⬚：用于设置喷射对象的缩放比例。
- **类别**⬚：选择好喷涂类别后，在其后的"喷射图样"下拉列表中可以选择想要应用的喷射图样。使用"喷涂"艺术笔工具绘画的效果如图 3-34 所示。

图 3-34　使用喷涂艺术笔绘制的图案

4. 书法

在"艺术笔"属性栏中单击"书法" 按钮，属性栏常见设置如图 3-35 所示。该工具可以模拟书法或钢笔绘画的效果。在属性栏中可以设置钢笔的角度和书法线条的粗细。使用"书法"艺术笔绘制效果如图 3-36 所示。

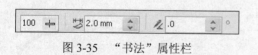

图 3-35　"书法"属性栏

图 3-36　使用书法艺术笔绘制的图形

5. 压力

在"艺术笔"属性栏中单击"压力" 按钮，属性栏常见设置如图 3-37 所示。该工具结合绘图板可以绘制各种粗细的压感线条，用户用笔时施加压力越大，绘制的线条越粗。在属性栏中还可以设置钢笔的角度和书法线条的粗细。使用"压力"艺术笔绘制的效果如图 3-38 所示。

图 3-37　"压力"属性栏

图 3-38　使用压力艺术笔绘制的图形

3.2.4　使用钢笔工具

钢笔工具与贝塞尔工具的功能相似，都可以用于创建直线和曲线，也可以通过节点和控制手柄来控制曲线的形状。不同之处在于，使用钢笔工具进行绘制时，单击属性栏中的"预览模式" 按钮，可以预览下一段需要绘制的线段形状。

3.2.5　使用折线工具

使用折线工具可以一步到位绘制连接的曲线和直线。用户也可以像使用手绘工具一样，绘制任意形状的曲线。

在工具箱中单击"折线工具" 按钮，在绘图区域中依次单击鼠标，即可绘制连接的直线，移动鼠标指针到折线的起点，当鼠标指标变为 形状时，单击即可自动封闭线段，如图 3-39 所示。

图 3-39　使用折线工具绘制对象

3.2.6　使用 3 点曲线工具

使用 3 点曲线工具可以通过用户指定的宽度和高度来绘制所需的曲线。具体操作方法如下。

Step 01 在工具箱中单击"3 点曲线工具" 按钮，在绘图区域单击确定起点，并向其他方向拖动鼠标，指定曲线的终点。

Step 02 任意拖动鼠标指针可以预览生成曲线的形状。当曲线形状满足需要时，单击鼠标左键，即可完成曲线的绘制，如图 3-40 所示。

图 3-40　使用 3 点曲线工具绘制曲线

3.3　智能工具的应用

智能工具包括智能绘图工具和智能填充工具，能够智能地绘制图形，并根据图形的实际情况进行智能填充。

3.3.1　智能绘图工具

使用智能工具进行绘图时，系统自动识别笔触形状，并将其转化为最接近手绘的基本形状或曲线。例如，用户绘制一个类似于平行四边行的曲线时，系统会将其转换为"完美形状"中的相似基本形状；如果绘制的是自由线条，系统会自动对线条进行平滑处理。使用智能工具绘图的具体操作步骤如下。

Step 01 单击工具箱中的"智能绘图工具" 按钮，在属性栏中设置"形状识别等级"和"智能平滑等级"为"最高"，以提高系统识别形状的精确度，如图 3-41 所示。

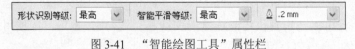

图 3-41　"智能绘图工具"属性栏

Step 02 在绘图区域按鼠标左键并拖动鼠标绘制一个大致的椭圆形，释放鼠标后，系统将自动转化手绘曲线为椭圆形，如图 3-42 所示。

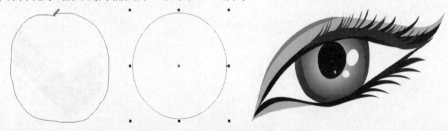

图 3-42　使用智能绘图工具绘制图形

3.3.2 智能填充工具

"智能填充工具" ⚏可以将填充颜色和轮廓属性应用到重叠对象的交叉区域中，使用智能填充工具填充图形的具体操作方法如下。

Step 01 单击工具箱中的"智能填充工具" ⚏按钮，在属性栏中设置"填充选项"栏中颜色值为#A0D9F6，"轮廓选项"栏中颜色值为#897870，如图 3-43 所示。

图 3-43 "智能填充工具"属性栏

Step 02 使用智能填充工具在目标区域单击即可完成填充，如图 3-44 所示。

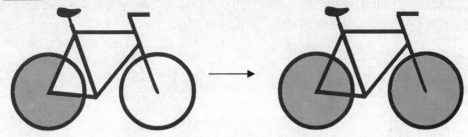

图 3-44 使用"智能填充工具"填充对象

3.4 选取对象

在进行对象编辑前，首先要选取对象，用户可以选择单一的对象和多个对象进行编辑，还可以分别选择绘图区域中的所有对象、文本和辅助线，从而分别进行操作。

3.4.1 选择工具的应用

"选择工具" ▷可以选择、定位和变换对象，使用"选择工具" ▷在需要选择的对象上单击鼠标左键，当对象四周出现黑色实心控制点时，表示此对象已经被选取，如图 3-45 所示。

图 3-45 选取对象

技巧　　按空格键，可以在选择工具和当前使用工具之间自由切换，但是如果当前处于文字输入状态，按空格键后，只会在文字输入光标处键入一个空格。

3.4.2　选取多个对象

在实际工作中，有时需要为多个对象应用相同的编辑处理，选取多个对象的同时进行处理可以节省执行重复操作的时间。选取多个对象的具体操作步骤如下。

Step 01 单击"选择工具" ，在需要处理的一个对象上单击，将其选中，如图 3-46 所示。

Step 02 按住 Shift 键的同时，继续使用"选择工具" 分别在其他需要处理的对象上单击，即可选中所有需要处理的对象，如图 3-47 所示。

图 3-46　选取单个对象　　　　　　　　图 3-47　选取多个对象

提示　　如果需要选择的对象较多，可以使用框选的方法进行选择。使用"选择工具"在对象以外的空白区域按住鼠标左键，接着拖动鼠标，当所有对象都被框选到选取框中时，释放鼠标左键即可。

3.4.3　使用菜单命令选取对象

在 CorelDRAW X5 中，可以通过菜单命令进行分类对象选取，执行"编辑"→"全选"命令，在弹出的子菜单中，指定所要选择的内容即可，如图 3-48 所示。

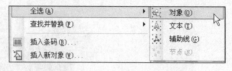

图 3-48　"全选"菜单命令

- 选择"对象"命令：可以选择绘图区域中的所有对象。
- 选择"文本"命令：可以选择绘图区域中的所有文本对象。
- 选择"辅助线"命令：可以选择绘图区域中的所有辅助线，选中的辅助线会变为红色。
- 选择"节点"命令：此命令变为可用的前提是首先要在绘图区域中选择一个曲线对象，选择"节点"命令后，此曲线对象中的所有节点都会被选中。

3.4.4　取消"选中"状态

当不需要对选取的对象进行编辑时，可以取消当前对象的选取状态。使用"选择工具" ，在绘图区域任意空白位置单击鼠标左键即可。按 Esc 键也可取消当前对象的选取状态。

3.5　对象的复制与粘贴

在 CorelDRAW X5 中，系统提供了多种对象的复制方法，用户可以根据实际需要选择不同的复制方法。包括传统复制和仿制。同时还可以将对象属性复制粘贴到另一个指定对象上。

3.5.1　复制对象

在绘图区域中，复制当前对象为具有相同外观的多个对象，方法有以下几种。

- **方法一**：选择需要复制的对象，执行"编辑"→"复制"命令或者按 Ctrl+C 快捷键，接着执行"编辑"→"粘贴"命令或者按 Ctrl+V 快捷键即可。
- **方法二**：选择需要复制的对象，单击标准工具箱中的"复制" 按钮，接着单击"粘贴" 按钮即可。
- **方法三**：直接按小键盘上的+键即可在当前位置复制对象。
- **方法四**：使用"选择工具" 选取对象后，拖动此对象到指定的位置，接着单击鼠标右键，释放鼠标左键即可，如图 3-49 所示。

图 3-49　复制对象到指定位置

3.5.2　仿制与克隆对象

仿制对象是在已设置的距离外复制多个对象；克隆对象与原对象之间存在链接关系，对原对象的编辑操作也会反映到克隆对象中。

1. 仿制对象

通过设置"步长和重复"面板，可以将选定的对象以指定的距离和方向仿制为一个或多个对象，其具体操作步骤如下。

Step 01 选择需要仿制的对象，如图 3-50 所示，执行"编辑"→"步长和重复"命令，打开"步长和重复"面板，设置"水平设置"的"距离"选项为"80mm"，在"份数"文本框中输入"2"，如图 3-51 所示。

Step 02 单击"步长和重复"面板中的"应用"按钮，将以指定的距离仿制两份相同的对象，如图 3-52 所示。

图 3-50　选择对象　　图 3-51　"步长和重复"对话框　　　　　　图 3-52　复制对象

提示　　在"步长和重复"面板中可以设置复制对象的水平距离和垂直距离，以及复制对象的份数；选择对象后，执行"编辑"→"再制"命令或按 Ctrl+D 快捷键，将以系统默认水平和垂直距离再制对象。

2. 克隆对象

选中对象后，执行"编辑"→"克隆"命令，可以将选定的对象克隆为一个相同外形的对象，如图 3-53 所示。用户对原对象进行编辑时，克隆对象也会随之进行相应的变化，如图 3-54 所示。

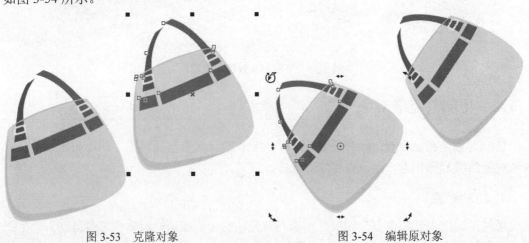

图 3-53　克隆对象　　　　　　　　　　图 3-54　编辑原对象

3.5.3　复制对象属性

通过"复制属性"对话框可以将指定对象的填充、轮廓笔、轮廓色属性复制到选定的对象。复制对象属性的具体操作如下。

Step 01 单击"选择工具" 🖫 按钮，选取需要设置属性的对象，如图 3-55 所示。

Step 02 执行"编辑"→"复制属性自"命令，弹出"复制属性"对话框，选中需要复制的属性选项，如"填充"选项，完成设置后单击"确定"按钮，如图 3-56 所示。

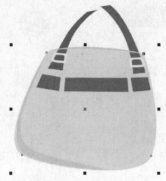

图 3-55　选择对象

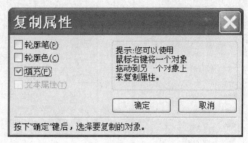

图 3-56　"复制属性"对话框

Step 03 当鼠标指标变为 ➡ 后，单击用于复制属性的指定对象，即可将指定对象的填充属性复制到当前对象中，如图 3-57 所示。

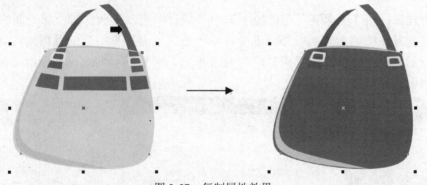

图 3-57　复制属性效果

> **技巧** 　按住鼠标右键拖动源对象到目标对象上，释放鼠标后，将弹出快捷菜单，在菜单中选择相应的命令，即可将源对象中的属性复制到目标对象上。

3.6　格式化线条与轮廓线

在系统默认状态下，绘制完成曲线对象默认宽度为"0.2mm"的黑色轮廓线，在实际操作中，用户可以根据实际需要改变轮廓属性，包括轮廓的宽度、样式和颜色等。

3.6.1 设置轮廓宽度

在设置轮廓宽度时，选择需要设置轮廓宽度的曲线对象，其设置方法有以下几种。

- **方法一**：单击工具箱中的"轮廓笔"按钮，在展开的工具栏中可以选择预设的轮廓宽度，如图 3-58 所示。
- **方法二**：单击展开工具栏中的"轮廓笔"按钮，打开"轮廓笔"对话框，如图 3-59 所示。在对话框中的"宽度"选项中，设置适合的轮廓宽度即可，如图 3-60 所示。

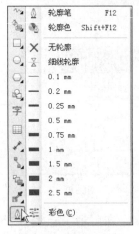

图 3-58　展开工具栏

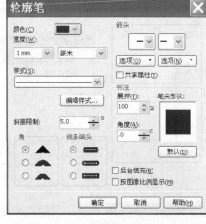

图 3-59　"轮廓笔"对话框

图 3-60　完成设置轮廓线宽度

- **方法三**：在"轮廓笔"对话框中选中"后台填充"复选框时，填充轮廓时会限制在对象的填充区域以外，选中"后台填充"复选框前后的效果对比如图 3-61 所示。选中"按图像比例显示"复选框后，对象进行缩放时，轮廓宽度也会等比例进行缩放。

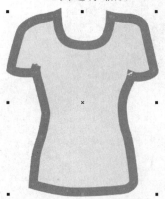

图 3-61　在"轮廓笔"对话框中选中"后台填充"复选框

提示

按 F12 键可以快速打开"轮廓笔"对话框并进行参数设置。

3.6.2　设置线条和轮廓的样式

对象的轮廓形状可以通过"轮廓笔"对话框进行修改，可以为轮廓设置不同样式的虚线、书法展开方式、角形状等，如图 3-62 所示。

 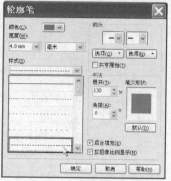 

图 3-62　设置轮廓样式

> **提示**
>
> 在"角"选项栏中，可以将轮廓的拐角设置为尖角、圆角或斜角样式。

3.6.3　设置线条和轮廓的颜色

设置线条和轮廓的颜色方法比较多，常用的一种是在选取对象后，直接在调色板上右击需要的色样，即可将线条和对象轮廓设置为右击的色块颜色，如图 3-63 所示。

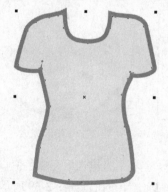  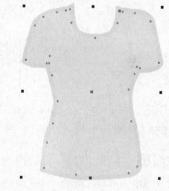

图 3-63　更改轮廓颜色

3.6.4　将轮廓转换为对象

在 CorelDRAW X5 中，轮廓的编辑范围有限。例如，不能进行轮廓形状节点调整，轮廓颜色不能填充渐变色等，如果要对轮廓进行更多的调整处理，可以将轮廓转换为普通对象，具体操作方法如下。

选择带有轮廓的对象，执行"排列"→"将轮廓转换为对象"命令，或者按 Ctrl+Shift+Q 组合键即可将对象中的轮廓转换为独立对象。

3.7 实战操作——设计童装贴牌

通过前面内容的学习，用户已经掌握了使用 CorelDRAW X5 绘制基础图形和线条的方法。下面将引导用户设计一个色彩丰富、造型可爱的童装贴牌，绘制过程如图 3-64 所示。

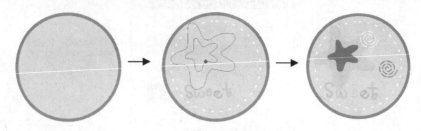

图 3-64　绘制过程

1. 绘制圆形贴牌

Step 01　打开 CorelDRAW X5 软件，执行"文件"→"新建"命令，或使用 Ctrl+N 快捷键，设置纸张大小为 A4，横向摆放，单击工具箱中的"椭圆形工具"按钮，在绘图区域中拖动鼠标左键绘制圆形轮廓，如图 3-65 所示。

Step 02　按 F12 键弹出"轮廓笔"对话框，设置轮廓宽度为 5mm，设置轮廓颜色为（C=60；M=60；Y=0；K=0），如图 3-66 所示。完成设置后，单击"确定"按钮，如图 3-67 所示。

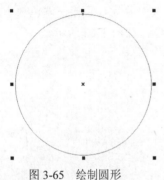
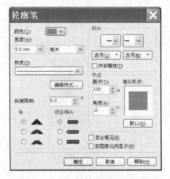

图 3-65　绘制圆形　　　　图 3-66　设置轮廓宽度和颜色　　　　图 3-67　绘制完成

Step 03　按 Shift+F11 快捷键，打开"均匀填充"对话框，在右下方输入填充颜色值（C=20；M=20；Y=0；K=0），如图 3-68 所示。完成设置后，单击"确定"按钮，如图 3-69 所示。

图 3-68　设置填充颜色值　　　　　　　图 3-69　填充颜色值

Step 04 使用"椭圆形工具" ◎，绘制出圆形，如图 3-70 所示。按 F12 键打开"轮廓笔"对话框，设置轮廓线宽度为 2.0mm、颜色为白色、使用虚线样式，如图 3-71 所示。完成设置后，单击"确定"按钮，效果如图 3-72 所示。

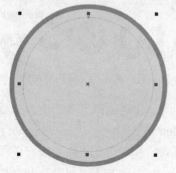
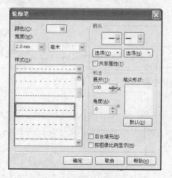

图 3-70　绘制圆形　　　　图 3-71　设置轮廓笔　　　　图 3-72　绘制完成

2. 绘制图案

Step 01 单击工具箱中的"贝塞尔工具" ⬙按钮，绘制海星轮廓，如图 3-73 所示。按住 Shift 键，向内拖动海星轮廓右上角的控制点，如图 3-74 所示。拖动到适当位置后，单击鼠标右键，同时缩小并复制海星对象，如图 3-75 所示。

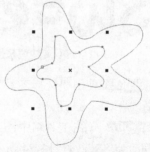

图 3-73　绘制海星轮廓　　　图 3-74　拖动变换控制点　　　图 3-75　复制海星效果

Step 02 按 Shift+F11 快捷键，打开"均匀填充"对话框，填充大海星颜色值（C=0；M=40；Y=20；K=0），如图 3-76 所示。填充小海星颜色值（C=20；M=80；Y=0；K=20），如图 3-77 所示；使用"选择工具" ⬚框选填充对象，右击调色板中的⊠按钮，取消轮廓线，如图 3-78 所示。

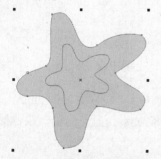
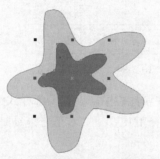

图 3-76　填充大海星颜色值　　　图 3-77　填充小海星颜色值　　　图 3-78　取消轮廓线

Step 03 单击工具箱中的"艺术笔工具"⍁按钮，在属性栏中设置画笔参数，如图 3-79 所示。使用艺术笔工具在绘图区域中拖动绘制"Sweet"字样，如图 3-80 所示。

图 3-79　设置艺术笔工具属性　　　　　　图 3-80　使用艺术笔工具绘制图形

Step 04 框选绘制的文字对象，按 Ctrl+K 快捷键拆分对象；使用选择工具选中拆分后的线条对象（注：线条为黑色，需要分别进行选择），按 Delete 键删除。

Step 05 使用"选择工具"⍁，单击第二个"e"字母对象，拖动右上角的变换点进行旋转，如图 3-81 所示。选中"S"、"t"和第一个"e"字母，按 Shift+F11 快捷键打开"均匀填充"对话框，填充颜色值为（C=20；M=0；Y=60；K=20）；选中"w"字母，填充颜色值为（C=40；M=0；Y=40；K=0）；选中第二个"e"字母，填充颜色值为（C=40；M=0；Y=100；K=0），如图 3-82 所示。

图 3-81　进行旋转调整位置　　　　　　　　图 3-82　填充颜色值

Step 06 使用"选择工具"⍁，将海星与字母对象拖动到圆形对象中，并放置到适当的位置，如图 3-83 所示。

Step 07 单击工具箱中的"多边形工具"⍁按钮，选择"螺纹工具"⍁，在属性栏中设置圈数为"3"，如图 3-84 所示。在绘图区域中，拖动鼠标左键绘制螺纹，如图 3-85 所示。

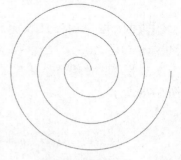

图 3-83　拖动对象　　　图 3-84　设置螺纹圈数　　　图 3-85　绘制螺纹

Step 08 选中螺纹对象，在属性栏中，设置轮廓样式为虚线，轮廓宽度为 2mm，螺纹效果如图 3-86 所示。使用"选择工具"⍁向右下方拖动螺纹对象到适当位置，按+键复制对象，如图 3-87 所示。

图 3-86　设置轮廓线　　　　　　　　　　图 3-87　复制螺纹对象

Step 09 使用"选择工具" ，分别选中螺纹对象，按 F12 键，打开"轮廓笔"对话框，填充轮廓线颜色值分别为（C=0；M=80；Y=40；K=20）、（C=0；M=0；Y=60；K=0），如图 3-88 所示。最终效果如图 3-89 所示。

图 3-88　设置螺纹轮廓颜色值　　　　　　图 3-89　最终效果图

3.8　本章小结

本章主要讲述了进行服装设计时，基本图元和线条的绘制方法，同时还讲解了对象的常用基础编辑方法，包括选取对象、对象的复制与粘贴、格式化线条和轮廓线等知识；通过本章的学习，用户可以轻松地进行基础图形和线条的绘制，并能对绘制的对象进行简单的编辑处理。

3.9　知识与能力测试

笔试测试题

1. 选择题

（1）使用（　　）工具进行绘图时，系统自动识别笔触形状，并将其转化为最接近手绘的基本形状或曲线。

A. 手绘　　　　　B. 智能绘图　　　　　C. 贝塞尔　　　　　D. 星形

（2）能够喷射预设图像的绘制工具是（ ）。

A. 手绘工具　　　B. 智能绘图工具　　　C. 艺术笔工具　　　D. 贝塞尔工具

（3）打开"轮廓笔"对话框的快捷键是（ ）。

A. F10　　　　　　B. F11　　　　　　C. F7　　　　　　D. F12

2. 填空题

（1）使用椭圆形工具可以在文件窗口中绘制出＿＿＿＿、＿＿＿＿、＿＿＿＿和＿＿＿＿。

（2）＿＿＿＿、＿＿＿＿和＿＿＿＿的各个边角是相互关联的，当使用"形状工具"拖动任一角点时，其余角点也会发生相应的变化。

（3）艺术笔工具可以绘制出艺术、喷溅和书法的艺术线条效果，分为＿＿＿＿、＿＿＿＿、＿＿＿＿、＿＿＿＿和＿＿＿＿五种基本样式。

3. 简答题

（1）矩形工具和 3 点矩形工具的区别是什么？

（2）复制对象的主要方式有哪些？

上机练习题

使用本章讲述的基础图形和线条绘制方法绘制基本图形，并使用前面介绍的图形编辑方法调整图形，创建如图 3-90 所示的贴牌效果图。

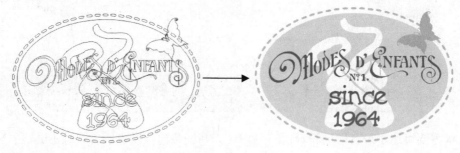

图 3-90　贴牌效果图

操作提示

在制作贴牌效果的实例操作中，主要运用了椭圆的绘制、文本工具、图形的变形。主要操作步骤如下。

（1）新建文件，绘制椭圆，填充颜色值（C=20；M=15；Y=35；K=0）。

（2）复制椭圆，并设置椭圆的填充和轮廓线属性。

（3）使用钢笔工具和艺术笔工具绘制抽象图形。

（4）使用文本工具输入文字，并设置文字样式。

Chapter 04

曲线编辑和对象其他操作

本章导读

　　绘制对象后，需要对组成对象的曲线进行编辑并变形涂抹对象；在图形编辑的过程中，大部分操作只对选定的对象起作用，所以在进行图形处理和编辑前，需要对复杂对象进行有序的管理，包括图形变换、对象群组、对象的对齐和分布等。本章将详细讲述曲线编辑和对象变形的方法与技巧。

重点难点

- 曲线编辑操作
- 对象操作
- 图形变形
- 切割对象
- 删除虚拟段

4.1 曲线编辑操作

复杂对象是由简单对象组合而来的，而简单对象是由线条组合而成的，要更准确地进行对象形状的编辑，首先必须掌握曲线的编辑方法。

4.1.1 形状工具的使用

使用形状工具选择对象节点后，其属性栏的常见参数设置如图 4-1 所示。

图 4-1 "形状工具"属性栏

- **"添加节点"**按钮：单击此按钮，可以在曲线的单击点上增加一个节点。
- **"删除节点"**按钮：单击此按钮，可以删除曲线上单击处的节点。
- **"连接两个节点"**按钮：单击此按钮，可以连接开放路径的开始节点和结束节点来创建闭合路径或对象。
- **"断开曲线"**按钮：单击此按钮，可以断开开放和闭合曲线对象中的路径。
- **"转换为线条"**按钮：单击此按钮，可以将单击点连接的曲线段转换为直线段。
- **"转换为曲线"**按钮：单击此按钮，可以将单击点连接的直线段转换为曲线段。
- **"尖突节点"**按钮：单击此按钮，可以将单击点转换为尖突节点，从而在曲线中创建一个锐角，如图 4-2 所示。
- **"平滑节点"**按钮：单击此按钮，可以将单击点转换为平滑节点，从而提高曲线的平滑度，如图 4-3 所示。
- **"对称节点"**按钮：单击此按钮，可以将单击点转换为对称节点，从而将同一个曲线形状应用到节点的两侧，如图 4-4 所示。

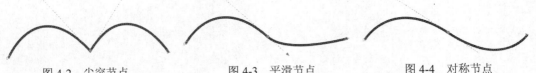

图 4-2 尖突节点　　　　　图 4-3 平滑节点　　　　　图 4-4 对称节点

- **"反转方向"**按钮：单击此按钮，可以反转开始节点和结束节点的位置。
- **"对齐节点"**按钮：单击此按钮，将打开"节点对齐"对话框，在对话框中可以选中"水平对齐"、"垂直对齐"、"对齐控制点"3 个复选框。

在"减少节点"文本框中输入数字，可以通过更改节点数量调整曲线的平滑度。

> **技巧**　　使用形状工具选择曲线时，单击属性栏中的"选择所有节点"按钮，可以同时选择曲线上的所有节点；按住 Ctrl 键和 Shift 键的同时，单击曲线上的节点，可以选中多个节点。

4.1.2　将基础图形转换为曲线

　　使用工具箱中的创建基本形状工具绘制的图形为简单几何图形，这类图形不能直接使用工具箱中的形状工具进行节点编辑，如果需要对其进行编辑，可以将它们转换为曲线对象，使其具备曲线的基本属性，完成转换后，用户就可以像编辑曲线一样对图形进行节点编辑了，如图 4-5 所示。将图形转换为曲线的方法如下。

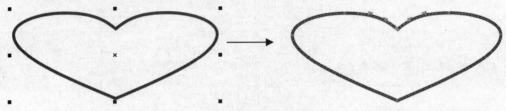

图 4-5　将基础图形转换为曲线对象

- **方法一**：选择需要转换曲线的图形，执行"排列→转换为曲线"命令即可。
- **方法二**：选择需要转换曲线的图形，单击属性栏中的"转换为曲线"◎按钮。
- **方法三**：在需要转换曲线的图形上单击鼠标右键，在弹出的快捷菜单中，选择"转换为曲线"命令也可以将图形转换为曲线。

4.2　对象变换

　　在绘制图形或进行设计工作时，需要根据实际情况变换对象的位置、大小和角度，对选定的对象进行缩放、镜像或者倾斜等操作，从而得到更完美的设计效果。

4.2.1　移动对象

　　"选择工具"▨可以使对象在绘图区域中移动位置，选择工具箱中的"选择工具"▨，在对象上单击鼠标左键并拖动到适当的位置，释放鼠标左键即可完成移动操作。

提示

　　　在移动对象时，用户可以按键盘上的→←↑↓键对对象的位置进行微调。

4.2.2　缩放对象

　　使用选择工具可以变换对象的大小，具体操作步骤如下。

Step 01 单击工具箱中的"选择工具"▨，选择需要缩放的对象，移动鼠标指针到对象四周的控制手柄上，拖动四角处的控制点，即可等比例缩放对象，如图 4-6 所示。

Step 02 拖动水平位置上的中间控制点，可以单独缩放对象的宽度，拖动垂直位置上的中间控制点，可以单独缩放对象的高度。

图 4-6 缩放对象

技巧 如果要绘制多条不连接的曲线，完成第一条曲线的绘制后，按空格键切换到选择工具状态，然后再次按空格键返回贝塞尔工具状态，接着进行下一条曲线的绘制即可。

4.2.3 旋转对象

在 CorelDRAW X5 中，可以对选定对象进行旋转操作，并且可以指定任意旋转中心，以得到需要的旋转效果。旋转对象的具体操作方法如下。

使用选择工具在需要旋转的对象上双击鼠标左键，对象四周会出现旋转控制点，按顺时针或逆时针方向拖动控制手柄，即可旋转对象，如图 4-7 所示。

图 4-7 旋转对象

提示 选择对象后，还可以通过设置属性栏中的〝旋转角度〞来精确地进行对象旋转，在〝旋转角度〞文本框中输入数值，按 Enter 键即可。

4.2.4 镜像对象

镜像功能可以使对象在水平或垂直方向上进行翻转，使用选择工具单击需要镜像的对象，单击属性栏中的水平镜像按钮和垂直镜像按钮即可完成操作。水平镜像和垂直镜像效果如图 4-8 所示。

图 4-8 镜像对象

技巧　选择需要镜像的对象，移动鼠标指针到垂直控制手柄的中间节点上，按住 Ctrl 键的同时向另一边拖动鼠标，释放鼠标后即可将对象水平镜像，如图 4-9 所示。同理，移动鼠标指针到水平控制手柄的中间节点上，按住 Ctrl 键的同时向另一边拖动鼠标，释放鼠标后即可将对象垂直镜像，如图 4-10 所示。

图 4-9　拖动对象　　　　　　　　图 4-10　镜像对象

4.2.5　倾斜对象

倾斜功能可以使对象倾斜一定的角度，倾斜对象的具体方法如下。

使用选择工具在需要倾斜的对象上双击，对象四周出现控制手柄，拖动对象四周居中 ↔ 形状的控制手柄，即可完成倾斜操作，如图 4-11 所示。

图 4-11　倾斜对象

 技巧　对象的缩放、旋转、镜像、倾斜等操作都可以通过"转换"泊坞窗进行，在泊坞窗中可以通过输入数值更精确地控制变换过程，并可以调整相对于坐标原点的位置和锚点，从而控制对象转换的细微变化。

4.3　改变对象的排列顺序

在 CorelDRAW X5 中绘制图形时，先绘制的图形位于上层，后绘制的图形位于下层。因为无法根据对象的排列顺序来决定绘图的先后顺序，所以需要调整对象的排列顺序，以得到满意的设计效果。

4.3.1　直接调整排列顺序

选择需要调整排列顺序的对象，执行"排列"→"顺序"命令，在展开的下级子菜单中选择调整顺序的命令即可，如图 4-12 所示。

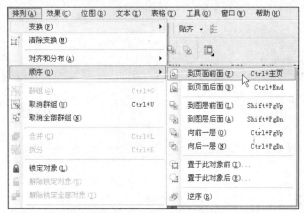

图 4-12　"顺序"菜单命令

如果当前页面中存在重叠对象，选择"到页面前面"命令，或者按 Ctrl+Home 快捷键，可将选定对象移动到当前页面中的最上一个图层中；选择"到页面后面"命令，或者按 Ctrl+End 快捷键，可将选定对象移动到当前页面的最下一个图层中。

选择"到图层前面"命令，或者按 Shift+PageUp 快捷键，可将选定的对象调整到当前图层中所有对象的最上面；选择"到图层后面"命令，或者按 Shift+PageDown 快捷键，可将选定的对象调整到当前图层中所有对象的最底部。

选择"向前一层"命令，或者按 Ctrl+PageUp 快捷键，可将选定对象调整到当前图层的上一层；选择"向后一层"命令，或者按 Ctrl+PageDown 快捷键，可将选定对象调整到当前图层的下一层。

选择"置于此对象前"命令，当鼠标指针变为➡形状时，单击绘图区域中另一个对象，可将选定对象调整到单击对象的上一层；选择"置于此对象后"命令，鼠标指针变为➡形状时，单击绘图区域中另一个对象，可将选定对象调整到单击对象的下一层，如图 4-13 所示。

图 4-13　"置于此对象后"命令效果

4.3.2　使用对象管理器调整

执行"窗口"→"泊坞窗"→"对象管理器"命令，可以打开"对象管理器"泊坞窗，在"对象管理器"泊坞窗中可以查看当前文件的页面和图层分布状态，拖动对象到位于页面的上层图层中，即可快速调整对象顺序。

4.4　对齐与分布对象

选定多个对象后，可以按指定的方式对齐或者分布，用户可以使对象自身互相对齐，也可以使对象与绘图区域中的中心、边缘或网格对齐。多个对象自身可以进行均匀分布，也可以相对于页面边缘进行分布。

4.4.1　对齐对象

选择需要对齐的对象，执行"排列"→"对齐和分布"命令，或者单击属性栏中的"对齐与分布" 按钮，弹出"对齐与分布"对话框，在"对齐"选项卡中设置对齐方式，如图 4-14 所示。

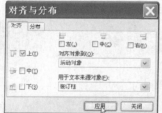

图 4-14　对齐对象

选中水平方向上的"左"、"中"、"右"复选框，可以按所选的对象左边、中心位置或右边相互对齐。

选中垂直方向上的"上"、"中"、"下"复选框，可以按所选对象的上边、中心位置和下边相互对齐。

在"对齐对象到"下拉列表中，可以选择对齐的范围，包括"活动对象"、"页边"、"页面中心"等，如要使对象相互对齐，需要选择"活动对象"选项。

提示　　对象之间互相对齐时，参考点是由选择对象的顺序决定的，如果采用框选的方式选择对象，那么最后框选到的对象将成为其他对象的参考点。如果采用加选的方式选择对象，最后选择的对象将成为其他对象对齐的参考点。

4.4.2　分布对象

分布功能可以将多个对象水平或者垂直分布在选定的范围和页面区域。还可以根据对象的高度、宽度和中心点在对象之间增加间距，也可以保持相等的间距。

选择需要平均分布的对象，在"对齐与分布"对话框中切换到"分布"选项卡，在"分布"选项卡中可以进行分布设置，如图 4-15 所示。

图 4-15   分布对象

选中水平方向的分布选项，可使对象沿水平轴分布。选中"左"复选框，平均设置对象左边缘之间的距离进行分布；选中"中"复选框，平均设置对象中心点之间的距离进行分布；选中"右"复选框，平均设置对象右边缘之间的距离进行分布。

选中垂直方向的分布选项，可使对象沿垂直轴分布。选中"上"复选框，平均设置对象上边缘之间的距离进行分布；选中"中"复选框，平均设置对象中心点之间的距离进行分布；选中"右"复选框，平均设置对象下边缘之间的距离进行分布。

在"分布到"选项栏中，可以设置对象分布的范围，选中"页面的范围"单选按钮时，选定的对象将在绘图页面中进行分布。

4.5   群组、结合与对象锁定

完成对象的绘制后，可以将绘制对象所用到的所有图元和效果群组，以便于对象的统一变换和编辑。结合命令可以将多个对象的节点连接，从而结合为一个新的对象。

4.5.1   群组与解散群组对象

群组命令可以聚合对象，同时保留各自的属性。群组对象的操作方法是，首先选择需要进行群组的所有对象，执行"排列"→"群组"命令，或者按 Ctrl+G 快捷键，也可以单击属性栏中的"群组"按钮，即可将选择的所有对象进行群组，如图 4-16 所示。按住 Ctrl键的同时单击群组对象中的某一单独对象，可在不解散群组的前提下单独选取某一对象进行编辑，如图 4-17 所示。

图 4-16   群组对象

图 4-17   选择群组中的单一对象

两个或两个以上的群组对象再次群组，可以创建嵌套群组，创建嵌套群组的方法与创建群组对象相同。

如果要解散对象的群组状态，首先选择群组对象，接着执行"排列"→"取消群组"命令或按 Ctrl+U 快捷键，也可以单击属性栏中的"取消群组"按钮。

如果要取消嵌套群组中所有对象的群组状态，可以执行"排列"→"取消全部群组"命令，或单击属性栏中的"取消全部群组"按钮。

4.5.2　结合与打散对象

结合对象是将多个对象合并为有相同属性的单一对象。结合对象的操作方法是，同时选择需要结合的对象，执行"排列"→"结合"命令或按 Ctrl+L 快捷键，也可以单击属性栏中的"合并"按钮，即可将选定对象结合为单一对象，如图 4-18 所示。

图 4-18　结合对象

使用结合命令产生的新对象，其对象属性取决于使用结合命令前选取对象的方式。如果使用框选方式选择对象，结合后的新对象属性将与框选范围内最下层的对象属性一致；如果使用加选的方式选择对象，结合后的新对象属性将与最后选择的对象属性一致。

执行"排列"→"打散曲线"命令或按 Ctrl+K 快捷键，或者单击属性栏中的"拆分"按钮，可以拆分对象为零散的对象和路径。需要注意的是，如果拆分的对象是通过结合命令得到的，那么拆分后的对象属性无法恢复到结合前的状态。

4.5.3　锁定与解锁对象

锁定功能可以防止误操作，锁定某个对象后，在 CorelDRAW X5 中进行的任何编辑都不会作用于锁定对象，锁定对象的具体操作方法如下。

选择需要锁定的对象，执行"排列"→"锁定对象"命令，对象四周的控制点变为 ▣ 形状，表示对象被锁定，如图 4-19 所示。

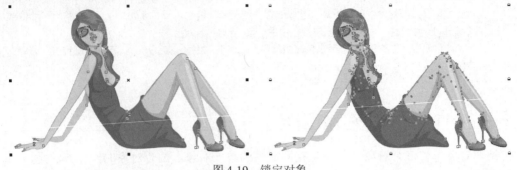

图 4-19　锁定对象

 提示　　需要编辑锁定对象时，首先要解除此对象的锁定状态。选择锁定的对象，执行"排列"→"解除锁定全部对象"命令，即可解除当前绘图区域中所有对象的锁定状态。

4.6　查找和替换对象

在实际工作中，有时需要批量更改绘图区域中所有对象的特定属性，使用查找命令可以查找出文件中存在指定对象类型、填充、轮廓、特殊效果的对象，替换命令则可以对查找出的对象属性进行批量更改，以节约重复操作的时间，提高工作效率。

4.6.1　查找对象

通过查找命令可以查找到任何对象、填充、轮廓和特殊效果类型，例如，查找文件中所有填充标准色对象的具体操作步骤如下。

Step 01　执行"编辑"→"查找并替换"→"查找对象"命令，或者按 Ctrl+F 快捷键，弹出"查找向导"对话框，单击"下一步"按钮，单击"填充"选项卡，选中"标准色"复选框，单击"下一步"按钮，如图 4-20 所示。

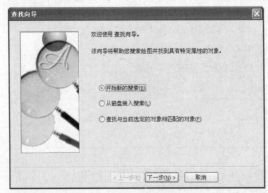

图 4-20　"查找向导"对话框

Step 02 在打开的对话框中单击"下一步"按钮，在弹出的"查找向导"对话框中单击"完成"按钮，如图 4-21 所示。

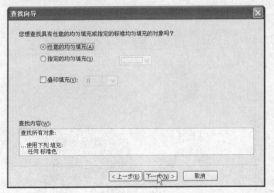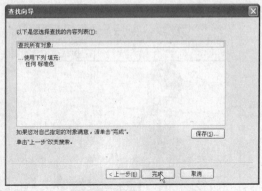

图 4-21 "查找向导"对话框

Step 03 在弹出的"查找"对话框中，单击"查找下一个"按钮，将依次选取绘图区域中所有填充标准色的对象。单击"查找全部"按钮，将同时选取绘图区域中所有填充标准色的对象，如图 4-22 所示。

图 4-22 查找全部效果

4.6.2 替换对象

查找命令可以寻找到任何对象、填充、轮廓和特殊效果类型并进行替换，例如，查找文件中所有填充色为红色（C=0；M=100；Y=55；K=0）并替换为黄色，具体操作方法如下。

执行"编辑"→"查找并替换"→"替换对象"命令，弹出"替换向导"对话框，单击"下一步"按钮，更换"替换为"颜色值为黄色，单击"完成"按钮，在弹出的"查找"对话框中，单击"替换"按钮，将依次替换绘图区域中所有填充色为红色的对象。单击"全部替换"按钮，将同时替换绘图区域中所有填充色为红色的对象，如图 4-23 所示。

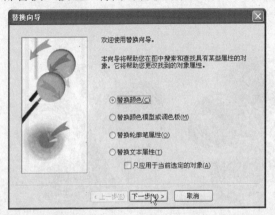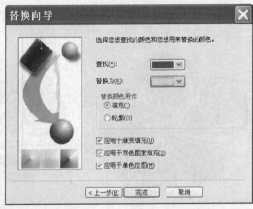

图 4-23 "替换向导"对话框

在弹出的"查找"对话框中，单击"替换"按钮，将依次替换绘图区域中所有填充色为红色的对象。单击"全部替换"按钮，将同时替换绘图区域中所有填充色为红色的对象，如图 4-24 所示。

图 4-24　替换对象

4.7　切割和擦除对象

在 CorelDRAW X5 中，用户可以切割对象为几个独立的个体，或者擦除对象中不需要的部分，使图形的编辑更细化。需要注意的是，群组、文本对象不能进行切割和擦除操作。

4.7.1　切割对象

使用工具箱中的切刀工具可以切割对象，并将其分为几个独立的对象。用户可以选择在切割时自动闭合对象，或仍保留为一个对象，使用刻刀工具切割对象的具体操作步骤如下。

Step 01　单击工具箱中的"刻刀工具" 按钮，在属性栏中单击"剪切时自动闭合" 按钮，移动鼠标指针到需要切割对象的边缘轮廓上，鼠标指针将变为 形状，如图 4-25 所示。

Step 02　单击鼠标左键并拖动鼠标绘制对象被切割的路径，释放鼠标后，对象将按指定的路径被切割，如图 4-26 所示。

Step 03　使用选择工具移动切割后的独立对象之一，可以查看切割后的对象效果，如图 4-27 所示。

图 4-25　选择切割对象　　　　图 4-26　绘制切割路径　　　　图 4-27　完成切割

4.7.2 擦除对象

使用橡皮擦工具可以擦掉对象中不需要的区域，用户可以根据需要擦除区域的形状设置橡皮擦的厚度和形状。擦除对象的操作步骤如下。

Step 01 单击裁剪工具组中的"橡皮擦" 按钮，在对象上需要擦除的区域单击鼠标左键定义擦除起点，如图 4-28 所示。

Step 02 移动鼠标指针，再次单击鼠标左键定义擦除终点，如图 4-29 所示。起点和终点之间的区域就会被擦除，如图 4-30 所示。

图 4-28 确定起点　　　　图 4-29 确定终点　　　　图 4-30 完成擦除对象

> **提示**
> 切割和擦除对象有两种方法，方法一为使用相关工具单击定义起点，移动鼠标指针后，再次单击定义终点即可完成切割或擦除操作；方法二为使用相关工具单击并拖动鼠标指针绘制路径，释放鼠标后即可完成切割或擦除操作。

4.8 图形变形

在 CorelDRAW X5 中，可以使用自由变形工具任意变形对象，还可以使用粗糙笔刷、涂抹笔刷等工具进一步调整图形的形状。

4.8.1 自由变形对象

使用自由变形工具可以使对象产生缩放、倾斜、角度反射、旋转等变换操作。单击形状工具组中的"自由变换工具"  按钮，其属性栏常见设置如图 4-31 所示。

图 4-31 "自由变换工具"属性栏

- 单击"自由旋转" ○ 按钮，可以通过确定旋转轴的位置，拖动旋转柄旋转对象。
- 单击"自由角度反射" ○ 按钮，可以通过确定反射轴的位置，拖动轴做圆周运动来反射对象。

- 单击"自由缩放"按钮，可以通过确定缩放中心点的位置，拖动中心点来改变对象的尺寸。
- 单击"自由倾斜"按钮，可以通过确定倾斜轴的位置，拖动倾斜轴来倾斜对象。
- 单击"应用到再制"按钮，在自由变换对象时会自动复制出一个对象。
- 单击"相对于对象"按钮，自由变换命令将根据对象的位置，而不是根据 X 和 Y 坐标来应用变换。

使用自由变换工具变换对象的具体操作步骤如下。

Step 01 选中需要进行变换的对象，如图 4-32 所示。

Step 02 单击形状工具组中的"自由变换"按钮，在属性栏中单击"自由旋转"按钮，在对象中心单击定义旋转中心点，拖动鼠标进行对象旋转，如图 4-33 所示。

Step 03 释放鼠标后，完成缩放操作，如图 4-34 所示。

图 4-32　选中对象　　　　图 4-33　自由旋转对象　　　　图 4-34　完成自由旋转对象

4.8.2　涂抹对象

使用涂抹笔刷工具可以使对象形状变形，选择涂抹笔刷工具后其属性栏常见设置如图 4-35 所示。

图 4-35　　"涂抹笔刷"工具栏

- 在"笔尖大小"文本框中，可以设置涂抹笔刷的宽度。
- 在"水分浓度"文本框中，可以设置涂抹笔刷的浓度。
- 在"笔斜移"文本框中，可以设置笔刷或模拟压感笔的倾斜角度。
- 在"笔方位"文本框中，可以设置笔刷或模拟压感笔的笔尖方位角度。

使用涂抹笔刷工具涂抹对象的具体操作方法如下。

选择需要涂抹的对象，在工具箱中的形状工具组中单击"涂抹笔刷"按钮，沿着对象轮廓拖动鼠标左键即可更改对象的形状，根据涂抹对象的位置和范围，可以控制对象变形的范围和形状，如图 4-36 所示。

图 4-36　涂抹对象

4.8.3　粗糙对象

　　使用粗糙工具，可以使选择对象边缘产生锯齿或者尖突的边缘形状。在属性栏中可以设置"笔尖大小"、"尖突频率"、"水分浓度"等参数以创建不同的变形效果。

　　"粗糙工具"和"涂抹工具"使用方法相似，使用选择工具选择需要粗糙的对象，在工具箱中的形状工具组中单击"涂抹笔刷" 按钮，沿着对象轮廓拖动鼠标左键即可使对象边缘产生粗糙的变形效果，如图 4-37 所示。

图 4-37　粗糙对象

> **提示**
> 粗糙工具不能应用于非曲线对象，例如几何图形、文本或完美对象，系统会弹出"转换为曲线"对话框，单击"确定"按钮，此对象会自动转换为曲线对象。

4.8.4　裁切对象

　　使用裁剪工具可以删除选定区域外部的内容，还可以应用于位图、矢量图形、群组对象，使用裁剪工具裁切对象的具体操作方法如下。

单击工具箱中的"裁剪工具" ✄ 按钮，在对象上拖动鼠标定义需要裁剪的区域，裁剪区域四周会出现裁剪控制框和控制角，用户可以拖动周围的控制手柄调整裁剪区域的大小，如图 4-38 所示。双击鼠标左键或者按 Enter 键确认裁剪，如图 4-39 所示。

图 4-38　裁剪

图 4-39　完成裁剪

技巧　　定义好裁剪区域后，单击属性栏中的"清除裁剪选取框" 按钮，或者按 Esc 键可取消裁剪。

4.8.5　删除虚拟段

对象与对象之间重叠时，使用虚拟段删除工具可以删除对象相交点之间的线段，此工具没有属性栏选项。使用虚拟段工具删除线段的操作方法如下。

选择要删除虚拟段的对象，在裁剪工具组中单击"虚拟段删除" ✄ 按钮，移动指针到需要删除的线段上，倾斜的鼠标指针由 ✄ 形状变为垂直 ✄ 状态，单击即可将线段删除，使用相同的方法删除其他需要删除的线段，如图 4-40 所示。

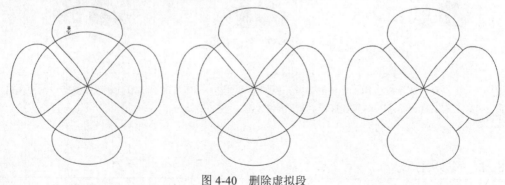

图 4-40　删除虚拟段

4.9 对象造型

在 CorelDRAW X5 中，可以通过修剪、焊接、相交等造型功能，将两个或两个以上重叠对象改变形状后，重新组合为新的对象。对象造型可以通过工具属性栏、菜单命令和泊坞窗三种方式进行操作。

4.9.1 焊接对象

焊接功能可以将多个对象焊接为一个整体，来源对象可以是独立线条、重叠或不重叠的对象等，但不能使用段落文本和位图，焊接后，目标对象的轮廓将作为新对象的轮廓，并沿用目标对象的填充和轮廓属性。焊接对象的具体操作方法如下。

选择"选择工具" ，选择需要焊接的来源对象，执行"窗口"→"泊坞窗"→"造形"命令，弹出"造形"泊坞窗，在"造形类型"下拉列表中选择"焊接"选项，单击"焊接到"按钮，在需要焊接的目标对象上单击，即可完成图形焊接，如图 4-41 所示。

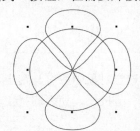  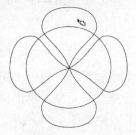 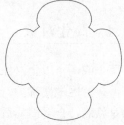

图 4-41 焊接对象

> **提示** 在"造形"泊坞窗中，选中"保留原件"栏中的"来源对象"复选框，在完成造型操作后，来源对象会被保留；选中"目标对象"复选框，则目标对象会被保留。

4.9.2 修剪对象

使用修剪命令，可以用一个对象或一组对象作为来源对象修剪掉与目标对象之间的重叠区域，系统会根据来源对象的形状对目标对象进行修剪。具体操作方法如下。

选择需要焊接的来源对象，在"造形"泊坞窗的"造形类型"下拉列表中选择"修剪"选项，单击"修剪"按钮，在需要修剪的目标对象上单击即可，如图 4-42 所示。

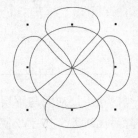  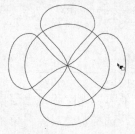 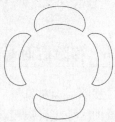

图 4-42 修剪对象

4.9.3　相交对象

使用相交命令，可以将两个或两个以上对象之间的重叠区域创建为一个新对象。新对象将与目标对象中的填充和轮廓属性保持一致。

选择需要相交的来源对象，在"造形"泊坞窗的"造形类型"下拉列表中选择"相交"选项，单击"相交对象"按钮，在需要相交的目标对象上单击即可，相交效果如图 4-43 所示。

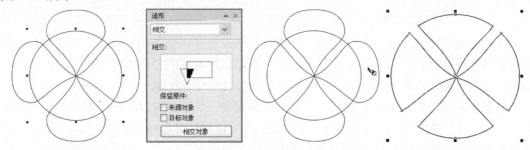

图 4-43　相交对象

4.9.4　简化对象

两个或两个以上对象重叠放置时，使用"简化"命令可以将选定对象中所有与最上层对象重叠的区域删除掉。选择重叠对象，单击属性栏中的"简化"▣按钮，使用选择工具移动对象后，查看简化后的效果如图 4-44 所示。

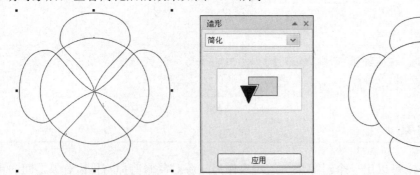

图 4-44　简化对象

技巧　使用"造形"命令变形对象后，均不能再恢复到造型前的形状，但用户可以在"造形"泊坞窗中"保留原件"栏中选中"来源对象"和"目标对象"复选框，以防止误操作。

4.9.5　移除后面对象

"移除后面对象"功能可以删除除最上层以外的所有对象，同时最上层对象与下层对象重叠的区域也会被删除，选择重叠对象，单击属性栏中的"移除后面对象"按钮，使用选择工具移动对象后，查看移除后面对象后的效果如图 4-45 所示。

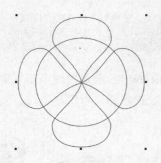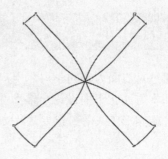

图 4-45　移除后面对象

4.9.6　移除前面对象

　　"移除前面对象"可以删除除最下层以外的所有对象，同时最下层对象与上层对象重叠的区域也会被删除，选择重叠对象，单击属性栏中的"移除前面对象" 按钮，使用选择工具移动对象后，查看移除前面对象后的效果如图 4-46 所示。

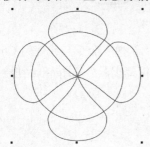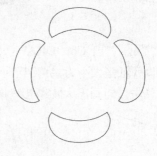

图 4-46　移除前面对象

4.9.7　边界

　　两个或两个以上对象重叠放置时，使用"边界"命令可以创建一个围绕在所选对象旁的新对象。选择重叠对象，在"造形"泊坞窗的"造形类型"下拉列表中选择"边界"选项，选中"保留原对象"复选框，单击"应用"按钮，边界效果如图 4-47 所示。

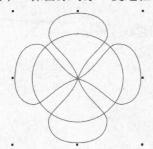

图 4-47　边界效果

提示　　　选择两个或两个以上重叠对象时，单击属性栏中的相应按钮 ，可以快速生成对象造型效果。

4.10 实战操作——绘制女性上半身剪影效果

通过对前面内容的学习，用户已经掌握了使用 CorelDRAW X5 编辑曲线节点和对象变形的基本方法。下面设计一幅女性上半身剪影效果，在绘制时需要使用钢笔工具、贝塞尔工具、椭圆形工具等，绘制过程如图 4-48 所示。

图 4-48　绘制过程

Step 01 打开 CorelDRAW X5 软件，执行 "文件" → "新建" 命令，或使用 Ctrl+N 快捷键，设置纸张大小为 A4，横向摆放，单击工具箱中的 "钢笔工具" 按钮，在绘图区域中依次单击，勾画出人物剪影轮廓，如图 4-49 所示。

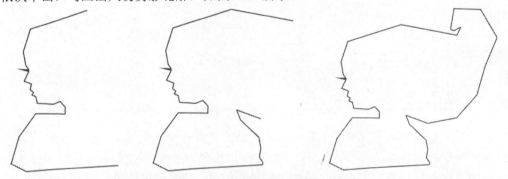

图 4-49　勾画人物剪影轮廓

Step 02 使用 "形状工具"，调整人物的轮廓，如图 4-50 所示。

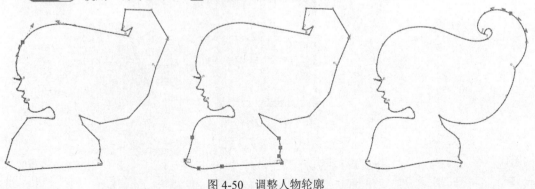

图 4-50　调整人物轮廓

Step 03 选中绘制的轮廓线条，填充黑色，取消轮廓线，如图 4-51 所示。使用"钢笔工具" 绘制线条轮廓，取消轮廓线，填充白色，如图 4-52 所示。选中绘制的白色线条，如图 4-53 所示。

图 4-51　填充颜色　　　　图 4-52　绘制白色线条　　　　图 4-53　选中白色线条

Step 04 执行"窗口"→"泊坞窗"→"造形"命令，打开"造形"泊坞窗，选择"修剪"选项，单击"修剪"按钮，如图 4-54 所示。在黑色人物头部轮廓上单击鼠标左键，如图 4-55 所示。修剪效果如图 4-56 所示。

图 4-54　"造形"对话框　　　图 4-55　单击修剪目标对象　　　图 4-56　修剪效果

Step 05 继续使用钢笔工具绘制线条，填充白色，使用相同的方法修剪对象，如图 4-57 所示。

图 4-57　绘制线条并修剪对象

Step 06 单击工具箱中的"椭圆形工具" 按钮，绘制圆形对象，双击上面的圆形对象，移动旋转中心到下方的圆形中点；拖动右上角的控制手柄，旋转对象，如图 4-58 所示。

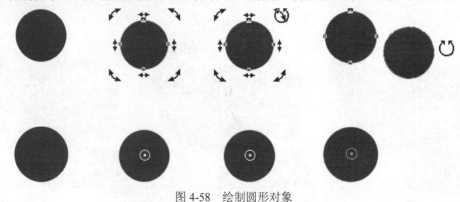

图 4-58　绘制圆形对象

Step 07 按 Ctrl+R 快捷键十次，再制对象，效果如图 4-59 所示。继续使用相同的方法创建图形，如图 4-60 所示。复制圆形对象，使用相同的方法创建同心圆形对象，如图 4-61 所示。

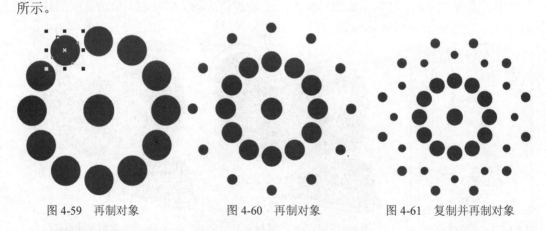

图 4-59　再制对象　　　　　图 4-60　再制对象　　　　　图 4-61　复制并再制对象

Step 08 框选所有圆形对象，按 Ctrl+G 快捷键群组对象。

Step 09 继续绘制并复制圆形对象，创建时尚图形，如图 4-62 所示。继续绘制时尚图形，如图 4-63 所示。将绘制的装饰图案更改为白色，复制并放置到女性剪影头部适当的位置，如图 4-64 所示。

图 4-62　绘制对象　　　　　图 4-63　绘制对象　　　　　图 4-64　复制并放置对象

4.11　本章小结

　　本章主要讲述了进行服装设计时，线稿曲线编辑和对象的一些其他常用操作，例如，包括图形变换、对象群组、对象的对齐和分布、对象造型等。通过本章的学习，用户可以对线稿曲线进行形状编辑，还可以对绘制完成的对象进行对齐分布，排列层次进行调整，并能结合几个基本图形进行外观造型。

4.12　知识与能力测试

笔试测试题

1. 选择题

　　（1）使用（　　）可以擦掉对象中不需要的区域，用户可以根据需要擦除区域的形状设置橡皮擦的厚度和形状。

A. 阴影工具　　　　B. 粗糙工具　　　　C. 橡皮擦工具　　　　D. 刻刀工具

　　（2）对象与对象之间重叠时，使用（　　）可以删除对象相交点之间的线段。

A. 形状工具　　　　B. 裁剪工具　　　　C. 透视工具　　　　D. 虚拟段删除工具

2. 填空题

　　（1）在 CorelDRAW X5 中，_____、_____对象不能进行切割和擦除操作。

　　（2）使用粗糙工具，可以使选择对象边缘产生_____或者_____的边缘形状。

3. 简答题

　　（1）定义好裁剪区域后，可以取消裁剪吗？

　　（2）简化后的对象可以再次恢复到简化前的形状吗？

上机练习题

　　使用本章讲述的曲线编辑和对象变形方法，绘制基本图形，并使用前面介绍的曲线编辑和对象变形方法调整图形，创建如图 4-65 所示的套装展示效果图。

图 4-65　套装展示效果图

操作提示

在制作服装展示效果的实例操作中，主要运用了矩形工具、钢笔工具、形状工具等。操作步骤如下。

（1）新建文件，绘制正方形底图，并填充颜色值。

（2）复制矩形，适当缩小对象，使用粗糙笔刷在矩形四周拖动鼠标变形对象。

（3）使用钢笔工具绘制衣袋、四周的星形等装饰内容。

（4）置入服装展示图片，将其放置到适当的位置。

Chapter 05
服装色彩知识介绍

本章导读

　　本章将学习色彩方面的相关知识，了解色彩特征以及色彩构成对服装设计的影响，熟悉色彩视觉心理学，加强对服装色彩的感知能力，这将有助于对色彩的深层次理解以及更好地驾驭色彩。

重点难点

- 色彩的基本原理
- 色彩的情感
- 服装色彩搭配介绍
- 图案和底纹填充
- 均匀和渐变填充

5.1 色彩的基本原理

在这绚丽缤纷的大千世界里，色彩使宇宙万物充满情感，显得生机勃勃。对于人的视觉，最敏感的就是色彩，色彩作为一种最普及的审美形式，存在于人们日常生活中的各个方面，衣、食、住、行、用几乎都与色彩有着密切的关系，如果人类离开色彩生存，是不可想象的。

人们观察外界的各种物体，首先引起反映的就是色彩，它是人体视觉诸元素中，对视觉刺激最敏感，反应最快的视觉信息符号。人们对色彩的注重率占视觉的 80%左右，对形的注重率仅占 20%左右，色彩强烈的服装能很快地吸引人们注意，如图 5-1 所示。

色彩对设计有着举足轻重的作用，色彩不仅仅是点缀生活的重要角色，也是一门学问。要在设计作品中灵活、巧妙地运用色彩，使作品达到各种精彩效果，就必须对色彩好好研究一番。首先来学习一些关于色彩的基础知识，一起感受色彩运用的妙处吧！

图 5-1　色彩的基本原理

5.1.1　色彩三要素

人们视觉感受到了色彩的丰富变化，而视觉所感知的一切色彩现象都要用色彩三要素表示色相、明度和纯度三种性质，下面就来详细介绍色彩三要素。

1. 色相

色相指色彩的相貌。它是颜色中最重要的特征，在可见光谱上，人的视觉能感受到红、橙、黄、绿、青、蓝、紫，这些不同特征的色彩如图 5-2 所示。当人们称呼其中某一种颜色的名称时，就会有一个特定的色彩印象，这就是色相的概念。

2. 明度

明度指色彩明暗的程度。光线强时，感觉比较亮，光线弱时，感觉比较暗。色彩的明暗强度就是所谓的明度。明度高是指色彩较明亮，相反，明度低就是指色彩较灰暗，如图 5-3 所示。

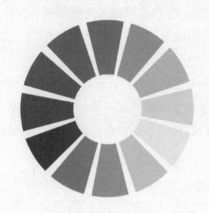

图 5-2　色环

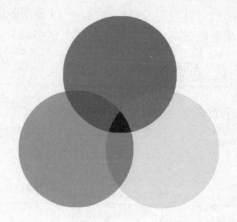

图 5-3　三原色

3. 纯度

纯度指色彩鲜艳的程度，它取决于某一处颜色的波长单一程度。我们的视觉能辨认出的有色相感的颜色，都具有一定程度的鲜浊度。

5.1.2　色彩的分类

色彩分为三大类：无彩色、有彩色与独立色类。

- **无彩色类**：色彩基本上分为无彩色系和有彩色系两大类。无彩色系就是指黑色、白色和深浅不同的灰色，如图 5-4 所示。
- **有彩色类**：是无彩色系以外的颜色组成的，如图 5-5 所示。
- **独立色类**：是指金色和银色。

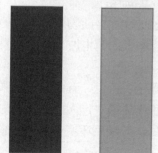  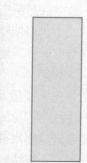 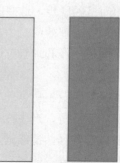

图 5-4　无彩色　　　　　　　图 5-5　有彩色

5.2 色彩的情感

色彩对人们的心理、情绪乃至健康都有一定的影响，因为不同的色彩所产生的波长不同，眼睛所受到不同的刺激就会使大脑发出不同的信号，由此使人们产生了不同的情绪。例如橙色可以勾起人们的食欲，所以餐厅多用橙色装饰。医院的护理人员服装多为粉红色，粉红象征温馨，可以起到安抚病人情绪减轻病人痛苦的效果。

5.2.1 色彩的象征性

色彩本身是没有感情的，但由于人们的社会活动与其产生联系，色彩对人的思维、感情又产生影响，因此在心理上会产生某种情绪。我们可以对于典型色彩所具有的感情特征做一个简单的描述，色彩的心理感受如表 5-1 所示。

表 5-1 色彩的心理感受

颜色	色彩情感
红色	火热、热情、勇敢、爱情、健康、野蛮
橙色	富饶、充实、未来、友爱、豪爽、积极
黄色	智慧、光荣、忠诚、希望、喜悦、光明
绿色	公平、自然、和平、幸福、理智、稚嫩
蓝色	自信、永恒、真理、真实、沉默、冷静
紫色	权威、尊敬、高贵、优雅、信仰、孤独
黑色	神秘、寂寞、黑暗、压力、严肃、气势
白色	神圣、纯洁、无私、朴素、平安、诚实

5.2.2 色彩的心理感受

由于人们的性别、年龄、性格、气质、健康状况、爱好、习惯等都不相同，所以色彩作用于不同人时，其心理活动也是各不相同的。虽然色彩引起的复杂感情是因人而异的，但由于人类生理特征和生活环境存在着相似之处，大多数人对色彩有具象的和抽象的、直接的和间接的联想，这些联想所引起的感情、情趣、思维都有着共同性。

色彩的心理效应是由色彩的物理性感应直接引发的，这种感受往往会随物理性刺激的消失而消失。经心理学家研究发现，色光刺激人的视觉，可以影响人的脑电波，以此激发人的心理感应。

红、橙、黄三色易使人联想太阳和火等，产生热感，称为暖色。蓝色、青色易使人联想天空和海洋等，产生冷感，称为冷色。例如，长时间处于红色光环境中，人的脉搏会加快，血压会升高，情绪则显得兴奋而冲动，如图 5-6 所示。而处在蓝绿色坏境中，人会感到一种沉静与安逸的气氛，情绪较为平和，如图 5-7 所示。

图 5-6 红色易产生紧张感

图 5-7 蓝色使人冷静

1. 冷暖感

冷暖感指色彩的色调变化而产生的心理影响。在对色彩的各种感觉中，首先感觉到的是冷暖感。冷暖取决于色调，在设计中，色彩的冷暖有着很大的适用性，得到广泛的应用，如图 5-8 所示。

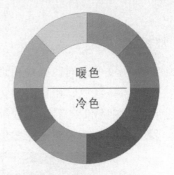

图 5-8 冷暖色对比

2. 轻重感

轻重感指不同明度与纯度对比产生的心理错觉，轻重感主要取决于明度。明度高的色感轻，富有动感，暗色具有稳重感。明度相同时，纯度高的比纯度低的感觉轻。不同的色彩搭配出的效果也会不同，如图 5-9 所示。

图 5-9 轻重感对比

3. 远近感

远近感指色性、明度、纯度、面积等多种对比造成的错觉现象。亮色、暖色、纯色如红、橙、黄暖色系，看起来有逼近之感，称为"前进色"。暗色、冷色、灰色，如青、绿、紫冷色系，看起来有距离感称为"后退色"，如图 5-10 所示。

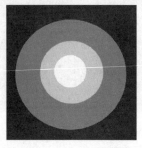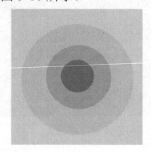

图 5-10　远近感对比

4. 胀缩感

胀缩感指明度变化对比强烈所造成视觉上的一种错觉现象，明度的不同是形成色彩胀缩感的主要因素。红色、橙色、白色这些明度高的颜色为膨胀色，可以将物体放大。而蓝色、黑色、明度等较低的颜色为收缩色，可以将物体缩小，例如，两条分别是白色与黑色的裤子，穿着黑色的裤子往往比白色裤子更显得瘦小，如图 5-11 所示。

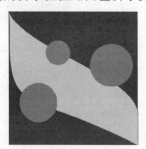

图 5-11　胀缩感对比

5. 动静感

动静感是指人的情绪在视觉上的反映。红色、橙色、黄色给人以兴奋感；青色、蓝色给人以沉静感，而绿色与紫色都属于中性，介于两种感觉之间。白和黑及纯度高的色彩给人以紧张感，灰色及纯度低的色彩给人以舒适感，如图 5-12 所示。

图 5-12　动静感对比

6. 心理感受

色彩心理感受包括视觉心理感受与触觉心理感受，视觉心理感受指对色彩的反应，随外在环境而改变。人们的视觉受色彩的明度及彩度的影响，会产生冷暖、轻重、远近、胀缩、动静等不同的感受与联想。如表 5-2 所示。触觉心理感受指非视觉辨识，但却能影响到人们的心理，作用于感情，甚至左右人们的精神与情绪，如表 5-3 所示。

表 5-2　视觉心理感受

面积大	高明度色、淡色（白）
面积小	低明度色、浓色（黑）
轻色	高明度色（中等纯度、中高明度）
重色	低明度色（表面粗糙色）
浅色	浅蓝、粉紫、黄色、白色（淡黄草绿）
深色	黑色、紫、深蓝、

表 5-3　触觉心理感受

干	暖色系：红色、橙色、黄色等
湿	冷色系：蓝色、青色、紫色等
暖色	红色、橙色、黄色、褐色
冷色	绿色、蓝色、紫色、白色等
高音	红色、橙色、黄色、白色
低音	蓝色、紫色、褐色、黑色

5.3　服装色彩搭配与运用

色彩是服装感观的第一印象，不同的色彩可以搭配出不同的效果。服装的色彩可根据配色的规律来搭配，以达到整体色彩的和谐美，下面将介绍服装色彩的搭配。

5.3.1　色彩搭配分类

在设计中，色彩搭配组合的形式直接关系到服装的整体风格。使用纯度较高的对比色组合可以表达热情奔放的热带风情，也可以通过一组彩度较低的同类色组合体现服装典雅质朴的格调，下面介绍在服装设计中最常用的几种配色方法。

1. 同色系

同色系指采用不同色调的同一色相，如红色与浅红、深蓝与浅蓝，如图 5-13 所示。

2. 类似色

类似色指采用色相环两侧的相近颜色，如红色与橙红、黄色与草绿色、橙色与黄色相配等，如图 5-14 所示。

3. 对比色

对比色指完全相反的颜色，如红色与绿色、青色与橙色、黑色与白色等，对比色相配能形成鲜明的对比，如图 5-15 所示。

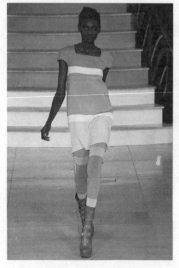

图 5-13　同色系　　　　　　　图 5-14　类似色　　　　　　　图 5-15　对比色

4. 互补色

互补色搭配是指使用色相环中相距较远颜色的配色方案，如黄色与紫色，红色与青绿色，这种配色比较强烈，如图 5-16 所示。

5. 无彩色与有彩色

无彩色与有彩色也可以配色，例如黑白色与彩色的搭配会显得简洁大方，如图 5-17 所示。

图 5-16　互补色　　　　　　　　　　　图 5-17　无彩色与有彩色

5.3.2　服装色彩搭配法则

色彩具有表达情感和气质的作用，合理的搭配会显得人体与服装具有协调性。服装色彩有极强的吸引力，若要在着装上得到淋漓尽致地发挥，必须充分了解色彩的特性，只有把握了色彩的搭配规律，不同色彩搭配用在不同的场合，才会产生不同的效果。

1. 统一法

统一法指配色时采用同一色系中各种明度不同的色彩，按照深浅不同的程度进行搭配，营造出和谐统一的美感，如全身白色调，全身黑色调等。

2. 呼应法

呼应法指上衣帽子等相互呼应，如赤色裙子配上黑白条或黑白上衣，戴红帽子可配红挎包或红白花纺的上衣，这种呼应配色使人感到和谐又活泼。

3. 陪衬法

陪衬法指上下衣、上衣的袖口边、裙子和下摆、裙带、上衣和衣领等，用红、白、黑、灰等色相陪衬，用对比方法显示出生动活泼的效果。

4. 点缀法

点缀法指在采用统一法配色时，为了有所变化，而在某个小范围里，选用某种不同的色彩加以点缀美化。在统一色调的服装上点缀不同色或相反色的袖边、领口、口袋或装饰等，这种配色法显得文雅又庄重。

5. 对比法

对比法指上下衣、上衣的领子和袖子、上衣的某一部位和上衣整体、裙子裤子的不同片，用不同的颜色相配，会形成鲜明的反差，显示出鲜艳、活泼、明快的感觉。如冷暖、深浅、明暗特性相反的色彩进行组合的方法，可以使着装在色彩上反差强烈，静中有动，突出个性。

5.3.3　服装季节色彩搭配

色彩的搭配与自然界季节的变化同步，春秋为暖调，夏冬为冷调。春夏的自然色彩明度高，感觉明亮欢快轻盈。秋冬的明度低，感觉华贵寂静稳重，下面分别介绍色彩与季节变化之间的联系。

1. 春季

春季应穿着明快的色彩，如柠檬黄、粉红色、豆绿色或浅绿色等。这些充满自然气息的颜色宁静而祥和，令人感觉舒适，如图 5-18 所示。

2. 夏季

夏季以素色为基调，给人以凉爽感。蓝色、浅灰色、白色、玉色、淡粉红等几乎成了夏季主打色。在艳阳高照的夏日里搭配清新的蓝色、白色，令人眼前一亮， 如图 5-19 所示。

图 5-18　春季色彩搭配　　　　　　　　　　图 5-19　夏季色彩搭配

3. 秋季

秋季应穿中性色彩的服饰，金黄色、翠绿色、米色以及浪漫的紫色，都能很好地搭配出优雅的感觉，如图 5-20 所示。

4. 冬季

冬季以深沉的色彩为主，如黑色、藏青色、古铜色、深灰色等。冬季气候寒冷，自然界色彩趋于单调，服装色彩也可以暖色调为主，如图 5-21 所示。

图 5-20　秋季色彩搭配　　　　　　　　　　图 5-21　冬季色彩搭配

5.4　使用 CorelDRAW 进行图案填充

通过对服装色彩相关知识的学习，用户需熟练掌握色彩搭配的要素，在"颜色"泊坞窗中，可以为对象填充均匀色。下面介绍使用填充工具对服装进行上色的方法。

5.4.1　使用调色板填充

在 CorelDRAW X5 中使用调色板可以方便快速为对象填充颜色，可执行"窗口"→"调色板"命令打开调色板，下面介绍使用调色板填充颜色的方法。

Step 01 打开素材文件 5-1.cdr，单击工具箱中的"选择工具" 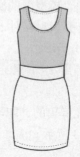按钮，选择需填充的上衣，如图 5-22 所示。

Step 02 单击调色板中的颜色色块，如图 5-23 所示。填充上衣颜色值（C=0；M=40；Y=0；K=0），如图 5-24 所示。

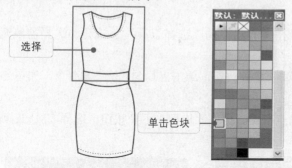

图 5-22　选中对象　　　　图 5-23　选取颜色　　　　图 5-24　填充完成

Step 03 使用"选择工具" ，单击需要填充的裙子，如图 5-25 所示。

Step 04 单击调色板中的颜色色块，填充颜色值（C=9；M=66；Y=0；K=0），如图 5-26 所示。即可完成对裙子的颜色填充，如图 5-27 所示。

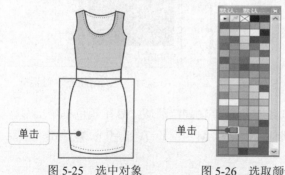

图 5-25　选中对象　　　　图 5-26　选取颜色　　　　图 5-27　填充完成

Step 05 选择需要填充的腰带，如图 5-28 所示。单击调色板中的颜色色块，填充颜色值（C=0；M=20；Y=20；K=0）如图 5-29 示。即可完成对裙子颜色的填充，如图 5-30 所示。

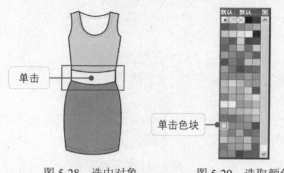

图 5-28　选中对象　　　　图 5-29　选取颜色　　　　图 5-30　最终效果图

> **提示**　　在选取对象的前提下使用左键单击调色板上的颜色可为对象填充颜色，使用右键单击调色板上的颜色可为对象填充轮廓线颜色。

5.4.2 均匀填充

在使用 CorelDRAW X5 进行填充颜色时，在很多情况下，都需要对标准填充所使用的颜色进行设定，在"均匀填充"对话框中，包括"模型"、"混和器"和"调色板"选项卡，下面介绍常用的"模型"的操作方法。

Step 01 打开素材文件 5-2.cdr，单击工具箱中的"选择工具"⬡按钮，选择需填充的裙子，如图 5-31 所示。

Step 02 使用 "填充工具"⬡，单击展开按钮，单击"均匀填充"■命令，如图 5-32 所示。

Step 03 在弹出的"均匀填充"对话框中，单击"模型"下拉按钮，选择 CMYK 颜色模式，如图 5-33 所示。

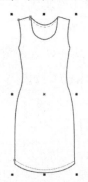

图 5-31　选中对象

图 5-32　使用均匀填充

图 5-33　"均匀填充"对话框

Step 04 ❶使用鼠标指针拖动颜色条上的滑块到蓝色区域；❷在颜色框中会显示出它所对应的颜色范围。单击所需填充的颜色（C=29；M=4；Y=7；K=0）；❸单击"确定"按钮，如图 5-34 所示。

Step 05 完成裙子颜色的填充，如图 5-35 所示。

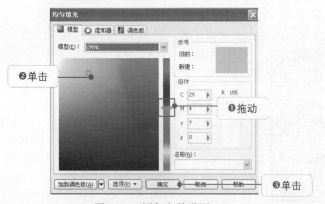

图 5-34　颜色参数设置

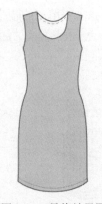

图 5-35　最终效果图

提示　　使用"均匀填充"时，按 Shift+F11 快捷键，在打开的对话框中，可自定义设置用户所需要的颜色参数值，为对象填充精确的颜色。

5.4.3　渐变填充

在 CorelDRAW X5 中，颜色调和有双色与自定义两种，双色调和用于简单的渐变调和，自定义调和用于多种渐变的填充，用户需在渐变轴上自行设置颜色的控制点和颜色参数。

1. 双色填充

Step 01　打开素材文件 5-3.cdr，单击工具箱中的"选择工具"按钮，选中需要填充的裙子，如图 5-36 所示。

Step 02　使用"填充工具"，单击展开按钮选择"渐变填充"，弹出"渐变填充"对话框，如图 5-37 所示。

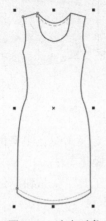

图 5-36　选中对象

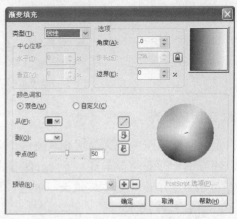

图 5-37　"渐变填充"对话框

Step 03　在弹出的"渐变填充"对话框中，单击"类型"下拉按钮，❶选择"线性"渐变模式；❷设置起点颜色值为（C=0；M=80；Y=96；K=0），终点颜色值为（C=2；M=3；Y=2；K=0），如图 5-38 所示。

Step 04　❶将鼠标指针指向角度显示区域，选择角度位置；❷单击"确定"按钮，如图 5-39 所示。

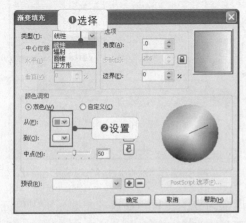

图 5-38　"渐变填充"对话框

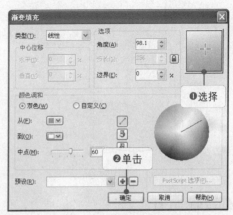

图 5-39　"渐变填充"对话框

Step 05 按相同的方法，即可完成裙子线性、辐射、圆锥、方形四种渐变效果，如图 5-40 所示。

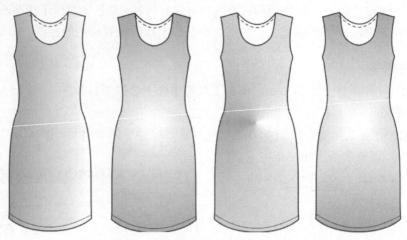

图 5-40　最终效果图

2. 自定义填充

自定义渐变填充可定义为填充渐变两个以上的颜色，自定义渐变在填充色彩时方便、灵活，使得填充渐变色彩丰富，下面介绍自定义渐变填充的操作方法。

Step 01 打开素材文件 5-4.cdr，单击工具箱中的"选择工具" 按钮，选中需要填充的裙子，如图 5-41 所示。

Step 02 单击工具箱中的"填充工具" 按钮，在展开的列表中选择"渐变填充"，弹出"渐变填充"对话框，❶选中颜色调和选项栏中的"自定义"单选按钮；❷选择填充底色为（C=0；M=0；Y=40；K=0），如图 5-42 所示。

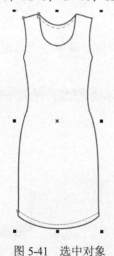

图 5-41　选中对象

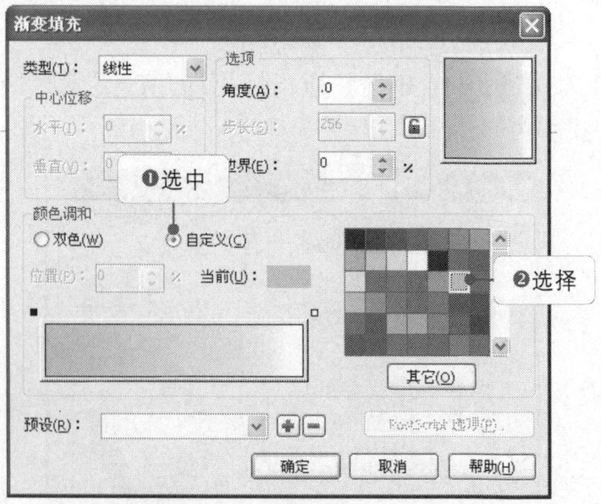

图 5-42　"渐变填充"对话框

Step 03 在自定义渐变色条区域内，使用所需渐变的位置，❶双击左键显示黑色三角形按钮后，单击右侧的"其他"按钮；❷选择所要填充渐变的颜色值为（C=40；M=0；Y=0；K=0），如图 5-43 所示。

Step 04 按相同的方法，❶选择需要渐变的位置并双击左键，显示黑色三角形按钮后，单击右侧的"其他"按钮；❷选择所要填充渐变的颜色值为（C=60；M=60；Y=0；K=0），如图 5-44 所示。

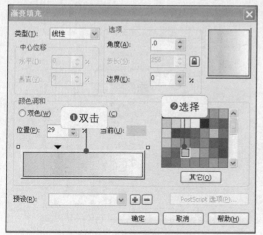 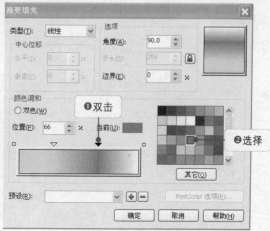

图 5-43 "渐变填充"对话框　　　　　图 5-44 "渐变填充"对话框

Step 05 单击"确定"按钮，即可完成自定义渐变填充，如图 5-45 所示。

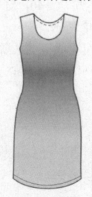

图 5-45 最终效果图

> **提示**　　在"渐变填充"对话框中，单击"预设"下拉按钮，可选择 CorelDRAW X5 中预设的渐变色彩填充样式。

5.4.4 图样填充

　　使用填充工具栏中的"图样填充"工具，可为对象使用色彩丰富的图样进行填充，图样填充中包括双色、全色和位图图案。下面介绍常用的图样填充颜色的方法。

1. 双色填充

Step 01 打开素材文件 5-5.cdr，单击工具箱中的"选择工具" ![按钮图标]按钮，选中需要填充的裙子，如图 5-46 所示。

Step 02 单击工具箱中的"填充工具"按钮，在展开的列表中选择"图样填充"，在弹出的对话框中选中"双色"单选按钮，单击图样填充的下拉按钮，选择填充图样，如图 5-47 所示。

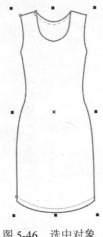

图 5-46　选中对象

图 5-47　"图样填充"对话框

Step 03 ❶单击图样前景色与背景色的展开按钮；❷选择所填充图样的颜色前景色为（C=20；M=0；Y=60；K=0），背景色为（C=40；M=0；Y=100；K=0）设置"大小"栏中"宽度"与"高度"的参数，如图 5-48 所示。

Step 04 单击"确定"按钮，即可完成自定义渐变填充，如图 5-49 所示。

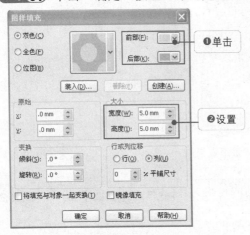

图 5-48　"图样填充"对话框

图 5-49　最终效果图

> **提示**　在进行"双色"填充图样时，可根据填充对象，设置出图样的前景色、背景色、大小尺寸以及排列方式等表现方式。

2. 全色填充

全色填充与双色填充的不同之处在于，双色填充可自行调整前景色与背景色，而全色填充则使用 CorelDRAW X5 提供的矢量图案样式进行填充，下面介绍双色填充颜色的方法。

Step 01 打开素材文件 5-6.cdr，单击工具箱中的"选择工具" ⊡按钮，选中需要填充的裙子，如图 5-50 所示。

Step 02 单击工具箱中的"填充工具" ◈按钮，在展开的列表中选择"图样填充" ▨。

Step 03 在弹出的对话框中选中"全色"单选按钮，❶单击图样填充的展开按钮；❷选择所填充的图样，如图 5-51 所示。

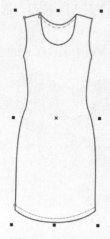

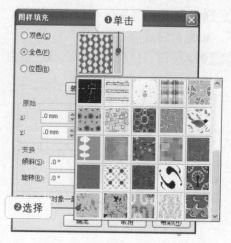

图 5-50　选中对象

图 5-51　"图样填充"对话框

Step 04 ❶设置"大小"栏中"宽度"与"高度"的参数；❷单击"确定"按钮，如图 5-52 所示。完成全色填充，效果如图 5-53 所示。

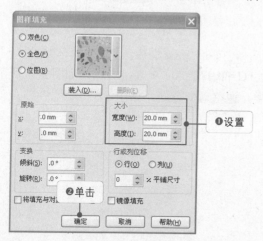

图 5-52　"图样填充"对话框

图 5-53　最终效果图

提示　　在操作图样填充时，用户也可以载入自己喜欢的图样填充。单击"装入"按钮，将弹出"导入"对话框，在对话框中使用目标文件，单击"导入"按钮，导入的文件将自动添加到样式列表中。完成设置后，单击"确定"按钮即可。

5.4.5 交互式填充

使用交换式填充工具填充对象是一种快捷的填充方式，其操作方法非常方便灵活，只需选中填充对象后，用鼠标指针进行拖动完成，交互式填充工具包括交互式填充工具和交互式网状填充工具两种。下面介绍交互式填充工具的操作方法。

Step 01 打开素材文件 5-7.cdr，单击工具箱中的"选择工具" 按钮，选中需要填充的裙子，如图 5-54 所示。

Step 02 使用调色板中的填充颜色值为（C=0；M=40；Y=0；K=0），如图 5-55 所示。

图 5-54 选中对象 　　　　　　　　　图 5-55 填充效果图

Step 03 单击工具箱中的"交互式填充" 按钮，在属性栏左侧的"填充类型"下拉列表中，❶选择"线性"；❷设置终点颜色值为（C=30；M=20；Y=1；K=0），如图 5-56 所示。

Step 04 按住鼠标左键拖动填充控制线，调整渐变方向，如图 5-57 所示。

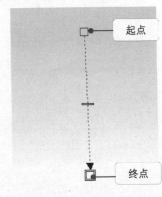

图 5-56 "交互式填充"工具属性栏 　　　　图 5-57 线性渐变方向

Step 05 调整终点渐变方向控制线，如图 5-58 所示，释放鼠标左键，即可完成对裙子的交互式填充，如图 5-59 所示。

图 5-58　调整终点渐变方向

图 5-59　最终效果图

提示　　在使用"交互式填充"工具时，拖动起点箭头控制点与终点箭头的控制点，可以任意调整阴影的偏移量。

5.5　实战操作——设计女式礼服

通过前面内容的学习，相信用户已经掌握了服装设计的色彩知识。下面就来设计一款女式礼服，要求款式简单大方，以体现女性优雅高贵的气质。

本例女式礼服绘制过程中，需使用钢笔工具、轮廓笔工具、颜色填充以及图样填充等，绘制过程如图 5-60 所示。

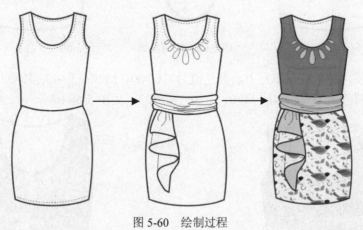

图 5-60　绘制过程

1. 绘制上衣

Step 01　打开 CorelDRAW X5 软件，执行"文件"→"新建"命令，或使用 Ctrl+N 快捷键，设置纸张大小为 A4，横向摆放，单击工具箱中的"钢笔工具" 按钮，在属性栏中设置轮廓线宽度为 0.5mm，在绘图区域中绘制上衣轮廓，如图 5-61 所示。绘制领口与袖隆的明线，如图 5-62 所示。

Step 02 单击工具箱中的"轮廓笔工具" ⚡ 按钮，❶在弹出的对话框中设置样式轮廓线宽度为"0.2mm"；❷选择虚线样式，如图 5-63 所示。

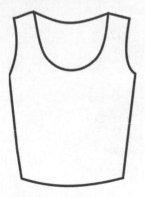

图 5-61　绘制上衣轮廓

图 5-62　绘制虚线

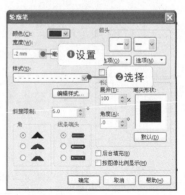

图 5-63　"轮廓笔"对话框

Step 03 单击"确定"按钮后，虚线设置完成，如图 5-64 所示。

Step 04 使用"钢笔工具" ⚡，绘制水滴形状，如图 5-65 所示。将水滴图形复制并调整大小后将其群组，胸口的花纹绘制完成，如图 5-66 所示。

图 5-64　虚线效果图

图 5-65　绘制水滴

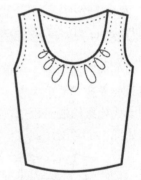

图 5-66　复制水滴花纹

Step 05 使用调色板，填充上衣颜色值为（C=60；M=0；Y=40；K=0），如图 5-67 所示。填充水滴颜色值为（C=20；M=0；Y=0；K=20），如图 5-68 所示。

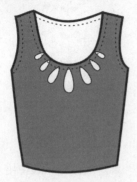

图 5-67　填充上衣颜色

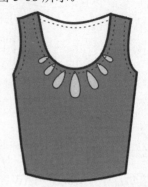

图 5-68　填充花纹颜色

2. 绘制裙子

Step 01 使用"钢笔工具" ，绘制出裙子轮廓，设置轮廓线为 0.5mm，并绘制裙子下摆明线，设置轮廓线为 0.2mm，如图 5-69 所示。

Step 02 单击工具箱中的"填充工具" 按钮，在展开的列表中选择"图样填充" 。

Step 03 ❶在弹出的对话框中选中"全色"单选按钮；❷单击图样填充的展开按钮；❸选择填充图样，并设置图样"大小"栏中"宽度"与"高度"的参数，如图 5-70 所示。

Step 04 单击"确定"按钮，裙子图样填充完成，如图 5-71 所示。

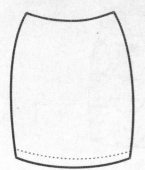
图 5-69 绘制裙子

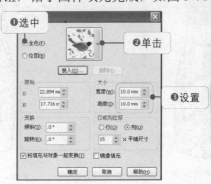
图 5-70 "图样填充"对话框

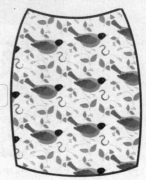
图 5-71 填充图样效果

3. 绘制腰带

Step 01 使用 "钢笔工具" ，绘制出腰带轮廓，设置轮廓线为 0.5mm，如图 5-72 所示。

Step 02 绘制腰带的褶皱，设置轮廓线为 0.2mm，如图 5-73 所示。填充上衣颜色值为（C=20；M=0；Y=40；K=20），如图 5-74 所示。

Step 03 框选所有对象，按 Ctrl+G 快捷键群组对象，如图 5-75 所示。

图 5-72 腰带轮廓

图 5-73 绘制褶皱

图 5-74 填充颜色值

图 5-75 群组对象

Step 04 单击工具箱中的"艺术笔工具" 按钮，在属性栏中设置笔刷的平滑度、宽度以及笔刷形状，如图 5-76 所示。

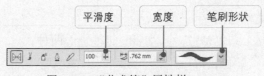
图 5-76 "艺术笔"属性栏

Step 05 设置完成后，绘制出礼服褶皱的阴影轮廓，如图 5-77 所示。

Step 06 使用调色板工具，填充褶皱阴影颜色值为（C=20；M=0；Y=0；K=40），右击调色板中色块取消轮廓线，最终效果如图 5-78 所示。

图 5-77　绘制褶皱阴影

图 5-78　最终效果图

5.6　本章小结

　　本章主要讲述了服装色彩的基础理论知识，包括色彩的三要素、色彩搭配法则、色彩季节搭配以及使用 CorelDRAW X5 进行颜色填充。通过本章的学习，用户可对同一款式的衣服填充不同的色彩，从而提高色彩搭配的能力。

5.7　知识与能力测试

笔试测试题

1. 选择题

（1）不属于色彩三要素的是（　　　）。

A. 色调　　　　　　B. 色相　　　　　　C. 明度　　　　　　D. 纯度

（2）下面哪种颜色不属于灰度模式（　　　）。

A. 白色　　　　　　B. 黑色　　　　　　C. 有彩色　　　　　D. 灰色

2. 填空题

（1）渐变填充类型包括_____、_____、_____和_____四种类型。

（2）交互式填充工具包括_____和_____两种。

3. 简答题

（1）简述对比色与互补色的特点以及不同之处。

（2）简述使用图样填充载入自定义图案的操作步骤。

上机练习题

使用 CorelDRAW X5 软件制作出女式礼服，制作后的效果如图 5-79 所示。

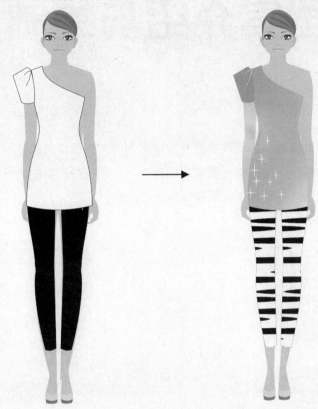

图 5-79　效果图

操作提示

在制作配色实例操作中，主要运用了图样填充与交互式填充工具，主要操作步骤如下。

（1）打开素材文件 5-8.cdr，使用调色板工具填充上衣颜色为（C=20；M=40；Y=0；K=20）。

（2）使用"交互式填充工具"设置渐变颜色的角度与边界后，对上衣填充渐变颜色。

（3）使用工具箱中的"多边形工具"绘制星形，将颜色填充为（C=0；M=0；Y=0；K=20）。

（4）对丝袜进行图样填充，使用图样填充中的"双色"填充，选择所需填充的图样，并设置"变化"参数，女式礼服即可制作完成。

Chapter 06
服装图案介绍与绘制

本章导读

　　本章将对图案概念、表现形式以及图案运用等方面做详细的分析，并讲解填充图案的操作方法，使用户理解图案与服装之间的关系，掌握好图案的表现形式特征，懂得纹样图案的装饰原则，并学会在实际操作中灵活运用。

重点难点

- 图案的形式美法则
- 图案的造型构成
- 图案的运用
- 图案的绘制方法

6.1 图案概论

在很早的时候，人类就用树叶、羽毛、贝壳等物品装饰身体以美化自己。随着时代的发展，人们对于相关的装饰要求进一步多样化与美感化。图案是伴随着服装的进步一起发展的，图案设计非常广泛，不仅指服装上的图案，还包括鞋、包、帽以及首饰上所运用的图案，如图 6-1 所示。在这个追逐时尚的时代，设计师赋予服饰艺术更多的精神与审美内质，其中图案起到了不可忽视的作用。

图 6-1 图案运用范围

6.1.1 什么是图案

"图案"这个概念是 20 世纪前期从日本引进的，是英文 Design 的日文译法，有"样子容貌"、"样式"、"设计图"等含义。

图案，在广义上可释为"图"——制图，"案"——设计方案。狭义上可理解为图形与色彩的设计。将自然界中的景物进行加工，通过概括、夸张、取舍等艺术手段，使其具有一种装饰性效果的纹样组织形式。服装图案是服装设计的审美造型设计基础，服装图案是通过艺术加工纹样与服装造型相互结合的图形，具有传达信息、丰富服装美感的作用。

6.1.2 图案在服装中的运用

服装图案被称为在服装设计中继款式、色彩、材料之后的第四个设计要素。图案在服装设计中不仅具有标志、美化功能，还能体现服装的风格和个人的情趣，是服装设计中不可缺少的部分。图案是服装的审美性、文化性、时尚性的根本所在，也恰恰是使得服装得以创新和增值的关键因素。

图案设计以丰富的色彩和独特的结构，表达着独特的意义。服装图案是人们在穿衣打扮时无意间形成的一种标志，起着表达某种信息的作用。因此，不同的图案风格不仅体现了服装风格，也体现了不同的性格特征。服装图案的应用意义更在于增强服饰的艺术魅力与精神内涵，通过视觉效果的审美价值和装饰表达出来，还可以根据一定的服饰图案形式，揣测出穿着者的爱好、层次、所处环境，同时，也能了解一定时期的时尚元素。

6.2 图案的形式美法则

图案的形式美法则也称为图案的构成法则，任何艺术都有自己特有的规律和特点。不同的图案表达着不同的意义，下面介绍形式美法则的分类。

6.2.1 对称与均衡

对称与均衡产生的视觉效果是不同的，前者具有端庄、统一的特点，但是如果过分均等就容易显得呆板，后者具有生动、活泼的特点，但有时因变化过强而易失衡。因此，在设计中要注意把对称、均衡两种形式有机地结合起来灵活运用。

- 对称指假设的一条中心线（或中心点），在其上下、左右或周围配置同形、同量、同色的纹样所组成的图案。在大自然中，随处都可以发现对称的形式，如植物、蝴蝶等，都是优秀的左右对称的典型。从心理学角度来看，对称满足了人们生理和心理上对于平衡的要求，对称可以说是最原始艺术和一切装饰艺术普遍采用的表现形式，具有重心稳定、静止庄重、整齐的美感，如图 6-2 所示。
- 均衡指在中轴线或中心点上下、左右的纹样等量不等形，即分量相同，但纹样和色彩不同，是依中轴线或中心点保持力的平衡。在图案设计中，这种构图具有生动、活泼、动感、富于变化等特点，如图 6-3 所示。

图 6-2　对称的运用

图 6-3　均衡的运用

6.2.2 对比与调和

对比与调和是相对而言的，没有调和就没有对比，它们是一对不可分割的矛盾统一体，也是取得图案设计统一变化的重要手段。

- 对比指在质或量方面具有明显区别与差异的各种形式要素的相对比较。在图案中常采用各种对比方法，一般是指形状、点线、色彩、质量感、刚柔、静动等一系列的对比。在对比中相辅相成，互相依托，使图案活泼生动而又不失完整，如图 6-4 所示。

- 调和指构成美的对象在某些部分之间统一、和谐，被赋予了秩序的状态。一般来讲，对比强调差异，而调和强调统一，适当减弱形、线、色等图案要素间的差距，如同类色配合与邻近色配合，具有和谐宁静的效果，给人以协调感，如图 6-5 所示。

图 6-4　对比的运用

图 6-5　调和的运用

6.2.3　条理与反复

条理与反复是衣饰图案构成的一条主要原则，条理具有"有条不紊"的特点，反复具有"来回重复"的特点。

- 条理指把繁杂、琐碎的自然形象，通过艺术处理使其产生规律化、秩序化，构成整洁规则的图案形象，主要体现在布局安排上，如叶脉、叶片在生长方式上的条理，树枝的生长方式与造型上的条理等，如图 6-6 所示。
- 反复指同一图案形象有规律地重复使用或有规律地连续排列，使其既有变化又显得统一，构成形式多样、具有节奏美感的图案形象，如图 6-7 所示。

图 6-6　条理的运用

图 6-7　反复的运用

6.2.4 节奏与韵律

节奏与韵律两者之间往往互相依存、互为因果。韵律在节奏的基础上变化，节奏在韵律的基础上发展。如植物枝叶由大到小，由粗到细，由疏到密，这些现象都体现了节奏与韵律变化的特点。

● 节奏指图案有规律性的重复。在造型艺术中则被认为是反复的形态和构造。在图案中将图形按照等距格式反复排列，使空间位置得到伸展，如连续的线、断续的面所产生的节奏美，如图 6-8 所示。

● 韵律指节奏的变化形式。它变节奏的等距间隔为几何级数的变化间隔，赋予重复的音节或图形以强弱起伏、抑扬顿挫的规律变化，就会产生优美的律动感，如图 6-9 所示。

图 6-8 节奏的运用　　　　　　　　图 6-9 韵律的运用

6.2.5 变化与统一

变化与统一是形式美法则的高级形式，又称多样统一，也称作和谐。变化与统一是形式美的总法则，运用于统一规律的变化形式。

● 变化指图案的各个组成部分的差异。变化具有丰富变化的表现，强调各种因素中的差异性。通常采用对比的手法，造成视觉上的跳跃，同时也能强调个性，如图 6-10 所示。

● 统一指图案的各个组成部分的内在联系。图案包括内容的主次、构图的虚实聚散、形体大小、线条粗细、色彩明暗等各种矛盾关系。用统一的手法，将它们组织起来，形成具有规律、丰富、多样统一的效果，如图 6-11 所示。

图 6-10 变化的运用

图 6-11 统一的运用

6.3 图案造型的构成形式

图案构成法是研究纹样的组织变化的形式与方法。图案构成的形式是根据题材的特点和各种具体内容而定的，总体归纳起来分为独立纹样、连续纹样、自然图案、几何图案 4 类，下面介绍常用的图案组织形式。

6.3.1 独立纹样的构成

独立纹样是指没有外轮廓及骨骼限制，独立处理、自由运用的一种纹样。这种纹样的组织与周围其他纹样无直接联系，在运用时应注意外形完整，结构严谨，避免松散零乱。单独纹样可以单独用作装饰，也可以用作适合纹样和连续纹样的单独纹样。作为图案的最基本形式，单独纹样从布局上分为对称式和均衡式两种形式。

1. 对称式

对称式的特点是以假设的中心轴或中心点为依据，使纹样左右、上下、四周对称，图案结构严谨、整齐，如图 6-12 所示。

2. 均衡式

均衡式的特点是不受对称轴或对称点的限制，结构较自由，需注意保持画面重心的平稳。这种图案穿插自如，主题突出，形象舒展优美，风格灵活多变，运动感强，如图 6-13 所示。

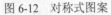

图 6-12　对称式图案　　　　　　　　　图 6-13　均衡式图案

6.3.2　连续纹样的构成

连续图案在构成上的主要特点是运用一个或一组基本纹样做单位，并有序向上下、左右两个方向或上、下、左、右 4 个方向进行反复连续而成。采用这种连续构成的方法，能使一个较小而简便的单位纹样发展成为一幅连续性很强的大面积的图案。由于连续纹样是利用一个单位纹样进行反复循环而成的，因此容易达到和谐统一的效果。连续纹样从布局上又可以分为二方连续和四方连续两种形式。

1. 二方连续

- 二方连续是运用一个或一组单位选择，进行上、下或左、右有条理反复连续的排列，如图 6-14 所示。
- 二方连续的形式：散点式，波纹式，连环式，折线式，综合式。
- 二方连续的特点：重复性，连续性，方向性，变化丰富，节奏性强。

2. 四方连续

- 四方连续是由一个单位向上、下、左、右 4 个方向进行有规律的反复排列，并无限地扩展延续的图案，如图 6-15 所示。
- 四方连续的形式：平接，错接。
- 四方连续的特点：造型严谨，注意整体艺术效果以及纹样的变化规律。

图 6-14　二方连续的运用

图 6-15　四方连续的运用

6.3.3　自然图案的构成元素

在五彩缤纷的大自然中孕育天空、草原、飞鸟、花朵等动植物，这些天然的元素提供了很好的造型肌理纹路。在人类漫长的进化过程中，大自然存在的形式美陶冶了人类，如叶的左右对称，叶由大到小有韵味的排列，鸟儿的双翼和羽毛有秩序的排列等。运用这些元素设计图案使人们感觉到自然的美感，下面介绍常用构成自然图案的元素。

1. 花朵图案

花朵图案在服装中多为利用花朵本身的纹理进行设计，即对面料原有的图案进行有目的的设计，花朵图案特点灵活性强，适应广泛，大量运用于女装、童装图案设计中，在运用花朵图案时应注意图案要与服装相呼应，使服装与图案相得益彰，如图 6-16 所示。

2. 动物图案

动物作为图案设计主题是非常丰富的，动物图案造型特别，塑造性强，无论是动物的轮廓还是皮毛，都具有很好的视觉效果，如图 6-17 所示。

图 6-16　花朵图案

图 6-17　动物图案

3. 风景图案

在服装图案设计中，风景图案相对于花朵和动物图案运用较少，风景图案一般用于休闲装与便装。由于风景图案覆盖面广，大到自然风光、乡村田野、小桥流水，小到石阶、凉亭等，由于服装的装饰表现丰富多彩，所运用的风景图案也大多归纳与重新组合，如图 6-18 所示。

图 6-18　风景图案

6.3.4　几何图案的构成

几何图案因其简单、明朗、富于装饰性而深受人们的喜爱，不同时代、地域、民族的人们都赋予几何图案以不同的内涵与个性。几何图案主要表现为严密、规律、比例、节奏的理性美。几何图案被大量应用到服装上，如明艳的黄、蓝、红等组合成的不规则的几何图案让服装富有立体的时尚感。在几何图案的设计过程中，离不开点、线、面元素的综合运用。

1. 点

点是服装图案中重要的组成部分。在设计中，对点运用大小、密集、虚实变化等不同的表现方法，使得服装图案具有灵活性，如图 6-19 所示。

2. 线

点的移动轨迹成为了线，它们之间有着相互联系的作用。线分为直线和曲线，两种不同长度、粗细、方向的线，其意义都不相同，如直线具有僵硬、强烈的特点，曲线则具有圆润、柔软的特点，如图 6-20 所示。

图 6-19　点的运用

图 6-20　线的运用

3. 面

面是由线的移动轨迹构成的。面在视觉上具有长度和宽度但没有厚度。面的形成是多种多样的，不同形态的面在视觉上有着不同的特征，如图 6-21 所示。

图 6-21　面的运用

6.4　图案的运用

服装图案对服装有着极大的装饰作用，在追求标新立异的今天，服装设计依赖于图案纹样来增强其艺术性和时尚性，成为人们追求服饰美的一种特殊要求。服装图案将越来越多地融入到服装设计之中，无论是职业装、休闲装以及童装设计中都离不开图案的运用。如今，图案已成为服装风格的重要组成部分，下面分别介绍图案在不同服装中的运用。

6.4.1　职业装图案

职业装图案首先要考虑职业的特点性质，再考虑所从事活动的范围以及着装者的职务等。例如，白领服装在造型和色彩表现上，可采用舒缓的弱对比或小面积的点缀与装饰，淡化局部的变化以达到整体的协调，如图 6-22 所示。

图 6-22　职业装图案

6.4.2 休闲装图案

休闲装是在闲暇状态下穿的服装。图案设计应简单轻巧、色彩丰富，装饰风格应自由灵活，无论是图案绚丽的印花裙，还是简洁的绣花牛仔裤，都呈现出轻松、愉快、自由的风格特征，如图 6-23 所示。

图 6-23　休闲装图案

6.4.3 运动装图案

运动装图案内容多以几何和抽象为主，有时也使用文字来构成图案的内容。运动装图案设计应简单、明快，色彩对比强烈，以营造出简洁、活泼、积极、明朗和力度感为主要目标，如图 6-24 所示。

图 6-24　运动装图案

6.4.4　礼服图案

　　在礼服图案运用中，大多数的图案都是呈对称或平衡的样式来分布的。礼服图案设计应华丽优雅，现代礼服在装饰上注重个性和细节，礼服图案表现方法常用于刺绣、印花等，如图 6-25 所示。

图 6-25　礼服图案

6.4.5　男装图案

　　男装的图案装饰往往比较少，主要的表现形式为几何、文字或抽象图案。这些图案在主题上也表现出一种阳刚之气，在视觉上讲究稳健、明朗、确定的效果。当然，现代社会中阳刚之美也不再是唯一，阴柔之美也成为多元化样式的重要体现，如图 6-26 所示。

图 6-26　男装图案

6.4.6 童装图案

儿童服装的面积比较小，在装饰布局上常用跳跃感很强的散点、满花装饰。装饰的部位多选择在胸部、背部、领部、衣服下摆部和膝盖等醒目的中心位置。在图案装饰设计中需考虑到儿童活泼好动的特点，图案设计应造型可爱、色彩丰富，如字母、动物、花卉等元素的运用，如图 6-27 所示。

图 6-27　童装图案

6.5　绘制图案

在 CorelDRAW X5 中常常使用钢笔工具、艺术笔工具等绘制图案，下面介绍绘制图案的操作方法。

6.5.1　绘制连续图案

在图案设计中，连续图案运用十分广泛，下面就来介绍如何在 CorelDRAW X5 中绘制连续图案，并应用到服装中，具体操作步骤如下。

Step 01 打开 CorelDRAW X5 软件，执行"文件"→"新建"命令，或使用 Ctrl+N 快捷键，设置纸张大小为 A4，纵向摆放，单击工具箱中的"钢笔工具" 🖊 按钮，在绘图区域绘制出花朵的轮廓，如图 6-28 所示。

Step 02 使用调色板工具，分别填充花朵颜色值为（C=0；M=80；Y=40；K=0）和（C=0；M=20；Y=100；K=0），如图 6-29 所示。

图 6-28　绘制花朵图案　　　　　　　　　图 6-29　填充图案颜色

Step 03 框选对象，按 Ctrl+G 快捷键将花朵图案进行群组，按+键复制对象，双击对象，当控制点呈现 ↖ 状时，单击并拖动鼠标，进行旋转调整位置，如图 6-30 所示。

图 6-30 群组花朵

Step 04 单击工具箱中的"贝塞尔工具" 🖊 按钮，绘制出花蕊的轮廓，如图 6-31 所示。填充花蕊颜色值为（C=0；M=20；Y=80；K=0），按 Ctrl+G 快捷键进行群组，如图 6-32 所示。

图 6-31 绘制花蕊图案

图 6-32 填充图案颜色值

Step 05 连续按+键复制花蕊图案并旋转调整到适当位置，粘贴至花朵图案中，如图 6-33 所示。

图 6-33 将花卉图案进行群组

Step 06 打开素材文件 6-1.cdr，如图 6-34 所示。使用"钢笔工具" 🖊，绘制衣袖与下摆图案，填充颜色值为（C=40；M=0；Y=0；K=0），如图 6-35 所示。

图 6-34 素材文件

图 6-35 填充颜色值

Step 07 使用"钢笔工具" 🖉，绘制边条轮廓并填充颜色值为（C=0；M=40；Y=0；K=0），如图 6-36 所示。

Step 08 按+键复制绘制完成的连续图案，移动至袖口上，如图 6-37 所示。

图 6-36　绘制边条　　　　　　　　　　　图 6-37　填充颜色值

Step 09 按+键复制连续图案，调整大小后移动到下摆中，如图 6-38 所示。最终效果如图 6-39 所示。

图 6-38　复制图案　　　　　　　　　　　图 6-39　最终效果图

提示
🔑　在制作完成连续图案时，可将图案保存，使用图样填充载入图案，以后可方便快捷地运用。

6.5.2　绘制动物图案

动物图案应造型灵活，常用于民族服饰中，下面就来介绍如何在 CorelDRAW X5 中绘制动物图案，并应用到服装中，具体操作步骤如下。

Step 01 打开 CorelDRAW X5 软件，执行"文件"→"新建"命令，或使用 Ctrl+N 快捷键，设置纸张大小为 A4，纵向摆放，单击工具箱中的"钢笔工具" 按钮，在绘图区域绘制出小鸟的轮廓，如图 6-40 所示。使用"椭圆形工具" ，绘制出小鸟的眼睛、羽毛、尾巴等细节部分，并在属性栏中设置颈部曲线轮廓线为 0.5mm，如图 6-41 所示。

Step 02 使用调色板工具，填充小鸟颜色值为（C=40；M=0；Y=40；K=0），羽毛颜色值为（C=100；M=20；Y=0；K=0），右击调色板中的色块，取消轮廓线，如图 6-42 所示。

图 6-40　绘制轮廓图　　　　图 6-41　绘制细节　　　　图 6-42　填充颜色值

Step 03 使用"钢笔工具" ，绘制叶子轮廓，如图 6-43 所示，填充叶子颜色以及轮廓线为（C=0；M=20；Y=20；K=0），按 Ctrl+G 快捷键进行群组，如图 6-44 所示。

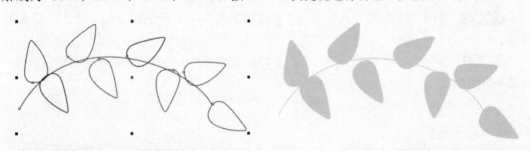

图 6-43　绘制叶子　　　　　　　　图 6-44　填充颜色

Step 04 按+键复制叶子并移动到小鸟周围，单击属性栏中的"垂直镜像" 按钮。旋转调整位置，如图 6-45 所示。复制叶子并填充颜色值为（C=60；M=0；Y=40；K=40），如图 6-46 所示。

图 6-45　复制叶子　　　　　　　　图 6-46　进行旋转

Step 05 框选所有图案，按 Ctrl+G 快捷键进行群组，执行 "排列"→"变形"命令，在"转换"泊坞窗中，❶单击"副本"下三角按钮设置参数；❷单击"应用"按钮，如图 6-47 所示。单击属性栏中的"水平镜像" 按钮，得到的效果如图 6-48 所示。

图 6-47 "转换"泊坞窗　　　　　图 6-48 使用水平镜像复制图案

Step 06 使用"椭圆形工具" 与"多边形工具" ，绘制花朵的轮廓，如图 6-49 所示。

Step 07 使用"选择工具" ，单击多边形上的节点，出现双箭头后进行曲线调整，如图 6-50 所示。

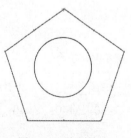

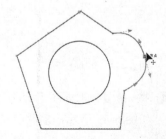

图 6-49 绘制轮廓　　　　　　　　图 6-50 调整轮廓

Step 08 调整节点曲线，完成花朵图案，如图 6-51 所示。使用调色板工具填充颜色值为（C=40；M=60；Y=0；K=0），如图 6-52 所示。

图 6-51 花朵绘制完成　　　　　　图 6-52 填充颜色

Step 09 使用"钢笔工具" ✍，绘制出心形图形，如图 6-53 所示。使用调色板工具填充颜色值及轮廓线为（C=0；M=0；Y=60；K=0），如图 6-54 所示。

图 6-53　绘制心形

图 6-54　填充颜色值

Step 10 使用"选择工具" ✎，将花朵、心形图案移动到图形中，如图 6-55 所示。

图 6-55　图案绘制完成

Step 11 打开素材文件 6-2.cdr，如图 6-56 所示。按+键复制完成图案，使用"选择工具" ✎，将图案移动至服装款式中，最终效果如图 6-57 所示。

图 6-56　素材文件

图 6-57　最终效果图

> **提示**　　在制作图案时，填充颜色完成后的图案需要进行群组，在移动上下图层位置时可按 Shift+PageUp、Shift+PageDown 快捷键进行上下调整。

6.6　实战操作——设计童装卡通图案

通过前面内容的学习，相信用户已经掌握了服装图案的基础知识以及图案的运用范围。下面就来设计一款女童图案，在设计卡通图案时应选择色彩丰富、造型可爱的图形作为参考元素，体现儿童天真、活泼的特性。

本例童装图案绘制过程中，需要使用钢笔工具、颜色填充、图样填充以及调和工具等，绘制过程如图 6-58 所示。

图 6-58　绘制过程

1. 绘制花朵

Step 01 打开 CorelDRAW X5 软件，执行"文件"→"新建"命令，或使用 Ctrl+N 快捷键，设置纸张大小为 A4，横向摆放，单击工具箱中的"钢笔工具"按钮，在绘图区域中绘制出花朵的轮廓，如图 6-59 所示。使用"贝塞尔工具"，绘制出花朵的叶子轮廓，如图 6-60 所示。绘制出花朵的花蕊轮廓，如图 6-61 所示。

图 6-59　绘制花朵　　　　图 6-60　绘制叶子　　　　图 6-61　绘制花蕊

Step 02 使用"选择工具"，选中对象，填充花朵颜色值为（C=0；M=40；Y=0；K=0），填充叶子颜色值为（C=40；M=100；Y=0；K=0），填充叶茎颜色值与轮廓线为（C=45；M=63；Y=95；K=0），如图 6-62 所示。

Step 03 按+键复制花朵图案，填充花朵颜色值为（C=0；M=60；Y=60；K=0），调整叶子大小，框选图案，按 Ctrl +G 快捷键进行群组花朵，如图 6-63 所示。

图 6-62　填充花朵颜色值　　　　　　　　图 6-63　复制图案

2. 绘制小草

Step 01 使用"钢笔工具"，在绘图区域中绘制出小草的轮廓，如图 6-64 所示。按+键复制花朵、小草图案，双击图案调整大小，如图 6-65 所示。

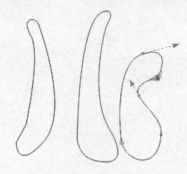

图 6-64 绘制小草

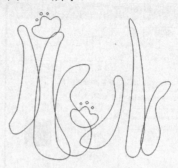

图 6-65 复制图案

Step 02 分别填充小草颜色值为（C=60；M=0；Y=60；K=20）、（C=20；M=0；Y=60；K=0）、（C=60；M=0；Y=100；K=0），如图 6-66 所示，框选对象，按 Ctrl+G 快捷键进行群组，如图 6-67 所示。

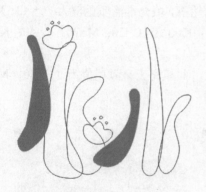

图 6-66 填充颜色值

图 6-67 填充完成

3. 绘制浇水壶

Step 01 使用"钢笔工具"，在绘图区域中绘制出浇水壶轮廓，如图 6-68 所示。绘制出细节部分，如图 6-69 所示。

图 6-68 绘制轮廓

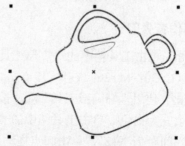

图 6-69 绘制细节

Step 02 单击对象轮廓,按+键复制并调整至对象轮廓内,按 F12 键打开"轮廓笔"对话框,设置轮廓线宽度为 0.2mm,单击"样式"下拉按钮,选择虚线样式,如图 6-70 所示。单击"确定"按钮,效果如图 6-71 所示。

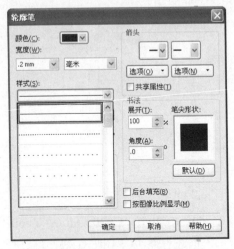

图 6-70 "轮廓笔"对话框

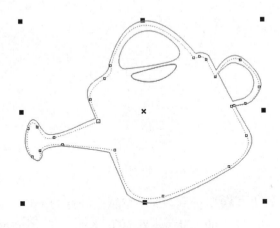

图 6-71 绘制浇水壶

Step 03 使用"椭圆形工具" ○,绘制出水滴的轮廓,填充水滴颜色值为(C=43;M=0;Y=15;K=0),浇水壶颜色值为(C=0;M=0;Y=60;K=0)、(C=20;M=20;Y=40;K=0),如图 6-72 所示。

Step 04 使用"钢笔工具" △,绘制云朵轮廓,并填充云朵颜色值为(C=30;M=0;Y=25;K=0),如图 6-73 所示。

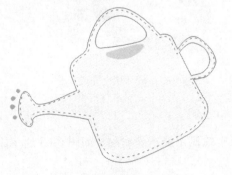

图 6-72 填充颜色值

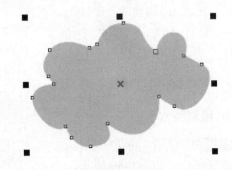

图 6-73 绘制云朵

4. 制作背景图

Step 01 单击工具箱中的"矩形工具" □ 按钮,在绘图区域中绘制矩形,填充颜色及轮廓线为(C=30;M=26;Y=8;K=0),如图 6-74 所示。

Step 02 使用"椭圆形工具" ○,按住 Ctrl 键的同时拖动鼠标,在矩形左上方绘制一个圆形,填充为白色,单击工具箱中的"交互式调和工具" ⬚ 按钮,在属性栏中设置"步长或调和"间距为"12",单击起点拖动到终点后再释放左键,完成后的背景图如图 6-75 所示。

Step 03 框选调和完成的圆点，按 Ctrl+G 快捷键进行群组，连续按+键进行复制，完成后如图 6-76 所示。

　图 6-74　绘制背景图　　　　图 6-75　创建圆点调和　　　　图 6-76　复制圆点

Step 04 框选完成的图案，进行群组，如图 6-77 所示。按 Shift+PageDown 快捷键将背景图放至图案下面，如图 6-78 所示。

　　　　图 6-77　群组图案　　　　　　　　　　图 6-78　背景图与图案

Step 05 打开素材文件 6-3.cdr，如图 6-79 所示。将绘制完成的图案添加至服装中，最终效果如图 6-80 所示。

　　　图 6-79　女童装款式图　　　　　　　　　图 6-80　最终效果图

　提示

　　　在制作背景图的圆点时，应先设置两圆点之间的间距，再对圆形进行创建调和，绘制圆形可使用 F7 键进行操作。

6.7　本章小结

　　服装图案应符合服装设计的整体风格，不同的服装款式可应用不同图案以增加美感。本章主要介绍了图案的概论、图案的形式美法则、图案的运用以及使用 CorelDRAW X5 中的图案填充工具对服装进行填充不同的颜色与图案。通过本章的学习，用户可以掌握绘制服装图案时各种图案的表现技法。

6.8　知识与能力测试

笔试测试题

1. 选择题

　　（1）将琐碎繁杂的自然形象，通过艺术处理使其产生规律化、秩序化的是（　　）。

A. 统一　　　　　　B. 反复　　　　　　C. 条理　　　　　　D. 节奏

　　（2）在选择对象后需要将图像移动至上层使用的快捷键是（　　）。

A. Alt +PageUp　　B. Shift+PageUp　C. Shift+PageDown　　D. Shift+Delete

2. 填空题

　　（1）由一个或一组单位选择，进行上、下或左、右有条理反复连续的排列被称为_____。

　　（2）构成几何图案的三要素有_____、_____、_____。

3. 简答题

　　（1）图案在服装中的运用。

　　（2）简述四方连续的特点。

上机练习题

　　结合本章所学习的图案的运用、图案的造型编辑、填充图案的方法。使用 CorelDRAW X5 软件制作卡通图案并填充颜色，如图 6-81 所示。

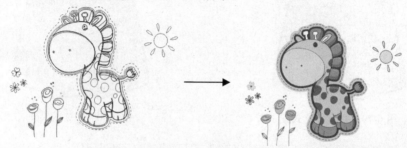

图 6-81　效果图

操作提示

在制作配色实例操作中，主要运用了钢笔工具、椭圆形工具以及调色板工具，主要操作步骤如下。

（1）选择钢笔工具绘制出轮廓，复制轮廓并设置轮廓线。

（2）选择艺术笔工具，绘制小草的轮廓。

（3）利用调色板进行填充，长颈鹿颜色值为（C=0；M=32；Y=73；K=0），斑点颜色值为（C=64；M=78；Y=100；K=51）。

Chapter 07
女装款式设计

本章导读

　　随着时代的发展，女性再也不必只穿着单一的长裙了，现代女性的着装讲究时尚、活力、个性。本章将介绍四种女装的制作方法，包括职业装、时尚服装、晚礼服和旗袍，不同的服装能突显不同女性的气质。

重点难点

- 女装的分类
- 学习职业装的设计
- 时尚服饰的绘制
- 晚礼服的绘制
- 旗袍的绘制

7.1 女装的分类

　　服饰的进步是一部历史，是一个时代发展的缩影。它是这个时代进步、文明、兴旺发达、繁荣昌盛的象征。它在记录历史变革的同时，也映衬着一种民族的精神，传承着当地的历史文化，女装更是其中不可缺少的一部分。女装品牌与款式的多元化推动了时装的发展。女装使女人倍添姿彩，也为服装产业增添了亮点，女装的分类方式众多，下面介绍一些常见的女装类别。

7.1.1　职业装介绍

　　职业装是指用于工作场合的，体现职业特点，具有行业标志的服装。职业装是服装家族中的一个重要种类，每一个行业基本上都有自己的职业服装，如图 7-1 所示。

图 7-1　职业装

7.1.2　时尚服装介绍

　　时尚服装指在一定时间、地域内为一大部分人所接受的新颖入时的流行服装，属于服装大类品种之下的一个分支。如果时尚服装为一小部分人最先穿着又称为新潮时装，如图 7-2 所示。

时尚服装款式新颖，富有时代感，时间性强，每隔一定时期流行一种款式。设计师采用新的面料、辅料和工艺，对织物的结构、质地、色彩、花形等要求较高，讲究装饰、配套，在款式、造型、色彩、纹样、缀饰等方面不断变化创新追求标新立异。

图 7-2　时尚女装

7.1.3　晚礼服介绍

晚礼服是晚上八点以后穿用的正式礼服，是女士礼服中最高档次、最具特色、充分展示个性的礼服样式，又称夜礼服、晚宴服、舞会服。常与披肩、外套、斗篷之类的衣服相配，与华美的装饰等共同构成整体装束效果，如图 7-3 所示。

图 7-3　晚礼服女装

7.1.4 旗袍介绍

旗袍是满族的传统服饰，20世纪上半叶由民国服饰设计师参考满族女性传统旗服和西洋文化的基础上设计的一种时装，是一种东西方文化糅合的结果。在部分西方人的眼中，旗袍具有中国女性服饰文化的象征意义，如图7-4所示。

图7-4 旗袍女装

7.2 职业装设计

本节讲解职业服装款式的设计制作方法，使用户了解设计不同类型服装的步骤与方法，包括服装的上色和轮廓设计，最终完成一件完整的作品。

7.2.1 夏季长袖职业装设计

本实例讲解夏季长袖职业装的绘制方法，需要使用矩形工具、钢笔工具、椭圆形工具、自由变换工具等，绘制过程如图7-5所示。

图7-5 绘制过程

Step 01 启动 CorelDRAW X5，执行"文件→新建"命令，在弹出的"创建新文档"对话框中，设置"宽度"为 310mm，"高度"为 225mm，单击"横向" ▢ 按钮，完成设置后单击"确定"按钮，单击工具箱中的"矩形工具" ▢ 按钮，在绘图区域中拖动鼠标绘制对象，如图 7-6 所示。

Step 02 按 Ctrl+Q 快捷键，将矩形转换为曲线，从标尺上拖出辅助线，放置到适当位置，单击工具箱中的"形状工具" ▣ 按钮，在矩形上依次单击添加节点，如图 7-7 所示。

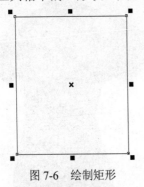

图 7-6　绘制矩形

图 7-7　添加节点

Step 03 拖动节点到适当的位置，调整矩形形状，如图 7-8 所示。使用"形状工具" ▣ 框选所有节点，单击属性栏中的 ⌒ 按钮，将线段转换为曲线，分别调整曲线节点的方向线和控制点，调整到如图 7-9 所示的形状。

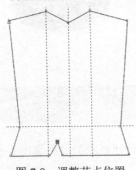

图 7-8　调整节点位置

图 7-9　调整曲线形状

Step 04 单击工具箱中的"钢笔工具" ▢ 按钮，按住 Shift 键在图像中依次单击绘制直线，如图 7-10 所示。使用"钢笔工具" ▢，绘制翻领，如图 7-11 所示。

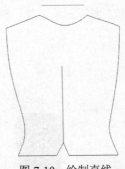

图 7-10　绘制直线

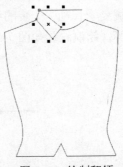

图 7-11　绘制翻领

Step 05 按住 Ctrl 键，向右拖动左侧中间的控制点，水平翻转对象，如图 7-12 所示。
单击鼠标右键复制对象，如图 7-13 所示。

图 7-12　水平翻转左侧衣领

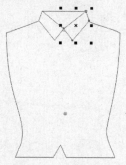

图 7-13　复制对象

Step 06 使用"钢笔工具" ，绘制直线，按 F12 键弹出"轮廓笔"对话框，设置"样式"为虚线，如图 7-14 所示。

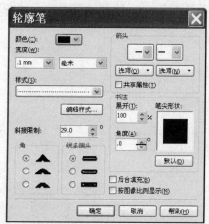

图 7-14　绘制并更改虚线样式

Step 07 单击工具箱中的"椭圆形工具" ，按住 Ctrl 键在绘图区域中拖动鼠标，绘制圆形对象；按住 Shift 键向上拖动鼠标左键到适当位置，单击鼠标右键复制圆形对象，如图 7-15 所示。

图 7-15　绘制并复制圆形对象

Step 08 使用"钢笔工具" ，绘制衣袖轮廓，如图 7-16 所示。将直线节点转换为曲线节点，并调整对象形状，如图 7-17 所示。

图 7-16　绘制衣袖　　　　　　　　　　　　图 7-17　对象形状

Step 09 继续使用"钢笔工具" 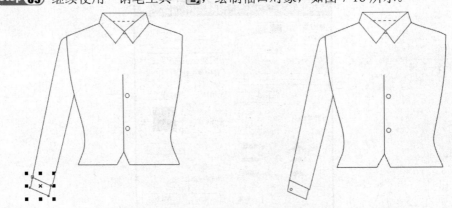，绘制袖口对象，如图 7-18 所示。

图 7-18　继续绘制袖口对象

Step 10 框选整个衣袖对象，如图 7-19 所示。单击工具箱中的"自由变换工具" 按钮，单击属性栏中的"自由角度反射" 按钮，在衣服中间位置单击并拖动鼠标左键，如图 7-20 所示。调整到适当位置后，单击鼠标右键镜像复制对象，如图 7-21 所示。

图 7-19　框选对象　　　　　图 7-20　自由变换对象　　　　　图 7-21　复制对象

Step 11 使用"钢笔工具" ，绘制裙子轮廓，如图 7-22 所示。使用"形状工具" ，调整轮廓形状，如图 7-23 所示。填充颜色值（C=100；M=90；Y=75；K=0），如图 7-24 所示。

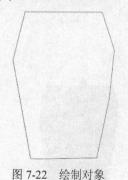

图 7-22 绘制对象

图 7-23 调整对象形状

图 7-24 填充颜色值

Step 12 继续绘制裙子右下方的阴影，填充颜色值（C=100；M=100；Y=75；K=0），取消轮廓线，如图 7-25 所示。

图 7-25 绘制阴影并填充颜色值

Step 13 框选整个裙子对象，按 Shift +PageDown 快捷键移动到最下层，如图 7-26 所示。

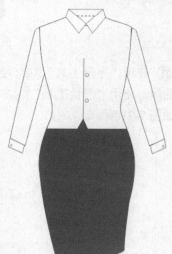

图 7-26 将裙子移动到最下层

Step ⑭ 从标尺上拖动鼠标创建辅助线，使用"钢笔工具" 🖊绘制领结，将绘制的领结放置到职业装适当的位置，即可完成夏季长袖职业装的绘制，如图 7-27 所示。

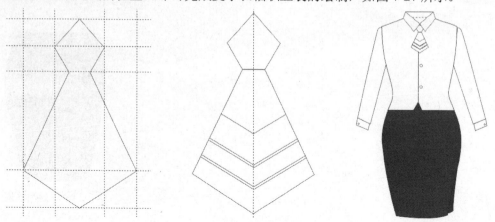

图 7-27　绘制领结并放置到职业装中

7.2.2　夏季短袖职业装设计

本实例讲解夏季短袖职业装的绘制方法，需要使用矩形工具、钢笔工具、自由变换工具、椭圆形工具等，绘制过程如图 7-28 所示。

图 7-28　绘制过程

Step ① 使用"矩形工具" 🔲，绘制矩形，如图 7-29 所示。按 Ctrl+Q 快捷键，将矩形转换为曲线，使用"形状工具" 🔧在曲线上依次单击添加节点，如图 7-30 所示。调整节点位置，如图 7-31 所示。

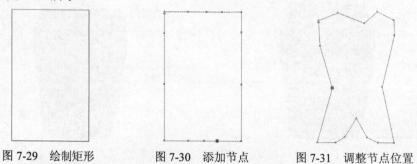

图 7-29　绘制矩形　　　图 7-30　添加节点　　　图 7-31　调整节点位置

Step 02 将直线转换为曲线后，继续进行调整，填充颜色值为（C=100；M=90；Y=75；K=0），如图 7-32 所示。

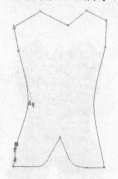  

图 7-32　调整节点并填充颜色值

Step 03 使用"钢笔工具" ，绘制左侧衣领图形，填充白色，如图 7-33 所示。按住 Ctrl 键，向右拖动左侧中间的变换点，水平翻转对象，如图 7-34 所示。单击鼠标右键，复制对象，如图 7-35 所示。

图 7-33　绘制对象　　　　　　图 7-34　翻转对象　　　　　　图 7-35　复制对象

Step 04 使用"钢笔工具" ，绘制直线，如图 7-36 所示。选中直线对象，按 F12 键，弹出"轮廓笔"对话框，设置"样式"为虚线，如图 7-37 所示。效果如图 7-38 所示。

 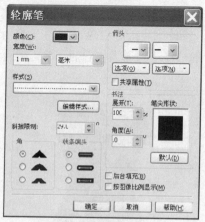 

图 7-36　绘制直线　　　　图 7-37　"轮廓笔"对话框　　　　图 7-38　设置轮廓样式

Step 05 使用"钢笔工具" ，绘制左侧衣袖，如图 7-39 所示。转换直线节点为曲线节点，调整对象形状，如图 7-40 所示。使用选择工具选中绘制的左侧衣袖对象，如图 7-41 所示。

图 7-39　绘制衣袖

图 7-40　调整对象形状

图 7-41　选中对象

Step 06 单击工具箱中的"自由变换工具" 按钮，单击属性栏中的"自由角度反射" 按钮，在衣服中间单击并拖动鼠标，确定镜像中心点，如图 7-42 所示。单击鼠标右键，复制镜像翻转对象，如图 7-43 所示。使用"钢笔工具" ，在衣服中间绘制直线门襟，并设置直线颜色为白色，如图 7-44 所示。

图 7-42　镜像对象

图 7-43　复制镜像对象

图 7-44　绘制门襟

Step 07 使用"矩形工具" 绘制对象，在工作窗口右侧调色板上，单击⊠色块，取消颜色填充，右击白色色块，将轮廓更改为白色，如图 7-45 所示。按住 Shift 键向右水平拖动矩形对象，如图 7-46 所示。移动到适当位置后，单击鼠标右键，复制对象，如图 7-47 所示。

图 7-45　绘制矩形

图 7-46　拖动矩形

图 7-47　复制矩形对象

Step 08 使用"钢笔工具" 绘制对象，如图 7-48 所示。调整对象形状，如图 7-49 所示。填充颜色值为（C=100；M=90；Y=75；K=0），如图 7-50 所示。

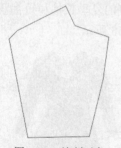
图 7-48　绘制对象

图 7-49　调整对象形状

图 7-50　填充颜色值

Step 09 选中绘制的裙子对象，按 Shift+PageDown 快捷键，移动到最下层，如图 7-51 所示。复制前面绘制的领结对象，移动到适当的位置，如图 7-52 所示。为了突出该款服装的素雅干练，删除领节上多余的曲线，如图 7-53 所示。

图 7-51　更改排列层次

图 7-52　复制领节

图 7-53　调整领节

Step 10 使用"椭圆形工具" ，按住 Ctrl 键在图像中拖动鼠标绘制圆形对象，填充白色，按住 Shift 键向上拖动鼠标左键到适当位置，单击鼠标右键复制圆形对象，最终效果如图 7-54 所示。

图 7-54　绘制并复制圆形对象

7.2.3 冬季职业装设计

本实例讲解冬季长袖职业装的绘制方法，使用前面已经绘制的夏季长袖和短袖职业装，进行重新组合，得到冬季职业装设计效果图，绘制过程如图 7-55 所示。

图 7-55 绘制过程

Step 01 复制绘制的夏季短袖职业装，如图 7-56 所示。选中袖子对象，按 Delete 键删除，如图 7-57 所示。复制前面绘制的夏季长袖职业装的衣袖对象，调整移动到适当位置，如图 7-58 所示。

图 7-56 复制对象　　　　图 7-57 删除衣袖对象　　　　图 7-58 复制并调整衣袖

Step 02 按住 Ctrl 键进行加选，选中主体衣服和衣袖轮廓对象，如图 7-59 所示。按 Shift+F11 快捷键，打开"均匀填充"对话框，设置颜色值为（C=20；M=80；Y=0；K=20），完成设置后，单击"确定"按钮，如图 7-60 所示。更改填充颜色为紫色后，整体职业装效果如图 7-61 所示。

图 7-59 选中对象　　　　图 7-60 "均匀填充"对话框　　　　图 7-61 更改颜色效果

7.3 时尚服装设计

本节讲解时尚服装款式的设计制作方法，让用户了解设计不同类型服装的步骤与方法，详细讲解服装的线稿绘制、上色处理等操作，最终完成一件完整的作品。

7.3.1 斜肩裙装款式设计

斜肩裙装款式能展现女性锁骨的轮廓，具有优雅、知性的感觉，本实例讲解了斜肩裙装的绘制方法，需要使用钢笔工具、轮廓笔工具、均匀填充等，绘制过程如图 7-62 所示。

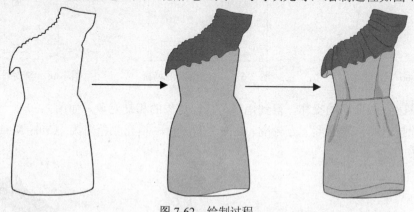

图 7-62　绘制过程

Step 01 启动 CorelDRAW X5 软件，执行"文件"→"新建"命令，在弹出的"创建新文档"对话框中，设置文档大小为 A4 尺寸，完成设置后单击"确定"按钮。

Step 02 单击工具箱中的"钢笔工具" 按钮，在绘图区域中依次单击，创建封闭路径。在属性栏中，更改轮廓宽度为 1.2mm，如图 7-63 所示。单击工具箱中的"形状工具" 按钮，选中节点后，将直线节点转换为曲线节点，调整对象形状，如图 7-64 所示；单击工具箱中的"涂抹笔刷" 按钮，在属性栏中设置"笔尖大小"为 5mm，"斜移"为 45°，在对象左上方拖动鼠标，更改轮廓线效果，如图 7-65 所示。

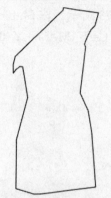
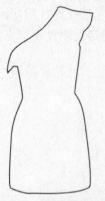

图 7-63　创建封闭路径　　　图 7-64　调整路径形状　　　图 7-65　改变轮廓效果

Step 03 使用"矩形工具"□绘制矩形，移动到适当位置，如图 7-66 所示。执行"窗口"→"泊坞窗"→"造形"命令，打开"造形"泊坞窗，选择"相交"选项，选中保留原件栏中的"目标对象"复选框，单击"相交对象"按钮，如图 7-67 所示。在目标对象上单击，如图 7-68 所示。

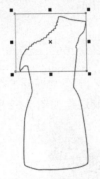

图 7-66　绘制矩形

图 7-67　"造形"泊坞窗

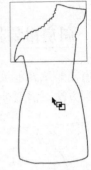

图 7-68　单击目标对象

Step 04 通过前面的操作，得到矩形与目标对象的相交对象，如图 7-69 所示。结合形状工具和涂抹笔刷修改图形下方轮廓，如图 7-70 所示。填充颜色值为（C=0；M=100；Y=0；K=0），如图 7-71 所示。

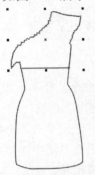

图 7-69　生成相交对象

图 7-70　调整对象形状

图 7-71　填充颜色值

Step 05 继续使用"钢笔工具"绘制路径，在属性栏中，更改轮廓宽度为 0.6mm，如图 7-72 所示。使用"形状工具"调整路径形状，如图 7-73 所示。按 Shift+F11 快捷键，打开"均匀填充"对话框，在对话框中设置填充颜色值（C=7；M=57；Y=0；K=0），如图 7-74 所示。

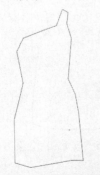

图 7-72　创建封闭路径

图 7-73　调整路径形状

图 7-74　填充颜色值

Step 06 将绘制的图形移动到适当位置，如图 7-75 所示。按 Shift+PageDown 快捷键，将选中的对象下移一层，如图 7-76 所示。使用"钢笔工具" 🖉 绘制装饰线条，如图 7-77 所示。

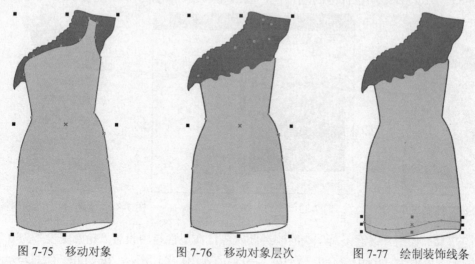

图 7-75 移动对象　　　　图 7-76 移动对象层次　　　　图 7-77 绘制装饰线条

Step 07 继续使用"钢笔工具" 🖉 绘制线条，如图 7-78 所示。在属性栏中更改最底部线条的轮廓宽度为 0.3mm，如图 7-79 所示。更改次底部线条的轮廓样式为虚线，如图 7-80 所示。

图 7-78 绘制线条　　　　图 7-79 更改轮廓宽度　　　　图 7-80 更改线条样式

Step 08 单击工具箱中的"艺术笔工具" 🖉 按钮，在属性栏中设置"笔触宽度"为 0.762mm，使用默认艺术笔触 ⬡，在图像中拖动鼠标绘制皱褶；按 H 键切换到抓图工具 ✋，移动视图到衣领位置，继续使用艺术笔触绘制皱褶，如图 7-81 所示。

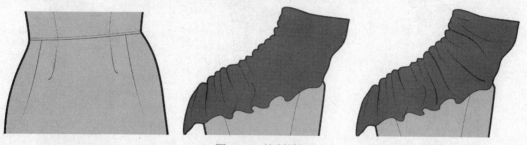

图 7-81 绘制皱褶

145

Step 09 使用"钢笔工具" ，在衣服皱褶阴影处绘制一些封闭对象，如图 7-82 所示。按 Shift+F11 键，弹出"均匀填充"对话框，填充颜色值为（C=0；M=0；Y=0；K=45），如图 7-83 所示。右击调色板中的 按钮，取消轮廓线，如图 7-84 所示。

图 7-82　绘制皱褶阴影　　　图 7-83　"均匀填充"对话框　　　图 7-84　填充颜色值并取消轮廓线

Step 10 使用"钢笔工具" 绘制封闭对象，在属性栏中设置"轮廓宽度"为 0.7mm，设置填充颜色值为（C=0；M=0；Y=0；K=43），如图 7-85 所示。按 Shift+PageDown 快捷键，将对象移动到最底层，如图 7-86 所示。使用钢笔工具绘制一些细线段作为皱褶效果，如图 7-87 所示。

图 7-85　绘制封闭对象　　　图 7-86　"均匀填充"对话框　　　图 7-87　绘制线段

Step 11 使用"矩形工具" 绘制矩形对象，同时选中矩形和衣服底层轮廓对象，如图 7-88 所示。单击属性栏中的"相交" 按钮，生成相交对象，选中原始矩形，按 Delete 键删除，为生成的相交对象填充颜色值（C=0；M=0；Y=0；K=43），如图 7-89 所示。右击调色板中的 按钮取消轮廓线，按 Shift+PageDown 快捷键置于底层，最终效果如图 7-90 所示。

图 7-88　绘制矩形　　　图 7-89　生成相交对象并填充颜色值　　　图 7-90　最终效果图

7.3.2 时尚夏季短袖上衣款式设计

本实例讲解时尚短袖上衣的绘制方法，需要使用钢笔工具、艺术笔工具、手绘工具、椭圆形工具、橡皮擦工具等，绘制过程如图 7-91 所示。

图 7-91 绘制过程

Step 01 单击工具箱中的"钢笔工具"🖊按钮，在绘图区域中依次单击创建封闭路径，如图 7-92 所示。调整路径形状，如图 7-93 所示。填充颜色值（C=0；M=40；Y=20；K=0），如图 7-94 所示。

图 7-92 创建封闭路径　　　图 7-93 调整路径形状　　　图 7-94 填充颜色值

Step 02 继续使用"钢笔工具"🖊绘制封闭路径，如图 7-95 所示。框选整体对象，如图 7-96 所示。单击属性栏中的"修剪"按钮🔲，生成修剪对象，选中原始修剪对象，按 Delete 键删除，如图 7-97 所示。

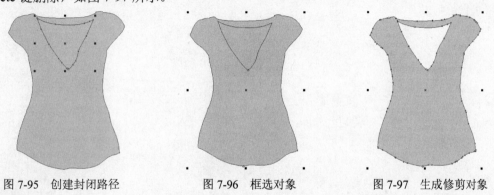

图 7-95 创建封闭路径　　　图 7-96 框选对象　　　图 7-97 生成修剪对象

Step 03 单击工具箱中的"艺术笔工具" ⊡按钮，单击属性栏中的"喷涂"按钮☝，选择植物喷涂列表中的树枝喷涂样式 ，在图像中拖动鼠标，创建喷涂对象，如图 7-98 所示。执行"排列"→"拆分艺术笔 群组"命令，拆分艺术笔对象，如图 7-99 所示。选中拆分后的曲线对象，按 Delete 键删除，如图 7-100 所示。

图 7-98 绘制喷涂对象　　　图 7-99 拆分艺术笔对象　　　图 7-100 删除曲线

Step 04 使用"选择工具" ⊡框选对象，如图 7-101 所示。单击属性栏中的"取消全部群组" ⊡按钮，接着单击属性栏中的"合并" ⊡按钮，合并对象，如图 7-102 所示。填充颜色值（C=0；M=29；Y=15；K=0），如图 7-103 所示。

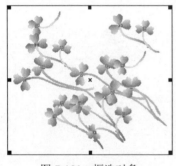

图 7-101 框选对象　　　图 7-102 合并对象　　　图 7-103 填充颜色值

Step 05 执行"工具"→"选项"命令，打开"选项"对话框，打开左侧"工作区"栏，单击"编辑"选项，在右侧选中"新的图框精确剪裁内容自动居中"复选框。

Step 06 选中绘制的树枝纹理，如图 7-104 所示。执行"效果"→"效果精确剪裁"→"放置在容器中"命令，在衣服上单击鼠标左键，如图 7-105 所示。放置在容器中的效果如图 7-106 所示。

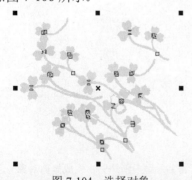

图 7-104 选择对象　　　图 7-105 放置在容器中　　　图 7-106 容器效果

Step 07 单击工具箱中的"手绘工具"按钮，在衣服轮廓处拖动鼠标，加深轮廓效果，在属性栏中设置"轮廓宽度"为 0.5mm，如图 7-107 所示。按 F12 键，弹出"轮廓笔"对话框，设置"样式"为虚线，完成设置后，单击"确定"按钮，如图 7-108 所示。修改轮廓线样式后，如图 7-109 所示。

图 7-107 绘制线条

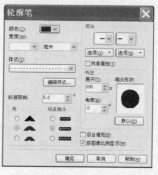

图 7-108 "轮廓笔"对话框

图 7-109 修改轮廓样式

Step 08 选中衣服轮廓对象，在属性栏中更改"轮廓宽度"为 0.5mm，如图 7-110 所示。继续使用手绘工具，在左侧衣袖位置拖动鼠标左键，绘制袖口线，如图 7-111 所示。按小键盘上的+键复制对象，单击属性栏中的"水平镜像"按钮，水平镜像复制对象，并将对象移动到右侧适当位置，如图 7-112 所示。

图 7-110 更改轮廓宽度

图 7-111 绘制袖口线条

图 7-112 复制并镜像线条

Step 09 继续使用"手绘工具"绘制门襟，如图 7-113 所示。单击工具箱中的"椭圆形工具"按钮，在图像中绘制白色圆形对象，绘制纽扣效果，如图 7-114 所示。复制多个白色纽扣对象，并按曲线的弧度进行排列，如图 7-115 所示。

图 7-113 绘制门襟

图 7-114 绘制纽扣

图 7-115 复制纽扣

Step 10 使用"艺术笔工具" ，单击属性栏中的"预设" 按钮，选择一种宽度相同的艺术笔触，设置"笔触宽度"为 2.0mm，在衣服下摆处拖动鼠标绘制线条，如图 7-116 所示。继续拖动鼠标绘制线条，如图 7-117 所示。按 Ctrl+K 快捷键拆分线条，删除多余曲线，为拆分对象填充颜色值（C=10；M=60；Y=40；K=0），如图 7-118 所示。

图 7-116　绘制线条　　　　图 7-117　继续绘制线条　　　　图 7-118　填充颜色值

Step 11 单击工具箱中的"橡皮擦工具" 按钮，在属性栏中设置"橡皮擦厚度"为 1.0mm，在腰带位置单击擦除对象，如图 7-119 所示。

图 7-119　擦除对象

Step 12 使用"椭圆形工具" ，绘制大小不一的圆形，并填充颜色值为（C=0；M=0；Y= 0；K=70）、（C=0；M=0；Y=0；K=50），如图 7-120 所示。使用"钢笔工具" 绘制直线，如图 7-121 所示。使用"椭圆形工具" 绘制装饰图案并填充颜色为白色，如图 7-122 所示。

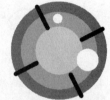

图 7-120　绘制圆形　　　图 7-121　绘制直线　　　图 7-122　绘制装饰图案并填充颜色

Step 13 使用"椭圆形工具" 、"钢笔工具" 绘制出圆形以及分割面，分别填充颜色为（C=19；M=4；Y=19；K=27）、（C=17；M=4；Y=16；K=0），将绘制完成的亮片按+键进行复制，并移动至适当位置，如图 7-123 所示。

Step **14** 按+键复制亮片，并使用"矩形工具" ，按住 Ctrl 键绘制正方形，在属性栏中设置虚线样式，填充轮廓颜色为（C=50；M=40；Y=70；K=0），如图 7-124 所示。

Step **15** 框选绘制完成的亮片与装饰图案按+键复制，将复制的图案移动至适当位置并调整大小，如图 7-125 所示。

图 7-123　绘制亮片　　　　图 7-124　绘制装饰图案　　　　图 7-125　复制图形

Step **16** 将绘制的装饰图案放置到衣服左侧袖子位置，按+键复制装饰图案，单击属性栏中的"水平镜像" 按钮，并移动到右侧袖子的位置，如图 7-126 所示。

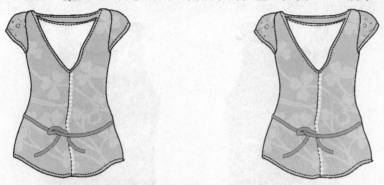

图 7-126　移动装饰图案

7.3.3　女士时尚背心款式设计

本实例讲解女士时尚背心的绘制方法，使用钢笔工具、贝赛尔工具、艺术笔工具、文本工具等，绘制过程如图 7-127 所示。

图 7-127　绘制过程

Step **01** 单击工具箱中的"钢笔工具" 按钮，绘制背心轮廓曲线，并调整背心形状，填充背心颜色值为（C=0；M=0；Y=0；K=100），如图 7-128 所示。

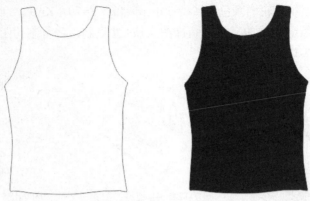

图 7-128　绘制背心并填充颜色值

Step 02 使用"钢笔工具" ，绘制封闭路径，按 Shift+F11 键，弹出"均匀填充"对话框，填充颜色值为（C=5；M=25；Y=10；K=0），取消轮廓线，如图 7-129 所示。

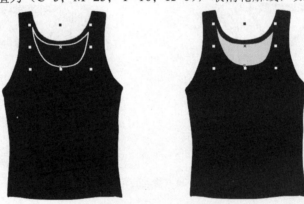

图 7-129　绘制路径并填充颜色值

Step 03 使用"贝塞尔工具" 绘制路径，如图 7-130 所示。单击工具箱中的"涂抹笔刷" 按钮，在绘制的线条上拖动鼠标，变形路径轮廓，如图 7-131 所示。填充颜色值为（C=70；M=75；Y=90；K=0），如图 7-132 所示。

图 7-130　绘制路径　　　　图 7-131　变形轮廓线条　　　　图 7-132　填充颜色值

Step 04 重复步骤 3 的操作方法绘制右侧的轮廓，并填充颜色，如图 7-133 所示。绘制中间的填充轮廓，填充颜色值为（C=10；M=95；Y=10；K=0），如图 7-134 所示。

图 7-133　绘制路径　　　　　　　　　　　　图 7-134　填充颜色值

Step 05 使用"钢笔工具" ，沿着衣服轮廓绘制明线，并设置轮廓颜色为白色，在属性栏中，设置线段样式为虚线，"轮廓宽度"为 0.3mm，如图 7-135 所示。单击"艺术笔工具" 按钮，单击"喷涂" 按钮，在"对象"列表中，选择图标预设喷涂 ，在图像中拖动鼠标绘制对象，按 Ctrl+K 快捷键拆分对象，选中拆分后的曲线对象，按 Delete 键删除，如图 7-136 所示。

Step 06 选中群组对象，单击属性栏中的"取消群组" 按钮，删除多余的对象，保留橘色对象，如图 7-137 所示。

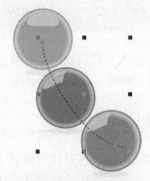

图 7-135　绘制虚线　　　　图 7-136　绘制对象　　　　图 7-137　保留对象

Step 07 将橘色对象放置到衣服领口位置，按+键复制多个对象，依次放置到适当的位置，如图 7-138 所示。

图 7-138　复制对象并移动到适当的位置

Step 08 使用"钢笔工具" 🖊，绘制自由时尚图案，放置在衣服的适当位置，如图 7-139 所示。单击工具箱中的"文本工具" 字 按钮，在图像中输入字母，更改填充色为深棕色（C=0；M=40；Y=0；K=0），在属性栏中选择一种较时尚的字体，更改字体大小为 55pt，如图 7-140 所示。

Step 09 单击文字变换框，进入旋转变换模式，拖动文字变换框右上角的控制点，适当旋转文字对象，最终效果如图 7-141 所示。

图 7-139　绘制时尚图案　　　　图 7-140　输入文字　　　　图 7-141　最终效果图

7.4　休闲装设计

本节讲解休闲装款式的设计制作方法，让用户了解设计不同类型服装的步骤与方法，详细讲解服装的线稿绘制，上色处理等操作，最终完成一件完整的作品。

7.4.1　女式针织衫款式设计

本实例讲解女式针织衫的绘制方法，需要使用钢笔工具、形状工具、手绘工具、删除工具、椭圆形工具、智能填充工具等，绘制过程如图 7-142 所示。

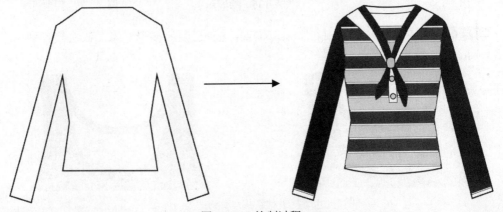

图 7-142　绘制过程

详细绘制步骤如下。

Step 01 单击工具箱中的"钢笔工具" 📐按钮，在绘图区域中依次单击，创建衬衣的轮廓对象，在属性栏中更改"轮廓宽度"为 0.5mm，如图 7-143 所示。

Step 02 使用"形状工具" 📐，调整节点状态，更改对象的整体形状，继续使用钢笔工具，绘制衣服袖部的轮廓线，如图 7-144 所示。

图 7-143 创建衬衣轮廓对象

图 7-144 调整轮廓曲线

Step 03 使用"手绘工具" 📐按钮，绘制并列的直线对象，如图 7-145 所示。选中绘制的直线对象，向下拖动到适当的位置，按+键复制对象，如图 7-146 所示。

图 7-145 绘制直线对象

图 7-146 复制直线对象

Step 04 按 Ctrl+R 快捷键九次，再制对象，如图 7-147 所示。单击工具箱中的"虚拟段删除工具" 📐按钮，将鼠标指针移动到左侧突出的线条上，单击鼠标左键，删除多余的线条，如图 7-148 所示。

图 7-147 再制对象

图 7-148 删除多余突出线段

Step 05 使用"贝塞尔工具" ，绘制出领部轮廓线，如图 7-149 所示。继续绘制领结对象，绘制出领结的轮廓对象，如图 7-150 所示。

图 7-149 绘制衣领

图 7-150 绘制领结

Step 06 使用"钢笔工具" ，绘制衣领曲线与半门襟轮廓，如图 7-151 所示。使用"手绘工具" ，在领结上绘制自然褶皱，并使用"椭圆形工具" 绘制纽扣，如图 7-152 所示。

图 7-151 绘制半门襟

图 7-152 绘制纽扣

Step 07 使用"钢笔工具" ，绘制领座与袖口边，如图 7-153 所示。单击工具箱中的"智能填充工具" 按钮，在属性栏中打开色块下拉列表框，单击"其他"按钮，在打开的"选择颜色"对话框中，设置填充色为红色（C=0；M=100；Y=100；K=0），如图 7-154 所示。

图 7-153 绘制领座与袖口边

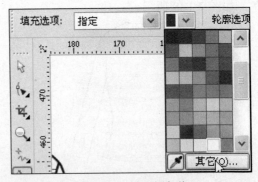

图 7-154 设置颜色值

Step 08 移动鼠标指针到需要填充的区域中，单击鼠标左键填充颜色值，使用相同的方法填充整个横条区域，如图 7-155 所示。

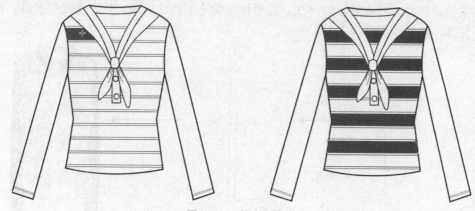

图 7-155　填充颜色值

Step 09 在属性栏中设置填充色为黄色（C=0；M=0；Y=100；K=0），如图 7-156 所示，依次在填充区域单击填充颜色值（C=100；M=100；Y=0；K=0），如图 7-157 所示。

图 7-156　填充衣片颜色值

图 7-157　填充袖子颜色值

Step 10 框选半门襟与纽扣，填充颜色值（C=0；M=0；Y=100；K=0），如图 7-158 所示。针织衫最终效果如图 7-159 所示。

图 7-158　填充颜色值

图 7-159　最终效果图

7.4.2 女式衬衣款式设计

本实例讲解女式衬衣的绘制方法，需要使用钢笔工具、折线工具、椭圆形工具、智能填充工具等，绘制过程如图 7-160 所示。

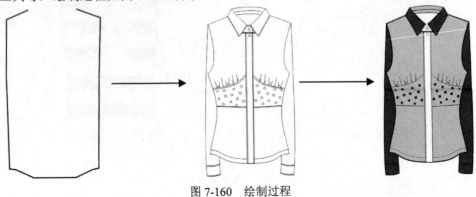

图 7-160 绘制过程

Step 01 单击工具箱中的"钢笔工具" 按钮，在绘图区域中依次单击，创建衬衣的轮廓对象，更改"轮廓宽度"为 0.5mm，使用"形状工具" 调整路径形状，如图 7-161 所示。

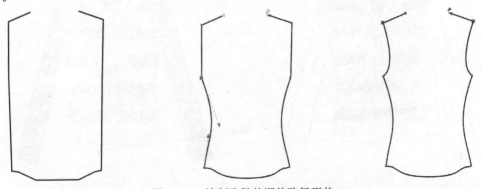

图 7-161 绘制路径并调整路径形状

Step 02 使用"钢笔工具" ，绘制左右侧衣袖，在属性栏中更改"轮廓宽度"为 0.5mm，绘制袖口皱褶线，在属性栏中更改"轮廓宽度"为 0.2mm，绘制完成后按+键复制衣袖，如图 7-162 所示。

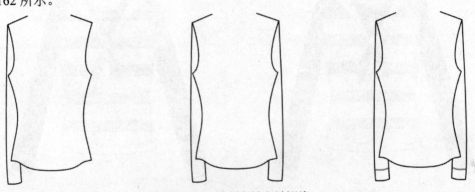

图 7-162 绘制衣袖和皱褶线

Step 03 继续使用"钢笔工具" 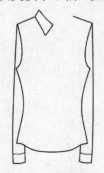，绘制左侧衣领，如图 7-163 所示。单击工具箱中的"自由变换工具" 按钮，单击属性栏中的"自由角度反射" 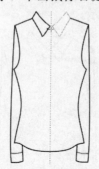按钮，在图像中适当位置单击确认变换中心轴，如图 7-164 所示。单击鼠标右键，复制镜像对象，如图 7-165 所示。

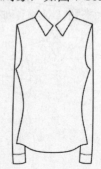

图 7-163　绘制衣领　　　　图 7-164　自由变换对象　　　　图 7-165　复制镜像对象

Step 04 继续绘制衣领部位轮廓线，在属性栏中更改"轮廓宽度"为 0.2mm，如图 7-166 所示。使用"矩形工具" 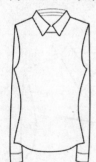，在图像中拖动鼠标，绘制衬衣门襟线，在属性栏中更改"轮廓宽度"为 0.2mm，如图 7-167 所示。使用"钢笔工具" 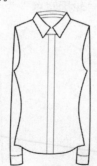，绘制衣物内部折线，更改"轮廓宽度"为 0.2mm，如图 7-168 所示。

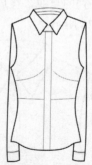

图 7-166　绘制衣领　　　　图 7-167　绘制门襟线　　　　图 7-168　绘制折线

Step 05 使用"椭圆形工具" 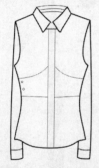，在图像中绘制椭圆，如图 7-169 所示。拖动绘制的椭圆到适当位置，单击鼠标右键复制对象，复制多个椭圆，并适当调整椭圆大小，效果如图 7-170 所示。框选左侧的所有椭圆对象，拖动到右侧适当位置，单击鼠标右键复制对象，单击属性栏中的"水平镜像" 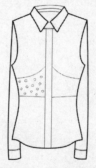按钮，水平翻转对象，效果如图 7-171 所示。

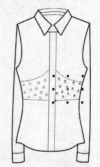

图 7-169　绘制椭圆　　　　图 7-170　复制椭圆　　　　图 7-171　复制并翻转对象

Step 06 单击工具箱中的"折线工具"按钮 ，在图像中依次单击绘制折线，双击鼠标左键，可以完成一段折线的绘制，如图 7-172 所示。使用相同的方法绘制左侧的折线，如图 7-173 所示。复制左侧的折线，移动到右侧适当位置，单击属性栏中的"水平镜像" 按钮，水平翻转对象，如图 7-174 所示。

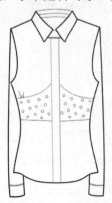
图 7-172 绘制折线

图 7-173 绘制折线

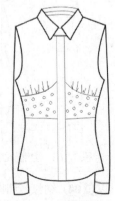
图 7-174 复制并翻转对象

Step 07 使用"椭圆形工具" ，绘制纽扣，如图 7-175 所示。在衬衣门襟线位置绘制两条并列的直线，在属性栏中更改"轮廓宽度"为 0.2mm，更改"线条样式"为虚线，如图 7-176 所示。

图 7-175 绘制纽扣

图 7-176 绘制门襟虚线

Step 08 继续复制衣摆和袖口位置的线条，在属性栏中将"线条样式"更改为虚线，如图 7-177 所示。单击工具箱中的"智能填充工具" 按钮，在衣领、衣袖位置依次单击鼠标左键，填充颜色值（C=0；M=100；Y=100；K=0），如图 7-178 所示。

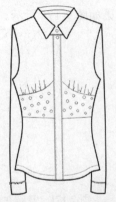
图 7-177 更改线条样式

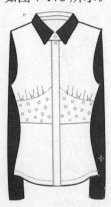
图 7-178 填充颜色值

Step 09 框选衣服中间的圆形装饰，如图 7-179 所示。按 Shift+F11 快捷键弹出"均匀填充"对话框，设置填充颜色值为（C=0；M=100；Y=100；K=0），完成设置后，单击"确定"按钮，如图 7-180。填充效果如图 7-181 所示。

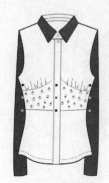
图 7-179　框选对象

图 7-180　"均匀填充"对话框

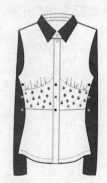
图 7-181　填充颜色值

Step 10 选择"智能填充工具" ，分别填充领座与衣片颜色值为（C=0；M=20；Y=100；K=0），如图 7-182 所示。

Step 11 选中衣片，按 Shift+PageDown 快捷键移动到最下层，最终效果如图 7-183 所示。

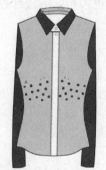
图 7-182　填充颜色值

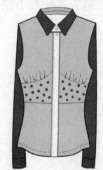
图 7-183　最终效果图

7.4.3　休闲上衣款式设计

本实例讲解休闲上衣的绘制方法，需使要用钢笔工具、矩形工具、贝塞尔工具、艺术笔工具、椭圆形工具等，绘制过程如图 7-184 所示。

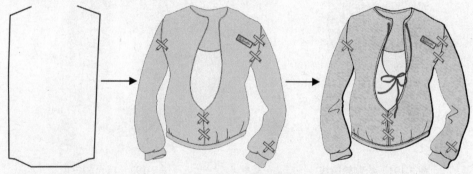
图 7-184　绘制过程

Step 01 单击工具箱中的"钢笔工具" 按钮，在绘图区域中绘制出上衣轮廓，如图 7-185 所示；按 Shift+F11 快捷键，打开"均匀填充"对话框，设置填充颜色为浅红色（C=5；M=25；Y=10；K=0），完成设置后，单击"确定"按钮，如图 7-186 所示。填充效果如图 7-187 所示。

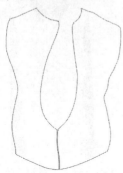
图 7-185　绘制轮廓

图 7-186　"均匀填充"对话框

图 7-187　填充颜色值

Step 02 单击工具箱中的"涂抹笔刷" 按钮，在属性栏中设置"笔尖大小"为最小尺寸，设置适当的斜移和方位角度，在图像下方拖动鼠标，更改线条轮廓效果，如图 7-188 所示。继续使用钢笔工具绘制下摆，如图 7-189 所示。填充颜色为相同的浅红色，如图 7-190 所示。

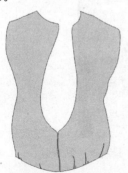
图 7-188　调整轮廓

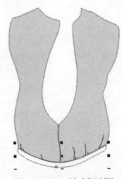
图 7-189　绘制下摆

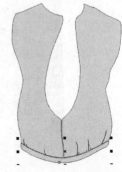
图 7-190　填充颜色值

Step 03 使用"钢笔工具" 绘制衣袖和袖口轮廓线，如图 7-191 所示。填充为相同的浅红色，如图 7-192 所示。

图 7-191　绘制轮廓线

图 7-192　填充颜色值

Step 04 使用"钢笔工具" 绘制衣里路径，如图 7-193 所示。填充相同的浅红色，如图 7-194 所示。

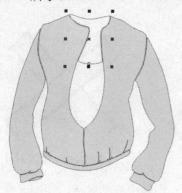

图 7-193　绘制衣里路径

图 7-194　填充颜色

Step 05 选中胸口位置衣片，如图 7-195 所示。填充浅黄色值（C=0；M=5；Y=15；K=0），如图 7-196 所示。

图 7-195　选择衣片

图 7-196　填充颜色值

Step 06 使用"矩形工具" ，在图像中拖动鼠标绘制矩形，填充相同的浅红色，在属性栏中设置"轮廓宽度"为 0.2mm，设置"旋转角度"为-45°，如图 7-197 所示。按小键盘上的+键复制对象，单击工具箱中的"涂抹笔刷工具"按钮，在属性栏中设置适当的参数后，在线条上拖动鼠标改变轮廓效果，如图 7-198 所示。适当缩小原始对象，更改"线条样式"为虚线，如图 7-199 所示。

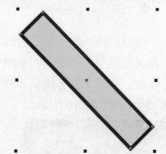

图 7-197　绘制并旋转矩形对象

图 7-198　复制对象并变形轮廓线

图 7-199　更改线条样式

Step 07 单击变换中心点，切换到旋转变换模式，如图 7-200 所示。按住 Ctrl 键的同时，拖动右上角的变换点旋转对象，如图 7-201 所示。旋转对象到适当位置后，单击鼠标右键，复制对象，如图 7-202 所示。

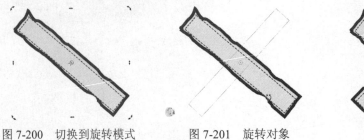

图 7-200　切换到旋转模式　　　图 7-201　旋转对象　　　图 7-202　复制对象

Step 08 单击工具箱中的"手绘工具" 按钮，在图像中拖动鼠标，绘制一些自由线条，如图 7-203 所示。框选绘制的对象，按 Ctrl+G 快捷键群组对象。

Step 09 复制多个群组对象，并移动到衣服的适当位置，如图 7-204 所示。

图 7-203　绘制自由线条　　　　　　　　　图 7-204　移动到适当位置

Step 10 单击工具箱中的"矩形工具" ▢，在属性栏中设置"圆角半径"为 5mm，在图像中拖动鼠标绘制矩形，填充颜色值为（C=10；M=95；Y=10；K=0），如图 7-205 所示。在属性栏中设置"圆角半径"为 0mm，继续绘制矩形，设置"线条样式"为虚线，填充为无，轮廓颜色为白色，如图 7-206 所示。同时选中两个矩形，按 C 和 E 键水平垂直居中对齐，如图 7-207 所示。

图 7-205　绘制矩形　　　　　图 7-206　绘制矩形　　　　　图 7-207　对齐矩形

Step 11 使用"椭圆形工具" ◯绘制圆形对象，按+键复制多个圆形对象并放置到适当的位置，如图 7-208 所示。单击工具箱中的"艺术笔工具" ✐按钮，在属性栏中设置最小的笔触宽度，选择 ▭预设笔触，在图像中拖动鼠标，绘制一些自由线条，如图 7-209 所示。继续绘制一些自由图形，并填充颜色值为（C=5；M=25；Y=10；K=0），如图 7-210 所示。

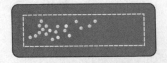
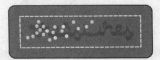

图 7-208　绘制圆形　　　　　图 7-209　绘制自由线条　　　　图 7-210　绘制自由图形

Step 12 框选矩形对象，按 Ctrl+G 快捷键群组对象，将群组对象移动到衣服中适当位置，如图 7-211 所示。适当旋转对象，如图 7-212 所示。

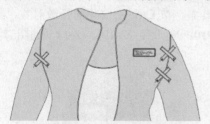

图 7-211　移动对象

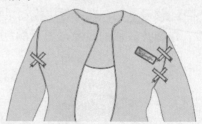

图 7-212　旋转对象

Step 13 使用"贝塞尔工具" 在衣服轮廓位置绘制明线，如图 7-213 所示。选中绘制的线条，按 F12 键打开"轮廓笔"对话框，设置"轮廓宽度"为 0.3mm，"线条样式"为虚线，如图 7-214 所示。

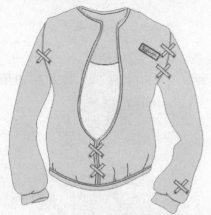

图 7-213　绘制明线

图 7-214　设置虚线

Step 14 单击工具箱中的"折线工具" 按钮，在衣服上绘制一些细碎的自由图案，填充颜色值为（C=6；M=33；Y=17；K=0），取消轮廓线，如图 7-215 所示。继续在衣袖上绘制自由图案，如图 7-216 所示。

图 7-215　绘制自由图案

图 7-216　绘制自由图案

Step **15** 使用"椭圆形工具" ◎ 在衣领位置绘制圆形对象，如图 7-217 所示。单击工具箱中的"艺术笔工具"按钮，在属性栏中单击"预设"按钮 ⋈，设置"笔触宽度"为 1.5mm，选择 ▭▭▭ 预设笔触，在图像中拖动鼠标，绘制线条，按 Ctrl+K 快捷键打散对象，删除多余曲线，选择打散后的对象，填充颜色值为（C=10；M=95；Y=10；K=0），如图 7-218 所示。

图 7-217　绘制椭圆对象

图 7-218　绘制线条

Step **16** 重复步骤 15 的操作方法绘制蝴蝶结线条，如图 7-219 所示。

Step **17** 单击工具箱中的"手绘工具" ⅔ 按钮，绘制衣服的褶皱效果，如图 7-220 所示。

图 7-219　绘制蝴蝶结

图 7-220　绘制褶皱

Step **18** 使用"贝塞尔工具" ⅔ ，沿着衣服轮廓绘制封闭路径，填充黑色，如图 7-221 所示。单击阴影对象，按 Shift+PageDown 快捷键置于底层，以增强衣服效果图的立体感，最终效果如图 7-222 所示。

图 7-221　绘制封闭路径

图 7-222　最终效果图

7.5 礼服装设计

本节讲解旗袍礼服款式的设计制作方法，让用户了解设计不同类型的旗袍礼服装的步骤与方法，详细讲解服装的线稿绘制，上色处理等操作，最终完成一件完整的作品。

7.5.1 旗袍装款式设计

本实例讲解女式旗袍装的绘制方法，需要使用钢笔工具、贝赛尔工具、艺术笔工具等，绘制过程如图 7-223 所示。

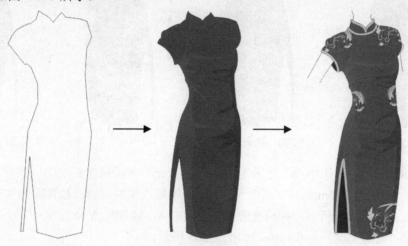

图 7-223　绘制过程

1. 绘制旗袍装

Step 01 单击工具箱中的"钢笔工具" 按钮，在绘图区域中依次单击，创建旗袍的轮廓对象，如图 7-224 所示。使用"形状工具" 调整路径形状，如图 7-225 所示。填充颜色值为（C=0；M=100；Y=100；K=20），如图 7-226 所示。

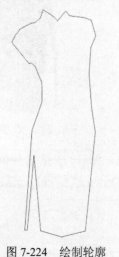

图 7-224　绘制轮廓

图 7-225　调整节点

图 7-226　填充颜色值

167

Step 02 使用"钢笔工具" 📷，绘制旗袍的高光轮廓，如图 7-227 所示。填充颜色值为（C=0；M=100；Y=100；K=0），并取消轮廓线，如图 7-228 所示。

Step 03 继续使用"钢笔工具" 📷，绘制衣服的阴影轮廓，如图 7-229 所示。填充颜色值为（C=0；M=100；Y=100；K=40），取消轮廓线，如图 7-230 所示。

图 7-227 绘制高光轮廓　　图 7-228 填充颜色值　　图 7-229 绘制阴影　　图 7-230 填充颜色值

Step 04 单击工具箱中的"艺术笔工具" 🖊按钮，单击属性栏中的"预设"按钮 ⋈，设置"笔触宽度"为 1.5mm，选择 ▭▭▭▭ 预设笔触，在领口和衣袖位置拖动鼠标左键，绘制包边，如图 7-231 所示；并填充颜色值为（C=4；M=29；Y=62；K=12），如图 7-232 所示。设置"轮廓宽度"为 0.1mm，如图 7-233 所示。

图 7-231 绘制包边　　　　图 7-232 填充颜色值　　　　图 7-233 设置轮廓宽度

Step 05 使用"贝塞尔工具" 🖊绘制阴影部分，如图 7-234 所示。填充颜色值为（C=0；M=100；Y=100；K=70），如图 7-235 所示。按 Shift+PageDown 快捷键置于最底层，如图 7-236 所示。

图 7-234　绘制轮廓

图 7-235　填充颜色值

图 7-236　放置底层

Step 06 使用"艺术笔工具"，绘制艺术线条开衩的包边，按 Ctrl+K 快捷键打散对象，删除曲线，选中打散后的对象，填充颜色值为（C=4；M=29；Y=62；K=12），如图 7-237 所示。

Step 07 使用"钢笔工具"，在袖口与领口位置分别绘制颈部与手臂轮廓，如图 7-238 所示。

图 7-237　绘制开衩边缘

图 7-238　绘制人物轮廓

Step 08 打开素材文件 7-1.cdr，如图 7-239 所示。按+键复制图案移动至旗袍的衣袖上，如图 7-240 所示。

图 7-239　花鸟图案

图 7-240　移动图案

Step 09 按 Ctrl+U 快捷键拆分图案,使用"选择工具" ▨ ,选择凤凰图案,按+键复制,移动至腰部,如图 7-241 所示。将花朵图案移至下摆中,并调整形状大小,最终效果如图 7-242 所示。

图 7-241　复制图案

图 7-242　最终效果图

2. 绘制挎式精美手袋

Step 01 单击工具箱中的"钢笔工具" ▨ 按钮,在绘图区域中绘制手袋的轮廓,如图 7-243 所示。填充颜色值为(C=0;M=100;Y=100;K=20),如图 7-244 所示。

图 7-243　绘制路径

图 7-244　填充颜色值

Step 02 使用"钢笔工具" ▨ ,绘制矩形轮廓,如图 7-245 所示。框选所有对象,单击属性栏中的"相交" ▨ 按钮,生成相交对象,为生成对象填充颜色值(C=0;M=0;Y=0;K=90),取消轮廓线,如图 7-246 所示。

图 7-245　绘制路径

图 7-246　生成相交对象

Step 03 使用"贝塞尔工具" ，绘制手袋的高光轮廓，如图 7-247 所示。填充颜色值为（C=0；M=0；Y=0；K=71）、（C=0；M=0；Y=0；K=90），取消轮廓线，如图 7-248 所示。

图 7-247　绘制高光轮廓

图 7-248　填充颜色值

Step 04 使用"贝塞尔工具" ，绘制手袋的阴影轮廓，如图 7-249 所示。填充颜色值为（C=0；M=0；Y=0；K=100），取消轮廓线，如图 7-250 所示。

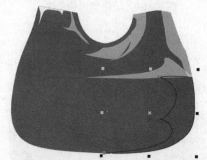

图 7-249　绘制阴影轮廓

图 7-250　填充颜色值

Step 05 单击工具箱中的"艺术笔工具" 按钮，在属性栏中，设置"笔触宽度"为 1.4mm，选择 预设笔触样式，在绘图区域中拖动鼠标绘制对象，按 Ctrl+K 快捷键打散对象，删除曲线，填充颜色值（C=0；M=0；Y=0；K=100），如图 7-251 所示。

Step 06 打开素材文件 7-1.cdr，如图 7-252 所示。

图 7-251　绘制手柄

图 7-252　花鸟图案

Step 07 按+键复制图案，并移动至手袋中，如图 7-253 所示。将图案移动至适当位置，并调整位置和角度，最终效果如图 7-254 所示。

图 7-253　复制图案　　　　　　　　　　图 7-254　最终效果图

3. 绘制提式精美手袋

Step 01 单击工具箱中的"钢笔工具" 按钮，在绘图区域中绘制手袋的轮廓，如图 7-255 所示。填充颜色值为（C=0；M=100；Y=100；K=20），如图 7-256 所示。

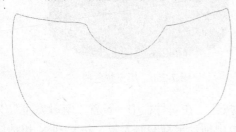

图 7-255　绘制轮廓　　　　　　　　　　图 7-256　填充颜色值

Step 02 使用"艺术笔工具"，绘制手袋的包边，填充颜色值为（C=4；M=29；Y=62；K=12），如图 7-257 所示。在属性栏中设置适当的轮廓宽度，继续使用"艺术笔工具" 绘制提手轮廓，打散后填充黑色，如图 7-258 所示。

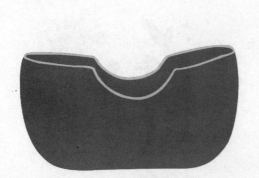

图 7-257　绘制路径　　　　　　　　　　图 7-258　填充颜色值

Step 03 使用"贝塞尔工具" ，在手提位置绘制高光对象，填充颜色值为（C=4；M=29；Y=62；K=12），绘制阴影对象，填充颜色值（C=2；M=17；Y=37；K=47），如图 7-259 所示。

图 7-259　绘制路径并填充颜色值

Step 04 使用"贝塞尔工具" ，绘制阴影对象，如图 7-260 所示。填充颜色值为（C=0；M=100；Y=100；K=37），如图 7-261 所示。

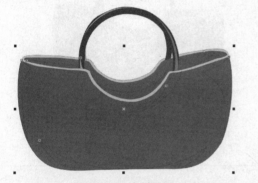 

图 7-260　绘制阴影　　　　　　　　　　　图 7-261　填充颜色值

Step 05 使用"贝塞尔工具" ，绘制高光对象，如图 7-262 所示。填充颜色值为（C=0；M=100；Y=100；K=10），取消轮廓线，按 Shift+PageDown 快捷键下移一层，如图 7-263 所示。

图 7-262　绘制高光　　　　　　　　　　　图 7-263　填充颜色值

Step 06 使用"艺术笔工具" ，绘制线条，填充颜色值（C=0；M=0；Y=0；K=100），如图 7-264 所示。绘制装饰线并填充颜色值（C=0；M=20；Y=20；K=0），如图 7-265 所示。

图 7-264　绘制线条　　　　　　　　　　　图 7-265　绘制装饰线

Step 07 打开素材文件 7-1.cdr，复制并调整大小后放置到适当的位置，如图 7-266 所示。复制传统图案对象，水平移动到右侧，单击属性栏中的"水平镜像" 按钮，水平翻转对象，最终效果如图 7-267 所示。

图 7-266　复制对象　　　　　　　　　　　图 7-267　最终效果图

7.5.2　晚礼服装款式设计

本实例讲解晚礼服装的绘制方法，需要使用钢笔工具、渐变填充、贝赛尔工具，绘制过程如图 7-268 所示。

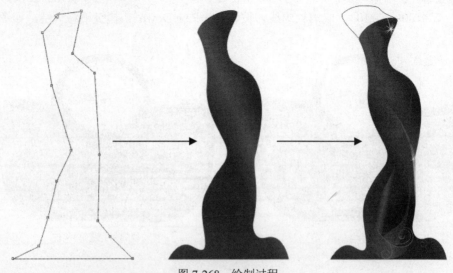

图 7-268　绘制过程

Step 01 单击工具箱中的"钢笔工具" ✑，在绘图区域中依次单击，创建晚礼服的轮廓对象，如图 7-269 所示。使用"形状工具" ➘ 调整路径形状，如图 7-270 所示。填充颜色值为（C=0；M=100；Y=100；K=20），如图 7-271 所示。

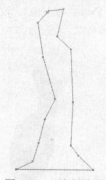
图 7-269 绘制轮廓

图 7-270 调整曲线

图 7-271 填充颜色值

Step 02 按 F11 键，弹出"渐变填充"对话框，在对话框中，设置渐变类型为线性，"角度"为204，"边界"为41%，在左下角的渐变条上方，双击两次添加两个色标，调整到适当的位置，四个色标的颜色值分别为（C=25；M=100；Y=100；K=40）、（C=13；M=97；Y=96；K=20）、（C=0；M=96；Y=91；K=0）、（C=25；M=100；Y=100；K=40），如图 7-272 所示。完成设置后，单击"确定"按钮，取消轮廓线，如图 7-273 所示。

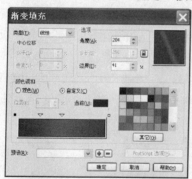
图 7-272 设置渐变填充

图 7-273 填充渐变色

Step 03 使用"贝塞尔工具" ✑，绘制高光对象，如图 7-274 所示。填充颜色，取消轮廓线，如图 7-275 所示。

图 7-274 绘制高光轮廓

图 7-275 填充颜色

Step **04** 继续使用"贝塞尔工具" 绘制封闭路径，如图 7-276 所示。

Step **05** 按 F11 键，填充渐变色，设置渐变类型为"线性"，"角度"为 168，"边界"为 39%，在左下角的渐变条上方，双击两次添加两个色标，调整到适当的位置，四个色标的颜色值分别为（C=25；M=100；Y=100；K=40）、（C=13；M=97；Y=96；K=20）、（C=0；M=96；Y=91；K=0）、（C=25；M=100；Y=100；K=40），如图 7-277 所示。完成设置后，单击"确定"按钮，取消轮廓线，如图 7-278 所示。

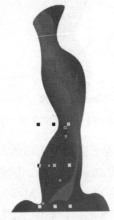

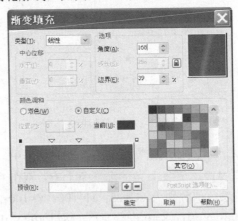

图 7-276　绘制轮廓　　　　图 7-277　设置渐变填充　　　　图 7-278　填充渐变色

Step **06** 继续使用"贝塞尔工具" 绘制封闭路径，如图 7-279 所示。填充渐变色，设置渐变类型为线性，"角度"为 168，"边界"为 39%，在左下角的渐变条上方，双击两次添加两个色标，调整到适当的位置，四个色标的颜色值分别为（C=25；M=100；Y=100；K=40）、（C=13；M=97；Y=96；K=20）、（C=0；M=96；Y=91；K=0）、（C=25；M=100；Y=100；K=40），如图 7-280 所示。完成设置后，单击"确定"按钮，取消轮廓线，如图 7-281 所示。

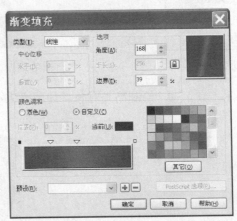

图 7-279　绘制轮廓　　　　图 7-280　设置渐变填充　　　　图 7-281　填充渐变色

Step **07** 继续使用"贝塞尔工具" 绘制阴影轮廓，如图 7-282 所示。填充渐变色，设置渐变类型为线性，"角度"为 118，"边界"为 20%，在左下角的渐变条上方，单击两次添加两个色标，调整到适当的位置，四个色标的颜色值分别为（C=25；M=100；Y=100；

K=40）、（C=13；M=97；Y=96；K=20）、（C=0；M=96；Y=91；K=0）、（C=25；M=100；Y=100；K=40），如图 7-283 所示。完成设置后，单击"确定"按钮，取消轮廓线，如图 7-284 所示。

图 7-282　绘制轮廓

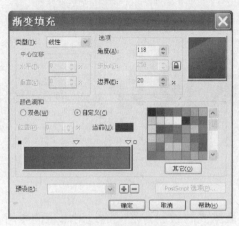
图 7-283　设置渐变填充

图 7-284　填充渐变色

Step 08 使用"贝塞尔工具" 绘制模特上半身曲线，突出立体感，如图 7-285 所示。使用"钢笔工具" ，绘制亮钻，并填充颜色为白色，放置到衣服上部适当位置，如图 7-286 所示。使用"贝塞尔工具" 绘制一些简单装饰图案，放置到衣服中适当位置，最终效果如图 7-287 所示。

图 7-285　绘制模特曲线

图 7-286　绘制亮钻

图 7-287　最终效果图

7.6　本章小结

　　本章介绍了女装的分类和运用 CorelDRAW X5 设计绘制女装的方法，分类介绍了职业装、时尚服装、休闲装和旗袍礼服装整体设计的方法和步骤，让读者了解运用 CorelDRAW X5 对女装进行设计的方法，了解 CorelDRAW X5 的命令和工具的使用。

Chapter 08

男装款式设计

本章导读

　　本章主要介绍了男装款式的绘制方法，通过对本章的学习，用户可以了解各种类别的男装，并在设计款式与着装方式上掌握一些基本特点。

重点难点

- 认识男装的分类
- 短袖设计
- 背心设计
- 针织衫设计
- 西服设计
- 夹克设计
- 男装的分类
- 夹克设计

8.1 男装的分类

现代男装的种类十分丰富，可以从历史、季节、制作方式以及服装风格等方面进行分类，在社会生活中各个场面，需要根据"time"时间、"place"地点、"Occasion"场合，选择合适的服装。下面介绍男装日常装与礼服的分类。

8.1.1 日常装

1. 职业装

指办公室工作时穿着的服装，也可称为白领工作服、上班服，男士办公室服装多以西服款式为主，设计款式较为简单、正式，重视面料质感，如图8-1所示。

2. 工作服

指为工作需要而特制的服装。工作服主要根据客户的要求，结合职业特征、团队文化、年龄结构、体型特征、穿着习惯等，进行多方面考虑，设计最佳方案，如图8-2所示。

图 8-1　职业装

图 8-2　工作服

3. 休闲服

指人们在闲暇生活中从事各种活动所穿的服装。休闲服以轻松、休闲为穿着目的。常见的休闲服有 T 恤、牛仔裤、格子绒布衬衫、夹克等，如图8-3所示。

4. 运动服

指适合于运动时所穿着的服装，如狩猎服、骑马服、登山服、滑雪服、棒球服、足球服等，如图 8-4 所示。

图 8-3　休闲服

图 8-4　运动服

5. 家居服

指居家休息等生活所穿着的室内便装，如图 8-5 所示。

6. 中山服

主要由立领、前身四个明贴袋所组成，款式造型朴实而干练。款式特点严谨、端庄、稳重、大方，如图 8-6 所示。

图 8-5　家居服

图 8-6　中山服

8.1.2 礼服

礼服也称为社交服,指在隆重仪式时所穿着的服饰,随着生活水平的提高,人们对礼服的需要也越来越重视。

1. 西装礼服

西服礼服可以说是现代的改良礼服。西服的正式穿法为外套、衬衣、长裤,搭配背心、领带。西装礼服一般为重要聚会或社交场合所穿着的正式服装。例如,婚礼、葬礼、典礼等场合穿着的服装,如图 8-7 所示。

2. 燕尾服

燕尾服指夜间 18 点以后正式穿着的礼服。燕尾服的形式相对固定,颜色多为黑色或深蓝色,内穿白色翼领礼服衬衣,穿着场所如国家性的典礼、宴会、大型乐队指挥、古典交际舞比赛等,如图 8-8 所示。

图 8-7 西装礼服

图 8-8 燕尾服

8.2 短袖设计

短袖穿着自然、舒适、潇洒,在炎热的夏季深受男士的喜爱。下面就来设计一款男式短袖,要求款式简单大方,图案生动有趣。

本例在绘制男式短袖的过程中，需要使用钢笔工具、轮廓笔工具、颜色填充以及图样填充等，绘制过程如图 8-9 所示。

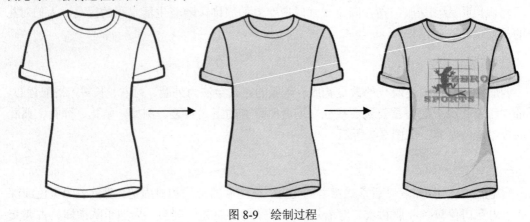

图 8-9　绘制过程

1. 绘制轮廓

Step 01 打开 CorelDRAW X5 软件，执行"文件"→"新建"命令，或使用 Ctrl+N 快捷键，设置纸张大小为 A4，横向摆放，单击工具箱中的"钢笔工具"📝按钮，在绘图区域中绘制出短袖的轮廓，如图 8-10 所示。再绘制出领口、肩缝，如图 8-11 所示。

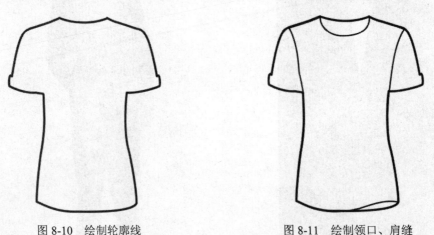

图 8-10　绘制轮廓线　　　　　　　　　　　　图 8-11　绘制领口、肩缝

Step 02 使用"钢笔工具"📝，绘制短袖卷边的轮廓，如图 8-12 所示。绘制出领口明线，如图 8-13 所示。

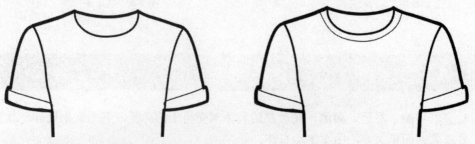

图 8-12　绘制袖口明线　　　　　　　　　　　　图 8-13　绘制领口明线

Step 03 绘制出下摆的明线，如图 8-14 所示。使用调色板工具填充颜色值为（C=0；M=0；Y=0；K=20），如图 8-15 所示。

图 8-14　绘制下摆明线

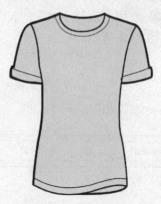

图 8-15　填充颜色值

Step 04 选择"贝塞尔工具" ，绘制出短袖的阴影轮廓，如图 8-16 所示。框选对象，按 Ctrl+G 快捷键进行群组，使用调色板填充颜色值为（C=0；M=0；Y=0；K=30），如图 8-17 所示。

图 8-16　绘制阴影轮廓

图 8-17　填充颜色

2. 绘制图案

Step 01 单击工具箱中的"贝赛尔工具" 按钮，绘制出壁虎的轮廓，如图 8-18 所示。使用调色板填充颜色值为（C=60；M=0；Y=40；K=40），如图 8-19 所示。

图 8-18　绘制壁虎轮廓

图 8-19　填充颜色值

Step 02 单击工具箱中的"文本工具" 字按钮，输入字母"ZERO SPORTS"，在文本属性栏中设置字体样式及大小，如图 8-20 所示。

Step 03 使用"选择工具" ⬛，单击字母填充字体颜色值为（C=40；M=40；Y=0；K=20），如图 8-21 所示。

| TT Vineta BT | 24 pt |

图 8-20　文本设置　　　　　　　　　　　　　　图 8-21　填充颜色值

Step 04 单击工具箱中的"艺术笔工具" 按钮，在属性栏中设置笔刷的平滑度、宽度以及笔刷形状，如图 8-22 所示。

图 8-22　艺术笔设置

Step 05 设置完成后，绘制横向线条，如图 8-23 所示，绘制纵向线条，如图 8-24 所示。

图 8-23　绘制横向线条　　　　　　　　　　　　图 8-24　绘制纵向线条

Step 06 将横向线条移动至纵向线条，按 Ctrl+G 快捷键进行群组，如图 8-25 所示。使用调色板填充颜色值为（C=0；M=20；Y=20；K=60），如图 8-26 所示。

图 8-25　移动线条　　　　　　　　　　　　　　图 8-26　填充颜色值

Step 07 使用"选择工具"  ，单击绘制完成的壁虎移动至背景图案上，如图 8-27 所示。将字母移动至背景图案上，如图 8-28 所示。

图 8-27　移动壁虎　　　　　　　　　　　　图 8-28　图案绘制完成

Step 08 框选绘制完成的图案，按 Ctrl+G 快捷键进行群组，并移动至短袖中，如图 8-29 所示。最终效果如图 8-30 所示。

图 8-29　移动图案　　　　　　　　　　　　图 8-30　最终效果图

8.3　背心设计

　　背心在男士服装中越来越重要。无论是是绅士的正装背心还是运动十足的羽绒背心，都成为男士造型中不可或缺的。下面来设计一款男式休闲背心，要求款式新颖，口袋造型丰富，突出休闲的特点。

　　本例在绘制男士背心的过程中，需要使用钢笔工具、轮廓笔工具、颜色填充以及图样填充等，绘制过程如图 8-31 所示。

图 8-31　绘制过程

1. 绘制轮廓

Step 01 打开 CorelDRAW X5 软件，执行"文件"→"新建"命令，或使用 Ctrl+N 快捷键，设置纸张大小为 A4，纵向摆放，单击工具箱中的"贝塞尔工具" 按钮，绘制出背心的轮廓，如图 8-32 所示。再绘制出领口、肩缝，如图 8-33 所示。

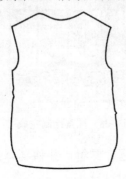

图 8-32　绘制轮廓

图 8-33　绘制领口

Step 02 使用"贝塞尔工具" ，绘制出门襟与下摆的轮廓，如图 8-34 所示。再绘制出领口明线，如图 8-35 所示。

图 8-34　绘制门襟与下摆

图 8-35　绘制明线

Step 03 使用"轮廓工具" ，设置虚线样式，如图 8-36 所示。

Step 04 使用"椭圆形工具" ，按 Ctrl 键绘制出纽扣形状，使用调色板填充颜色值为（C=0；M=0；Y=0；K=100），按+键复制纽扣，均匀分布在门襟内，如图 8-37 所示。

图 8-36　设置虚线样式

图 8-37　绘制纽扣

2. 绘制口袋

Step 01 使用"钢笔工具" 🖋，在绘图区域中绘制出口袋盖的轮廓，如图 8-38 所示。

Step 02 绘制明线，按 F12 键打开"轮廓笔"对话框，设置明线的虚线样式，如图 8-39 所示。使用"椭圆形工具" 〇，绘制出铆钉的轮廓，填充颜色值为（C=0；M=0；Y=0；K=100），如图 8-40 所示。

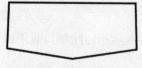

图 8-38　绘制口袋盖

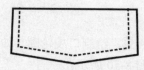

图 8-39　绘制明线

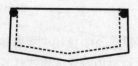

图 8-40　绘制铆钉

Step 03 使用"贝塞尔工具" ✐，绘制出口袋的轮廓，如图 8-41 所示。绘制口袋明线，并在属性栏中设置成虚线样式，如图 8-42 所示。

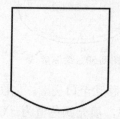

图 8-41　绘制口袋

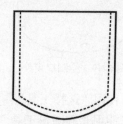

图 8-42　绘制明线

Step 04 使用"钢笔工具" 🖋，绘制分割线，如图 8-43 所示。绘制分割明线；并在属性栏中设置成虚线样式，如图 8-44 所示。

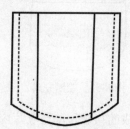

图 8-43　绘制分割线

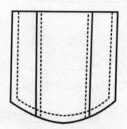

图 8-44　绘制虚线

Step 05 使用"选择工具" ☐，将绘制完成的口袋盖移动至口袋上，如图 8-45 所示。调整适当位置后，口袋绘制完成，如图 8-46 所示。

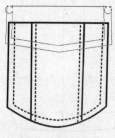

图 8-45　移动口袋

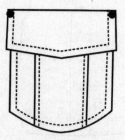

图 8-46　完成绘制

187

Step 06 使用"贝塞尔工具"，绘制出口袋盖的轮廓，如图 8-47 所示。绘制口袋盖明线，并在属性栏中设置成虚线样式，如图 8-48 所示。

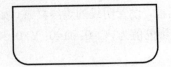

图 8-47　绘制口袋盖

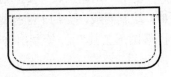

图 8-48　绘制虚线

Step 07 使用"贝塞尔工具"，绘制口袋轮廓，如图 8-49 所示。绘制口袋明线，并在属性栏中设置成虚线样式，如图 8-50 所示。

图 8-49　绘制口袋盖

图 8-50　绘制虚线

Step 08 使用"选择工具"，将绘制完成的口袋盖移动至口袋上，如图 8-51 所示。

Step 09 使用"椭圆形工具"，绘制出铆钉的轮廓，填充颜色值为（C=0；M=0；Y=0；K=100），如图 8-52 所示。

图 8-51　移动口袋盖

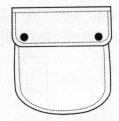

图 8-52　绘制完成

Step 10 按+键复制口袋，如图 8-53 所示。将绘制完成的口袋移动至衣片内，如图 8-54 所示。

图 8-53　复制口袋

图 8-54　移动口袋

3. 绘制腰带

Step 01 使用"钢笔工具" ，绘制出腰带的轮廓，如图 8-55 所示。绘制腰带明线，并在属性栏中设置成虚线样式，如图 8-56 所示。

图 8-55　绘制腰带　　　　　　　　　　　图 8-56　绘制虚线

Step 02 使用"矩形工具" □，绘制出矩形，如图 8-57 所示。在属性栏中设置矩形的圆角度数，如图 8-58 所示。

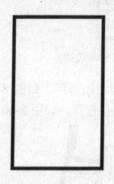

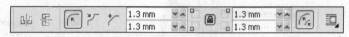

图 8-57　绘制矩形　　　　　　　　　　　图 8-58　设置圆角度数

Step 03 设置完成后，按+键复制矩形，如图 8-59 所示。执行"排列"→"造形"→"修剪"命令，将内矩形修剪至外矩形，绘制出搭扣，如图 8-60 所示。

　　　　　　　　　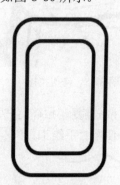

图 8-59　绘制矩形　　　　　　　　　　　图 8-60　绘制搭扣

Step 04 使用"选择工具" ▶，将绘制完成的搭扣移动至腰带上，如图 8-61 所示。

Step 05 使用"椭圆形工具" ○，绘制出扣眼的轮廓，复制扣眼并均匀分布于腰带上，如图 8-62 所示。

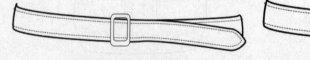　　　　　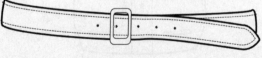

图 8-61　移动至腰带　　　　　　　　　　图 8-62　绘制扣眼

4. 绘制细节

Step 01 单击工具箱中的"矩形工具" ▢，绘制扣袢轮廓，如图 8-63 所示。使用"钢笔工具" ▧，绘制明线，并在属性栏中设置成虚线样式，如图 8-64 所示。

图 8-63　绘制扣袢　　　　　　　　图 8-64　绘制虚线

Step 02 按+键复制绘制完成的扣袢，使用"椭圆形工具" ◯绘制圆形，如图 8-65 所示。执行"排列"→"造形"→"修剪"命令，将多余的扣袢进行修剪，如图 8-66 所示。

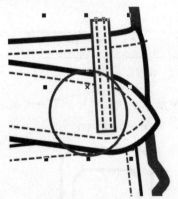　　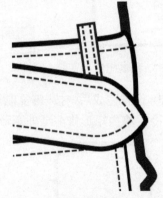

图 8-65　修剪扣袢　　　　　　　　图 8-66　修剪完成

Step 03 按+键复制扣袢，并均匀分布至腰带上，如图 8-67 所示。

Step 04 使用"手绘工具" ✎，绘制出背心的自然褶皱，如图 8-68 所示。

图 8-67　复制扣袢　　　　　　　　图 8-68　绘制褶皱

Step 05 框选背心对象，使用调色板填充背心颜色值为（C=40；M=20；Y=0；K=40），如图 8-69 所示。填充领窝颜色值为（C=40；M=20；Y=0；K=40），背心最终效果如图 8-70 所示。

图 8-69　填充背心颜色值

图 8-70　最终效果图

8.4　针织衫设计

针织衫轻薄透气，款式多样，颜色丰富，各个季节都需要的百搭款式，其图案主要通过色彩与不同的针法来表现，最常见的有纽花纹、八字纹等，下面就来设计一款男士八字纹针织衫，要求款式简单，突出八字纹纹路特点。

本例在绘制针织衫的过程中，需要使用钢笔工具、文本工具、艺术笔工具等，绘制过程如图 8-71 所示。

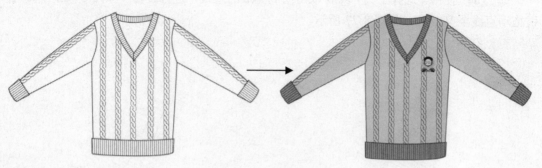

图 8-71　绘制过程

1. 绘制衣片

Step 01 打开 CorelDRAW X5 软件，执行"文件"→"新建"命令，或使用 Ctrl+N 快捷键，设置纸张大小为 A4，纵向摆放，单击工具箱中的"贝赛尔工具" 按钮，绘制出衣片的轮廓，如图 8-72 所示。绘制出 V 领的左边轮廓，如图 8-73 所示。

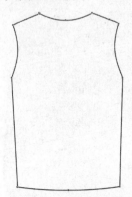

图 8-72　绘制衣片

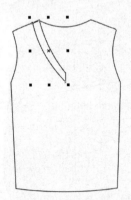

图 8-73　绘制 V 领

Step 02 使用"钢笔工具" ，绘制两条直线，如图 8-74 所示。

Step 03 使用工具箱中的"交互式调和工具" ，在属性栏中设置"步长或调和"间距为"40"，单击起点拖动到终点后再释放左键，如图 8-75 所示。

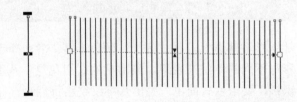

图 8-74　绘制直线　　　　　　　　　　　　　图 8-75　进行调和对象

Step 04 使用"选择工具" ，双击绘制完成的直线，进行旋转，如图 8-76 所示。右键拖动直线至 V 领内，如图 8-77 所示。

图 8-76　旋转直线图像

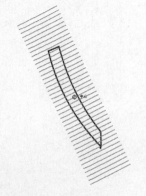

图 8-77　移动至领内

Step 05 调整适当位置后，释放右键，弹出快捷菜单，如图 8-78 所示。单击"图框精确剪裁内部"选项，得到的效果如图 8-79 所示。

图 8-78　右键快捷菜单　　　　　　　　　　图 8-79　领形条纹完成

Step 06 使用"贝赛尔工具"，绘制领围轮廓，如图 8-80 所示。右击直线拖动至领围内，释放右键，在弹出菜单中单击"图框精确剪裁内部"选项，如图 8-81 所示。

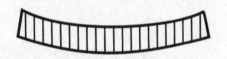

图 8-80　绘制领围　　　　　　　　　　　　图 8-81　领围条纹

Step 07 使用"选择工具"，将绘制完成的领围移动至衣片内，按+键复制领形，单击属性栏中的水平镜像按钮，将复制的图形移动至适当位置，如图 8-82 所示。

Step 08 使用"贝赛尔工具"，绘制下摆轮廓，如图 8-83 所示。

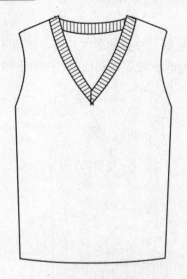

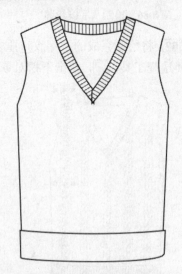

图 8-82　复制领形　　　　　　　　　　　　图 8-83　绘制下摆轮廓

Step 09 重复步骤 4 的操作方法绘制出下摆条纹，如图 8-84 所示。释放右键，得到的效果如图 8-85 所示。

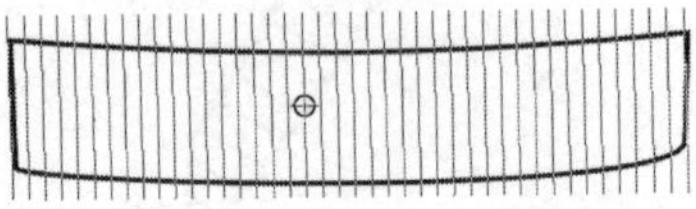

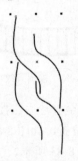

图 8-84　裁剪对象

图 8-85　下摆条纹完成

2. 绘制纹路

Step 01 单击工具箱中的"贝赛尔工具" 按钮，绘制八字纹轮廓，如图 8-86 所示。按+键复制对象，按 Ctrl+G 快捷键进行群组，得到的效果如图 8-87 所示。

图 8-86　绘制八字纹轮廓

图 8-87　复制八字纹

Step 02 将绘制完成的八字纹，重复按+键进行复制，并移动至衣片内，如图 8-88 所示。使用"选择工具" ，单击下摆对象，按 Shift+PageUp 键放置到前面，如图 8-89 所示。

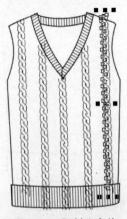

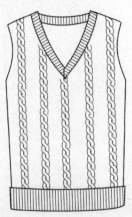

图 8-88　复制八字纹

图 8-89　移动至前面

Step 03 使用"贝赛尔工具" 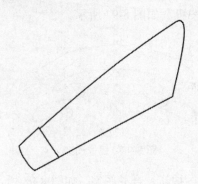，绘制袖子轮廓，如图 8-90 所示。按相同的方法绘制出袖口条纹，如图 8-91 所示。

图 8-90　绘制袖子轮廓　　　　　　　　　　图 8-91　绘制袖口条纹

Step 04 按+键复制八字纹，移动至袖子中，如图 8-92 所示。使用"选择工具" ，单击袖口对象，按 Shift+PageUp 快捷键放置到前面，如图 8-93 所示。

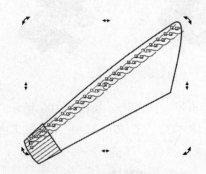
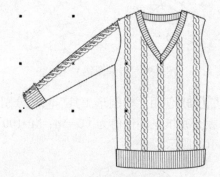

图 8-92　移动至袖口　　　　　　　　　　　图 8-93　移动至前面

Step 05 框选袖子，按 Ctrl+G 快捷键进行群组，按+键进行复制，得到的效果如图 8-94 所示。使用调色板分别填充针织衫颜色值为（C=40；M=0；Y=40；K=0）、（C=60；M=0；Y=60；K=20），得到的效果如图 8-95 所示。

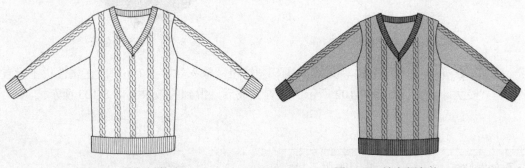

图 8-94　针织衫款式　　　　　　　　　　　图 8-95　填充颜色值

3. 绘制图案

Step 01 使用"贝赛尔工具" 🖉，绘制图案轮廓，如图 8-96 所示。单击图案对象，按+键进行复制，单击属性栏中的"水平镜像" 🖼️按钮，如图 8-97 所示。

图 8-96　绘制图案

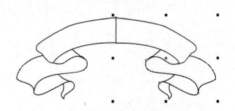

图 8-97　镜像图案

Step 02 框选图案，在属性栏中单击"焊接" 🖢按钮，合并图案，如图 8-98 所示。使用调色板分别填充颜色值为（C=83；M=28；Y=80；K=18）、（C=54；M=100；Y=100；K=43），如图 8-99 所示。

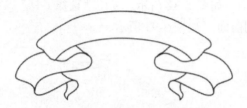

图 8-98　合并图案

图 8-99　填充颜色值

Step 03 使用"椭圆形工具" ⚪，分别绘制出大小不一的圆形，如图 8-100 所示。使用调色板分别填充颜色值为（C=54；M=100；Y=100；K=73）、（C=20；M=0；Y=60；K=0），如图 8-101 所示。

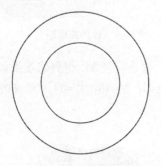

图 8-100　绘制圆形

图 8-101　填充颜色值

Step 04 单击工具箱中的"文本工具" 🅣按钮，输入数字"1968"，在属性栏中设置字体样式及大小参数，如图 8-102 所示。设置完成后，得到的效果如图 8-103 所示。

图 8-102　设置字体

图 8-103　设置完成

Step 05 使用调色板填充颜色值为（C=0；M=0；Y=80；K=0），如图 8-104 所示。将数字移动至圆形内，如图 8-105 所示。

图 8-104　填充颜色值

图 8-105　移动至圆形内

Step 06 使用"艺术笔工具" ，在属性栏中设置画笔大小、样式参数，如图 8-106 所示。设置完成后，使用艺术笔绘制出叶茎的轮廓，如图 8-107 所示。

图 8-106　设置字体样式

图 8-107　绘制叶茎

Step 07 使用"贝赛尔工具" ，绘制树叶轮廓，如图 8-108 所示。单击对象，按+键进行复制，并使用"形状工具" 对局部进行调整，得到的效果如图 8-109 所示。

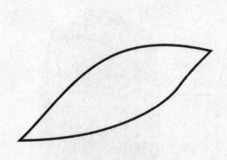

图 8-108　绘制树叶

图 8-109　绘制完成

Step 08 使用调色板填充颜色值为（C=40；M=0；Y=100；K=0），如图 8-110 所示。按+键复制树叶，如图 8-111 所示。

图 8-110 填充颜色

图 8-111 复制树叶

Step 09 框选图案按 Ctrl+G 快捷键进行群组，如图 8-112 所示。将绘制完成的图案移动至款式内，最终效果如图 8-113 所示。

图 8-112 群组图案

图 8-113 最终效果图

8.5 西服设计

西服在男士服装中穿着非常广泛，如礼服、日常服、办公服等都可以西服为主，西服一般采用同一面料，西服的领、袖、衣长等基本固定，没有太大的变化，下面就来设计一款男士西服，要求款式简单大方。

本例在绘制男士西服的过程中，需要使用钢笔工具、轮廓笔工具、图样填充等，绘制过程如图 8-114 所示。

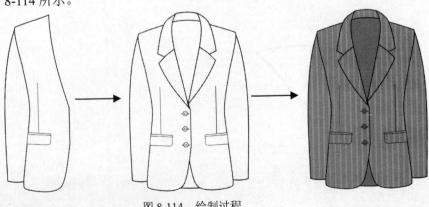

图 8-114 绘制过程

1. 绘制轮廓

Step **01** 打开 CorelDRAW X5 软件，执行"文件"→"新建"命令，或使用 Ctrl+N 快捷键，设置纸张大小为 A4，纵向摆放，单击工具箱中的"钢笔工具" 按钮，绘制出西服的一半轮廓，如图 8-115 所示。

Step **02** 使用"矩形工具" ，绘制出贴袋的领口，如图 8-116 所示。使用"形状工具" ，调整口袋造型，如图 8-117 所示。

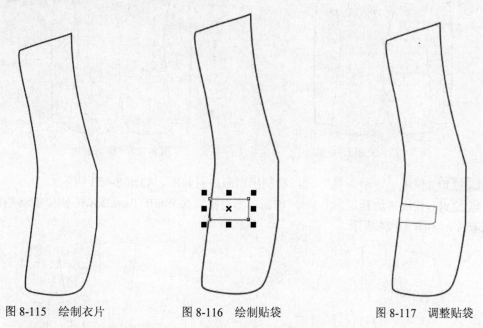

图 8-115　绘制衣片　　　　图 8-116　绘制贴袋　　　　图 8-117　调整贴袋

Step **03** 使用"钢笔工具" ，绘制出省道，如图 8-118 所示。

Step **04** 使用"贝赛尔工具" ，绘制出袖子的轮廓，如图 8-119 所示。使用"形状工具" ，调整袖子轮廓，使用调色板工具填充颜色为白色，如图 8-120 所示。

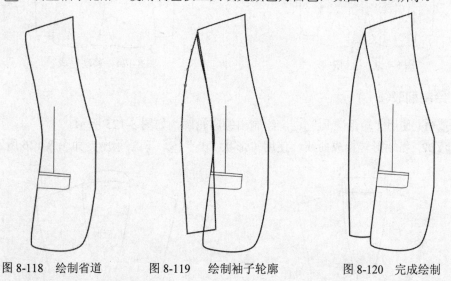

图 8-118　绘制省道　　　　图 8-119　绘制袖子轮廓　　　　图 8-120　完成绘制

Step 05 框选对象，按 Ctrl+G 组合键进行群组，按+键复制，单击属性栏中的"水平镜像"⬚按钮，将复制的图形移动至适当位置，如图 8-121 所示。

Step 06 使用"选择工具"⬚，将左衣片移动至右衣片上，如图 8-122 所示。

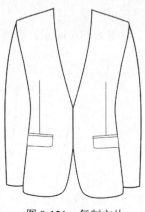

图 8-121　复制衣片

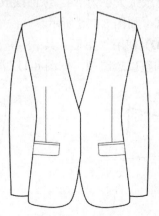

图 8-122　移动衣片

Step 07 使用"矩形工具"⬚，绘制出西服内衬轮廓，如图 8-123 所示。

Step 08 使用"选择工具"⬚，单击矩形对象，按 Shift+PageDown 快捷键将矩形移动至衣片，如图 8-124 所示。

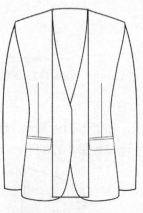

图 8-123　绘制矩形

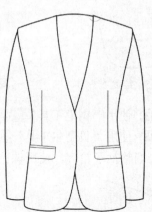

图 8-124　移动完成

2. 绘制翻驳领

Step 01 使用"矩形工具"⬚，绘制出领座轮廓，如图 8-125 所示。

Step 02 将矩形转换成曲线，使用"形状工具"⬚，调整领座，如图 8-126 所示。

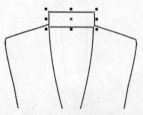

图 8-125　绘制矩形

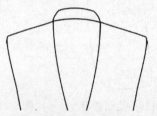

图 8-126　调整轮廓

Step 03 使用"贝赛尔工具" 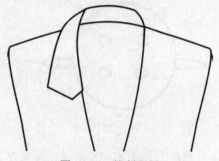，绘制出翻领的轮廓，如图 8-127 所示。再绘制出驳领的轮廓，如图 8-128 所示。

图 8-127　绘制翻领

图 8-128　绘制驳领

Step 04 框选驳领，按 Ctrl+G 快捷键进行群组，如图 8-129 所示。按+键复制驳领，并移动至适当的位置，如图 8-130 所示。

图 8-129　群组驳领

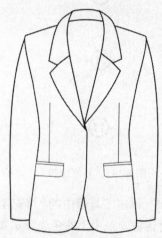

图 8-130　复制驳领

3. 绘制扣子

Step 01 使用"矩形工具" 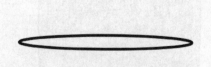，绘制出扣眼轮廓，如图 8-131 所示。

Step 02 按 Ctrl 键绘制纽扣轮廓，如图 8-132 所示。

图 8-131　绘制扣眼

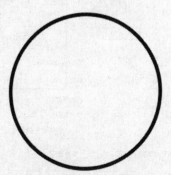

图 8-132　绘制纽扣

Step 03 按 Ctrl 键绘制出扣眼，如图 8-133 所示。拖动鼠标绘制出扣眼，如图 8-134 所示。

图 8-133　绘制纽扣　　　　　　　　　　　图 8-134　绘制完成

Step 04 按+键复制纽扣，按 Ctrl+G 快捷键进行群组，如图 8-135 所示。将复制完成的纽扣，移动至西服中，如图 8-136 所示。

图 8-135　复制纽扣　　　　　　　　　　　图 8-136　移动纽扣

Step 05 单击工具箱中的"填充工具" 按钮，在展开的列表中选择"图样填充" ，在弹出的对话框中选中"双色"单选按钮，❶单击图样填充的下拉按钮；❷设置填充图样；❸单击"确定"按钮，如图 8-137 所示。使用调色板填充西服内衬颜色为（C=54；M=0；Y=100；K=73），最终效果如图 8-138 所示。

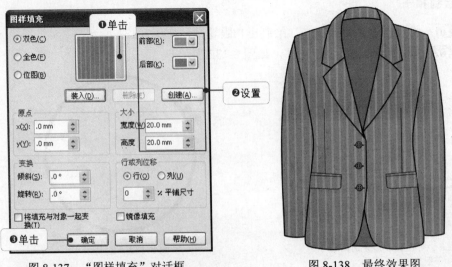

图 8-137　"图样填充"对话框　　　　　　图 8-138　最终效果图

8.6 夹克设计

夹克是人们现代生活中最常见的一种服装，由于它造型轻便、富有朝气，很受广大男士的青睐，下面就来设计一款男士夹克，要求款式简单，突出夹克的硬朗洒脱的特点。

本例在绘制男士夹克绘制的过程中，需要使用钢笔工具、轮廓笔工具、图样填充等，绘制过程如图 8-139 所示。

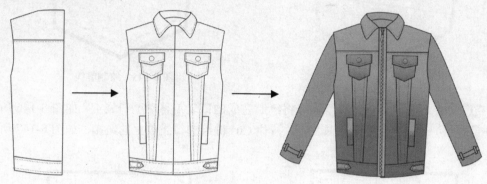

图 8-139　绘制过程

1. 绘制轮廓

Step 01 打开 CorelDRAW X5 软件，执行"文件"→"新建"命令，或使用 Ctrl+N 快捷键，设置纸张大小为 A4，横向摆放，单击工具箱中的"贝塞尔工具"按钮，绘制出夹克一半轮廓，如图 8-140 所示。

Step 02 使用"钢笔工具"，绘制分割线与下摆，如图 8-141 所示。

图 8-140　绘制轮廓　　　　　　　　　　图 8-141　绘制下摆

Step 03 使用"钢笔工具"，绘制口袋盖，如图 8-142 所示。绘制口袋明线，并在属性栏中设置成虚线样式，如图 8-143 所示。

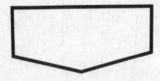

图 8-142　绘制口袋盖

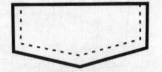

图 8-143　绘制虚线

Step 04 使用"钢笔工具" 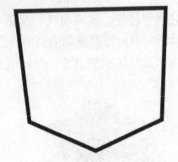，绘制口袋，如图 8-144 所示。绘制明线，并在属性栏中设置成虚线样式，如图 8-145 所示。

图 8-144　绘制口袋

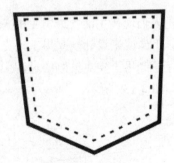

图 8-145　绘制虚线

Step 05 使用"选择工具" ，将绘制完成的口袋盖移动至口袋上，如图 8-146 所示。

Step 06 使用"椭圆形工具" ，按住 Ctrl 键绘制口袋盖上的纽扣，如图 8-147 所示。

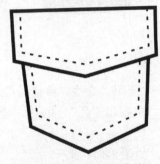

图 8-146　移动口袋盖

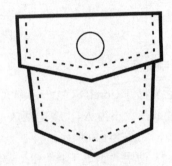

图 8-147　绘制纽扣

Step 07 使用"钢笔工具" ，绘制出衣片的分割线与虚线，如图 8-148 所示。

Step 08 使用"矩形工具" ，绘制插袋轮廓，如图 8-149 所示。

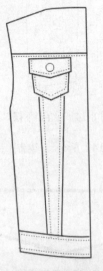

图 8-148　绘制虚线

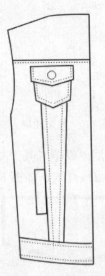

图 8-149　绘制插袋

Step 09 使用"钢笔工具" ，绘制下摆宝箭头的轮廓，绘制明线，并在属性栏中设置成虚线样式，如图 8-150 所示。使用"椭圆形工具" 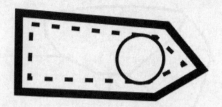，按住 Ctrl 键绘制宝箭头上的纽扣，如图 8-151 所示。

图 8-150　绘制宝箭头

图 8-151　绘制纽扣

Step 10 将绘制完成的宝箭头移动至下摆中，如图 8-152 所示。按 Ctrl+G 快捷键进行群组，按+键复制，单击属性栏中的"水平镜像"按钮，将复制的图形移动至适当位置，如图 8-153 所示。

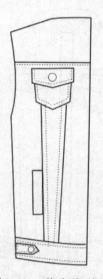

图 8-152　移动至下摆

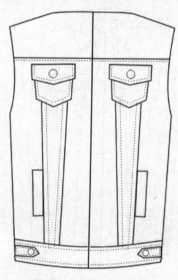

图 8-153　复制衣片

2. 绘制翻领

Step 01 使用"钢笔工具" ，绘制领座的轮廓，如图 8-154 所示。绘制翻领的轮廓，如图 8-155 所示。

图 8-154　绘制领座

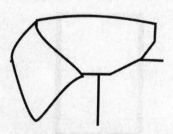

图 8-155　绘制翻领

Step 02 使用"钢笔工具" ，绘制明线，并在属性栏中设置成虚线样式，如图 8-156 所示。按+键复制，单击属性栏中的"水平镜像" 按钮，将复制的翻领移动至适当位置，如图 8-157 所示。

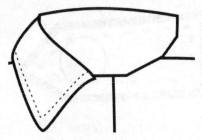

图 8-156 绘制虚线

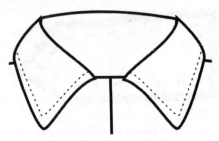

图 8-157 复制翻领

Step 03 使用"钢笔工具" ，绘制领座的轮廓，如图 8-158 所示。使用"矩形工具" ，绘制门襟轮廓，如图 8-159 所示。

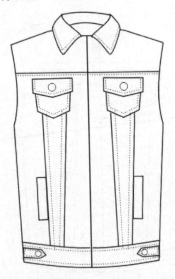

图 8-158 绘制领围

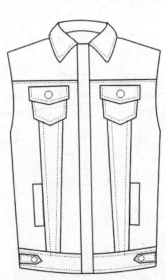

图 8-159 绘制门襟

3. 绘制拉链

Step 01 使用"矩形工具" ，绘制拉链齿牙的轮廓，如图 8-160 所示。将矩形转换为曲线后，使用"选择工具" 调整轮廓，如图 8-161 所示。

图 8-160 绘制矩形

图 8-161 绘制齿牙

Step 02 按+键复制，将复制的拉链齿牙移动至适当位置，如图 8-162 所示。单击工具箱中的"交互式调和工具" 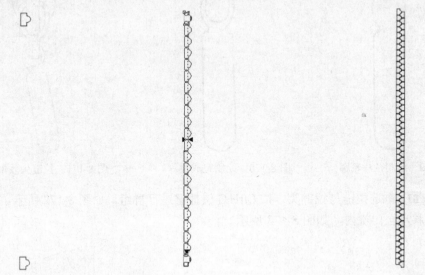 按钮，在属性栏中设置"步长或调和"间距为"20"，单击起点拖动到终点后再释放左键，如图 8-163 所示。

Step 03 按 Ctrl+G 组合键进行群组，并按+键复制拉链，如图 8-164 所示。

图 8-162　复制齿牙　　　　　　图 8-163　使用调和工具　　　　　　图 8-164　完成牙链

Step 04 使用"贝赛尔工具" ，绘制出拉链头的轮廓，如图 8-165 所示。绘制出拉链头，如图 8-166 所示。

图 8-165　绘制拉链头轮廓　　　　　　　　图 8-166　绘制拉链头

Step 05 使用"贝赛尔工具" ，绘制出拉链头的轮廓，如图 8-167 所示。将绘制完成的环扣移动至拉链头内，如图 8-168 所示。

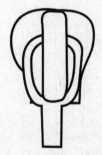

图 8-167　绘制环扣　　　　　　　　　图 8-168　移动至拉链头

Step 06 使用"贝赛尔工具"，绘制出拉片的轮廓，如图 8-169 所示。使用"椭圆形工具"，继续绘制拉片轮廓，如图 8-170 示。使用"选择工具"，将绘制完成的拉片移动至拉链头内，如图 8-171 示。

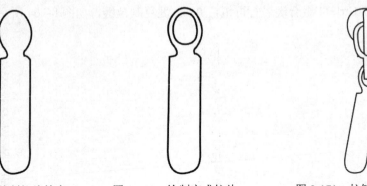

图 8-169　绘制拉片轮廓　　　图 8-170　绘制完成拉片　　　图 8-171　拉链头效果图

Step 07 框选拉链与拉链头，按 Ctrl+G 快捷键进行群组，如图 8-172 所示。将绘制完成的拉链移动至门襟内，如图 8-173 所示。

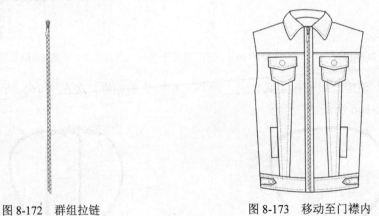

图 8-172　群组拉链　　　　　　　　　图 8-173　移动至门襟内

4. 绘制袖子

Step 01 使用"钢笔工具"，绘制袖子的轮廓，如图 8-174 所示。使用"贝赛尔工具"绘制出袖口带与扣袢，如图 8-175 所示。

图 8-174　绘制袖子　　　　　　　　　图 8-175　绘制袖口带与扣袢

Step 02 将绘制完成的袖子移动至衣片位置，如图 8-176 所示。调整适当位置，按+键复制，如图 8-177 所示。

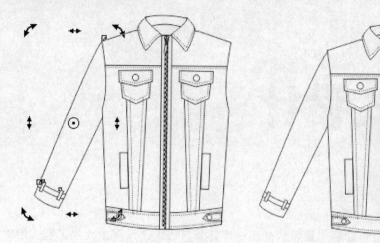

图 8-176　移动至衣片　　　　　　　　图 8-177　复制袖子

Step 03 单击"填充工具" 按钮，单击展开按钮选择"渐变填充" ，在弹出的"渐变填充"对话框中设置相应的参数，如图 8-178 所示。

Step 04 单击"确定"按钮，最终效果如图 8-179 所示。

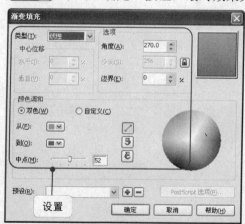

图 8-178　"渐变填充"对话框

图 8-179　最终效果图

8.7　本章小结

本章主要介绍了男装的常见款式及分类，并运用 CorelDRAW X5 分别对男装中的短袖、背心、针织衫、西服以及夹克进行绘制，通过本章的学习，用户可以掌握使用 CorelDRAW X5 绘制男装的方法，以设计出更多富有变化的款式。

Chapter 09
童装款式设计

本章导读

适合儿童穿着的服装叫童装。童装款式在设计方面与成人装没有太大的区别，如常见的半截裙、裤子、夹克衫、针织衫和连衣裙等。本章主要介绍了童装的分类特点以及设计图案、款式的操作步骤。通过本章的学习，用户将会了解童装的特点，掌握绘制方法并能使用 CorelDRAW X5 独立设计出相关款式。

重点难点

- 认识童装的分类
- 学会童装 T 恤设计
- 男童装整体设计
- 女童装整体设计

9.1 童装的分类

　　童装是指从 0~16 岁未成年人的服装，包括婴儿、幼儿、学龄儿童、少年儿童这几个阶段的儿童着装。

　　童装按年龄段可以分为婴儿装（0~1 岁）、幼儿装（1~3 岁）、学龄装（4~6 岁）和少年装（7~16 岁）。对于不同年龄段的儿童，除在身高、体重等体型特征上有明显的差异外，在活动范围、自控能力、心理变化等方面也有着显著的区别。儿童生长发育阶段的规律及体型特征对童装的款式设计、结构设计、面料选择等都有很大的影响。

9.1.1　婴儿装与幼儿装

　　0~1 岁阶段的显著特点是婴儿以最快的速度发育成长。出生婴儿主要从童装的功能性、卫生性、安全性及有利于婴儿活动和发育生长的需要等因素考虑，如要求方便换尿布和护理婴儿的同时，不能妨碍婴儿的活动和行走。由于婴儿皮肤娇嫩，婴儿装的面料要求柔软、舒适，以全棉织品中的绒布最为适宜。内衣以棉质为主，要求宽松柔软，透气性好。外衣要求宽而不松，保温性好。婴儿装如图 9-1 所示。

　　1~3 岁的幼儿已经开始学习并逐渐具有站立和行走的能力，但自理能力仍然很差，幼儿服装要利于幼儿活动，如图 9-2 所示。

图 9-1　婴儿装　　　　　　　　　　　　　图 9-2　幼儿装

9.1.2　学龄装与少年装

　　学龄儿童具有头大、颈短、肩窄、肚子较大及活泼好动等特点，自控能力有所提高，有一定的生活自理能力，在心理发育上，已有一些思维活动和主见。此类服装的设计除要考虑其生理发育特征外，还需要注重服装对儿童心理发育的影响，以利于儿童健康成长。同时学龄儿童好动，因此穿在其身上的童装应舒适和便于活动，如图 9-3 所示。

少年装是指 7~16 岁儿童穿着的服装。儿童开始进入青春期，生理出现明显变化，此阶段的儿童已经有自己的爱好以及对事物的辨别能力和观点。对服装的选择不仅有自己的主见，还受到周围同学和朋友及流行时尚的影响。此年龄段的服装以不束缚身体发育的休闲学生装为主，如图 9-4 所示。

图 9-3　学龄装

图 9-4　少年装

9.2　男童服装款式设计

通过前面内容的学习，相信用户已经掌握了童装款式的基础知识。为了使用户了解设计不同类型的童装的步骤与方法，下面就来介绍男童的 T 恤与整体设计。

9.2.1　男童短袖 T 恤设计

本实例讲解设计男童短袖 T 恤的方法以及为 T 恤添加卡通图案。在绘制过程中，需要使用钢笔工具、轮廓笔工具、图样填充等，绘制过程如图 9-5 所示。

图 9-5　绘制过程

1. 绘制 T 恤

Step 01 打开 CorelDRAW X5 软件，执行"文件"→"新建"命令，或使用 Ctrl+N 快捷键，设置纸张大小为 A4，横向摆放，单击工具箱中的"钢笔工具" ，在绘图区域绘制 T 恤轮廓，在属性栏中设置轮廓宽度为 0.25mm，如图 9-6 所示。

Step 02 使用"钢笔工具" ，在衣服衣领处绘制曲线，在属性栏中设置轮廓为 0.75mm，填充颜色为（C=0；M=60；Y=90；K=0），如图 9-7 所示。

 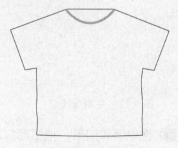

图 9-6　绘制 T 恤形状　　　　　　　　　图 9-7　绘制衣领

Step 03 使用"钢笔工具" ，绘制出领口，填充颜色值为（C=0；M=60；Y=90；K=0），如图 9-8 所示。

Step 04 使用"钢笔工具" ，绘制明线，填充颜色值为（C=0；M=60；Y=90；K=0），如图 9-9 所示。

图 9-8　绘制领口　　　　　　　　　　　图 9-9　绘制明线

Step 05 使用"贝塞尔工具" ，在衣服袖子处绘制曲线，如图 9-10 所示。

Step 06 使用"手绘工具" ，在衣服袖子处绘制直线，把直线的轮廓设置为 0.5mm，填充颜色值为（C=0；M=60；Y=90；K=0），如图 9-11 所示。

图 9-10　绘制袖子边线　　　　　　　　　图 9-11　绘制直线

Step 07 使用"选择工具" 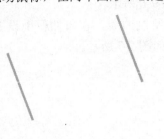（省略），选中直线，按+键复制直线并拖拽直线至平行位置，如图 9-12 所示。

Step 08 单击工具箱中的"调和工具" 按钮，在属性栏中设置"调和对象"值为 12，单击并拖动鼠标，在两个图形中创建线条，如图 9-13 所示。

图 9-12　复制直线

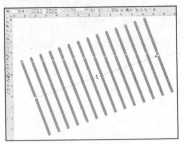

图 9-13　创建调和

Step 09 选中调和图形，把图形拖动到 T 恤左手袖子处，执行"效果"→"图框精确剪裁"→"放置在容器中"命令，鼠标指针呈 ➡ 状，单击袖子部分，把条纹裁剪至袖子中，如图 9-14 所示。

Step 10 单击条纹，按+键进行复制，单击属性栏中的"水平镜像"按钮，将复制的图形移动至适当位置，如图 9-15 所示。

图 9-14　裁剪图形

水平翻转

图 9-15　复制图形

Step 11 使用"钢笔工具" ，在衣服底部绘制曲线，如图 9-16 所示。

Step 12 选中曲线，按 F12 键，打开"轮廓笔"对话框，❶把"宽度"设置为 0.2mm，把"样式"设置为虚线；❷设置完成后单击"确定"按钮，如图 9-17 所示。

Step 13 经过上一步的操作，得到的效果如图 9-18 所示。

图 9-16　绘制下摆明线

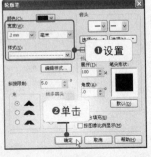

❶设置

❷单击

图 9-17　"轮廓笔"对话框

图 9-18　完成虚线绘制

2. 绘制图案

Step 01 使用"钢笔工具" 🖊️，在绘图区域中绘制小鱼轮廓，如图 9-19 所示。

Step 02 使用"选择工具" 🔓，选中图形，按 F11 键，弹出"渐变填充"对话框，❶设置"从"的颜色值为（C=2；M=72；Y=99；K=24），设置"到"的颜色值为（C=2；M=41；Y=99；K=0）；❷单击"确定"按钮，如图 9-20 所示。

图 9-19　绘制图形

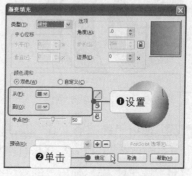

图 9-20　"渐变填充"对话框

Step 03 设置完成后，单击"确定"按钮，得到的效果如图 9-21 所示。

Step 04 使用"椭圆形工具" 🔘，绘制两个椭圆形，并填充黑色，如图 9-22 所示。

图 9-21　填充颜色

图 9-22　绘制图形并填充

Step 05 使用"椭圆形工具" 🔘，绘制两个椭圆形，并填充白色，再绘制鱼的眼珠，填充黑色，选中右边的眼睛，执行"排列"→"顺序"→"到图层前面"命令，将右边眼睛置于图层最上方，如图 9-23 所示。

Step 06 使用"钢笔工具" 🖊️，绘制出鱼纹，并填充黑色和白色，如图 9-24 所示。

图 9-23　绘制并填充颜色

图 9-24　绘制图形并填充颜色

Step 07 重复步骤 6 的方法绘制鱼身上的图形，如图 9-25 所示。

Step 08 使用"贝塞尔工具"  ，绘制出鱼尾部图形，填充颜色值为（C=75；M=67；Y=65；K=87），如图 9-26 所示。

图 9-25　绘制并填充颜色

图 9-26　绘制并填充颜色值

Step 09 使用"椭圆形工具" ，按住 Ctrl 键绘制正圆形，并填充为黑色，再绘制一个正圆，填充颜色值为（C=2；M=41；Y=99；K=0），如图 9-27 所示。

Step 10 按 F11 键，弹出"渐变填充"对话框，单击"类型"下拉按钮，选择"辐射"选项，"边界"设置为 14，选中"自定义"单选按钮；单击色块最左边的点，将颜色值设置为（C=2；M=76；Y=99；K=27）；单击色块创建滑块，设置位置为 25，颜色值设置为（C=2；M=58；Y=99；K=13）；单击色块创建滑块，把位置设置为 95，颜色值设置为（C=2；M=41；Y=99；K=0）；单击最右边的点，把颜色值设置为（C=2；M=41；Y=99；K=0），如图 9-28 所示。

图 9-27　绘制并填充颜色值

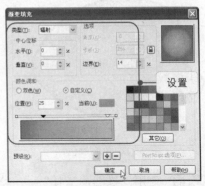

图 9-28　"渐变填充"对话框

Step 11 拖动鼠标框选尾巴的圆形，按+键复制圆形，按住 Shift 键单击并拖动控制点，缩小圆形，如图 9-29 所示。

Step 12 使用"钢笔工具" ，绘制鱼鳍，填充黑色，如图 9-30 所示。

图 9-29　缩小圆形

图 9-30　绘制图形并填充

Step 13 使用"选择工具" ，单击选中鱼鳍，按住 Shift 键拖动控制点，把鱼鳍缩小后右击鼠标，复制图形，把颜色值设置为（C=0；M=36；Y=90；K=0），如图 9-31 所示。

Step 14 按步骤 12 的方法复制鱼鳍，按 F11 键，打开"渐变填充"对话框，把"类型"设置为线性，"角度"设置为 250，"边界"设置为 12%；左边的颜色值设置为（C=2；M=41；Y=99；K=0）；单击渐变条创建滑块，把滑块位置设置为 74%，颜色值设置为（C=2；M=58；Y=99；K=13）；把右边的颜色值设置为（C=2；M=76；Y=99；K=27），如图 9-32 所示。

图 9-31　复制图形并填充颜色

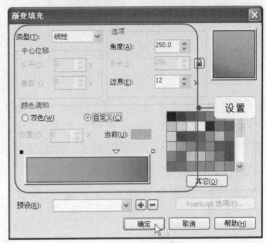

图 9-32　"渐变填充"对话框

Step 15 单击"确定"按钮，得到的效果如图 9-33 所示。

Step 16 使用"钢笔工具" ，在图中鱼下方绘制鱼鳍，填充黑色，如图 9-34 所示。

图 9-33　填充颜色

图 9-34　绘制图形并填充颜色

Step 17 选中鱼鳍，按住 Shift 键拖动控制点，把鱼鳍缩小后右击鼠标，复制图形，按 F11 键，打开"渐变填充"对话框，选中"颜色调和"选项卡中的"自定义"单选按钮，把"类型"设置为线性，"边界"设置为 0%；单击左边的色标将颜色值设置为（C=2；M=41；Y=99；K=0）；单击渐变条创建滑块，将滑块位置设置为 74%，颜色值设置为（C=2；M=58；Y=99；K=13）；单击右边的色标，将颜色值设置为（C=2；M=76；Y=99；K=27），如图 9-35 所示。

Step 18 设置完成后单击"确定"按钮，得到的效果如图 9-36 所示。

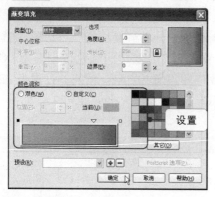

图 9-35 "渐变填充"对话框

图 9-36 填充颜色值

Step 19 使用"选择工具" ，选中鱼的身体部分，取消鱼身体轮廓，单击工具箱中的"阴影工具" 按钮，在鱼图形上拖动鼠标创建阴影，在属性栏中将"阴影的不透明度"设置为 30，"阴影羽化"设置为 5，如图 9-37 所示。

Step 20 使用"椭圆形工具" ，按住 Ctrl 键绘制正圆，填充颜色值为（C=30；M=0；Y=9；K=0），如图 9-38 所示。

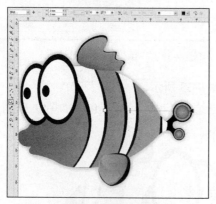

图 9-37 绘制阴影

图 9-38 绘制图形并填充

Step 21 使用"选择工具" ，选中圆形，重复按+键复制圆形并调整大小，得到的效果如图 9-39 所示。按 Ctrl+G 快捷键进行群组，选中图案，将图案移动至 T 恤中，如图 9-40 所示。

图 9-39 绘制图形

图 9-40 移动图形

9.2.2 男童装整体设计

本实例讲解如何设计男童装的整体，包括上衣、裤子、袜子等，运用钢笔工具勾画出服装的线条，并为服装上色，绘制过程如图 9-41 所示。

图 9-41 绘制过程

1. 绘制衣服

Step 01 打开 CorelDRAW X5 软件，执行"文件"→"新建"命令，或使用 Ctrl+N 快捷键，设置纸张大小为 A4，横向摆放，单击工具箱中的"钢笔工具" ，在绘图区域中绘制衣服的轮廓，在属性栏中设置为 0.35mm，如图 9-42 所示。

Step 02 使用"贝塞尔工具" ，绘制衣领，设置轮廓宽度为 0.1mm，如图 9-43 所示。

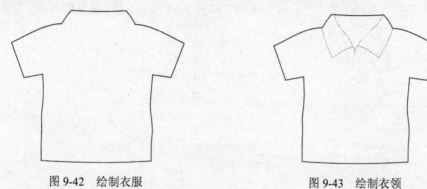

图 9-42 绘制衣服　　　　　　　　　　　图 9-43 绘制衣领

Step 03 使用"钢笔工具" 🖋️，绘制领座，设置轮廓宽度为 0.35mm，如图 9-44 所示。

Step 04 绘制衣服的门襟，设置轮廓宽度为 0.1mm，如图 9-45 所示。

图 9-44 绘制衣领线条

图 9-45 绘制线条

Step 05 使用"钢笔工具" 🖋️，绘制出袖子的袖窿，设置轮廓宽度为 0.1mm，如图 9-46 所示。

Step 06 使用"钢笔工具" 🖋️，绘制一条直线，按 F12 键弹出"轮廓笔"对话框，❶设置颜色值为（C=0；M=80；Y=40；K=0），设置"宽度"为 0.5mm，"样式"设置为虚线；❷设置完成后单击"确定"按钮，如图 9-47 所示。

图 9-46 绘制袖窿

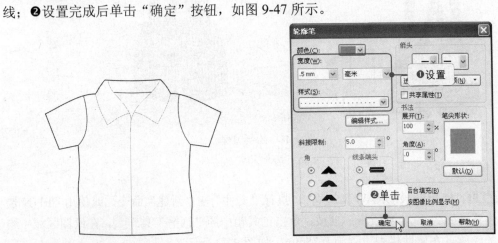

图 9-47 "轮廓笔"对话框

Step 07 使用"选择工具" 🔧，选中虚线，如图 9-48 所示。按+键复制对象，如图 9-49 所示。

图 9-48 虚线

图 9-49 复制虚线

Step 08 ❶单击"调和工具"按钮；❷在属性栏中设置"调和对象"的参数值为8；❸单击并拖动鼠标，在两个图形中创建线条，如图 9-50 所示。

Step 09 ❶右击拖动线条，拖动到衣服处；❷释放鼠标，在弹出的快捷菜单中单击"图框精确剪裁内部"命令，如图 9-51 所示。

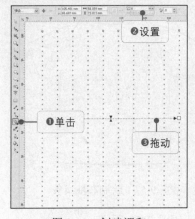

图 9-50　创建调和

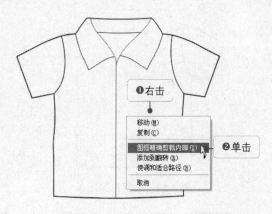

图 9-51　拖动线条

Step 10 经过上一步的操作，得到的效果如图 9-52 所示。

Step 11 按+键复制线条，双击线条对象，当控制点呈现↖状时，单击拖动鼠标，将线条旋转，如图 9-53 所示。

图 9-52　放置线条

图 9-53　旋转线条

Step 12 选中线条，按+键复制，移动至适当位置，在属性栏中单击"水平镜像"按钮，如图 9-54 所示。将线条移动至袖子中，如图 9-55 所示。

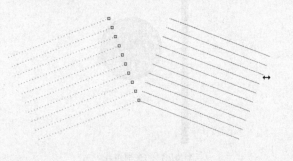

图 9-54　镜像复制

图 9-55　移动线条

Step **13** 释放鼠标，在弹出的快捷菜单中单击"图框精确剪裁内部"命令，得到的效果如图 9-56 所示。

Step **14** 按照步骤 11 和步骤 12 的方法，制作右边袖子的线条，得到的效果如图 9-57 所示。

图 9-56　绘制左袖线条　　　　　　　图 9-57　绘制右袖线条

Step **15** 使用"钢笔工具"，绘制领结轮廓，如图 9-58 所示。

Step **16** 使用"手绘工具"，绘制领结的褶皱，如图 9-59 所示。

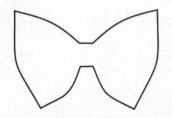 

图 9-58　绘制轮廓　　　　　　　　　图 9-59　绘制线条

Step **17** 框选对象，按 Ctrl+G 快捷键进行群组，将领结移动至衣服领子下方，并填充颜色值为（C=60；M=40；Y= 0；K=40），如图 9-60 所示。

Step **18** 使用"椭圆形工具"，按住 Ctrl 键在图中绘制一个正圆，设置轮廓线为 0.1mm，填充颜色值为（C=0；M=80；Y= 40；K=0），使用"钢笔工具"，在圆形中绘制一条直线，设置轮廓线为 0.2mm，如图 9-61 所示。

 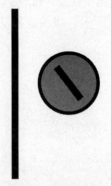

图 9-60　拖动领结　　　　　　　　　图 9-61　绘制纽扣

Step 19 框选纽扣，按 Ctrl+G 快捷键进行群组，按住 Shift 键向下拖动纽扣，按+键复制纽扣，如图 9-62 所示。

Step 20 单击纽扣拖动鼠标，执行"排列"→"对齐和分布"→"对齐与分布"命令，打开"对齐与分布"对话框，❶单击"分布"选项卡；❷选中左边的"间距"复选框；❸单击"应用"按钮，如图 9-63 所示。

Step 21 纽扣间距均匀分布，得到的效果如图 9-64 所示。

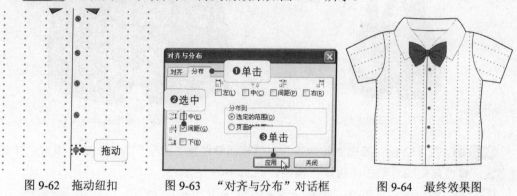

图 9-62　拖动纽扣　　　　图 9-63　"对齐与分布"对话框　　　　图 9-64　最终效果图

2. 绘制裤子

Step 01 使用"钢笔工具" 🖊️，绘制裤子的轮廓，在属性栏中设置轮廓宽度为 0.35mm，如图 9-65 所示。

Step 02 使用"贝塞尔工具" 🖊️，绘制裤子门襟、口袋以及裤口边，设置轮廓宽度为 0.2mm，如图 9-66 所示。

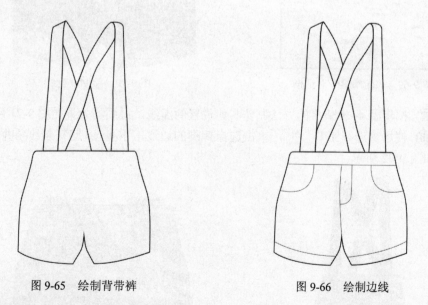

图 9-65　绘制背带裤　　　　　　　　　　图 9-66　绘制边线

Step 03 选中裤子，填充颜色值为（C=60；M=40；Y=0；K=40），如图 9-67 所示。

Step 04 选中裤子上的线条，单击并拖动鼠标，将线条上移，按+键复制线条，如图 9-68 所示。

图 9-67　填充颜色值

图 9-68　复制线条

Step 05 按 F12 键，弹出"轮廓笔"对话框，❶设置"宽度"为 0.2mm，设置"样式"为虚线；❷设置完成后单击"确定"按钮，如图 9-69 所示。

Step 06 经过前面的操作，得到的效果如图 9-70 所示。

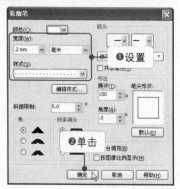

图 9-69　"轮廓笔"对话框

图 9-70　绘制虚线

Step 07 按步骤 4~步骤 5 的方法制作其他位置的虚线，得到的效果如图 9-71 所示。

Step 08 使用"选择工具"，单击选择裤脚的边线，重复按+键复制线条并调整适当间距，如图 9-72 所示。

图 9-71　绘制边线

图 9-72　复制线条

Step 09 框选中间三条线条，按 F12 键，打开"轮廓笔"对话框，设置"宽度"为 0.2mm，设置"样式"为虚线，如图 9-73 所示。

Step 10 设置完成后单击"确定"按钮，得到的效果如图 9-74 所示。

Step 11 框选绘制完成的线条，按 Ctrl+G 快捷键进行群组，按+键复制线条最终效果如图 9-75 所示。

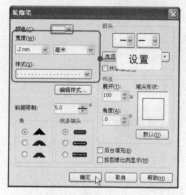

图 9-73 "轮廓笔"对话框

图 9-74 绘制虚线

图 9-75 最终效果图

3. 绘制袜子

Step 01 使用"矩形工具" ▢，在图中拖动鼠标，绘制一个矩形，把轮廓宽度设置为 0.4mm，如图 9-76 所示。

Step 02 按 Ctrl+Q 快捷键，将矩形转换为曲线，使用"形状工具" ▷，将矩形底部边缘调整为弧形，如图 9-77 所示。

图 9-76 绘制图形

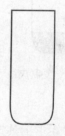

图 9-77 调整图形

Step 03 使用调色板填充颜色值为（C=60；M=40；Y= 0；K=40），如图 9-78 所示。

Step 04 使用"矩形工具" ▢，在图中袜子内绘制矩形，填充为白色，如图 9-79 所示。

图 9-78 填充颜色

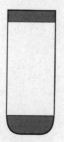

图 9-79 绘制图形并填充颜色

Step 05 使用"钢笔工具"，绘制直线，按 F12 键打开"轮廓笔"对话框，设置"宽度"为 1mm，设置"样式"为虚线，如图 9-80 所示。

Step 06 单击"确定"按钮，得到的效果如图 9-81 所示。

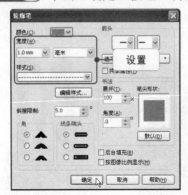

图 9-80 "轮廓笔"对话框

图 9-81 添加虚线

Step 07 使用"选择工具"，单击虚线，按+键复制虚线，如图 9-82 所示。

Step 08 框选袜子，按 Ctrl+G 快捷键进行群组。按+键复制袜子，并旋转至适当位置，如图 9-83 所示。

图 9-82 复制虚线

图 9-83 复制袜子

4. 绘制背景

Step 01 使用"矩形工具"，绘制矩形，填充颜色值为（C=25；M=0；Y=0；K=0），填充完成后取消轮廓线，如图 9-84 所示。

Step 02 使用"椭圆形工具"，按住 Ctrl 键绘制正圆，如图 9-85 所示。

图 9-84 绘制背景

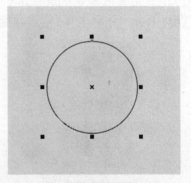

图 9-85 绘制圆形

Step 03 从标尺中拖出一条水平辅助线和一条垂直辅助线，如图 9-86 所示。

Step 04 使用"矩形工具" 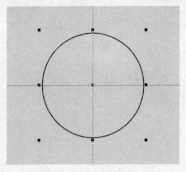，鼠标指针指向参考线上，按住 Shift 键拖动鼠标，绘制矩形，如图 9-87 所示。

图 9-86　绘制参考线

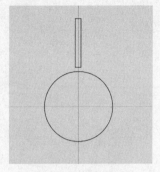

图 9-87　绘制矩形

Step 05 填充颜色值为（C=0；M=0；Y=40；K=0），去掉轮廓线，如图 9-88 所示。

Step 06 选中矩形，在图形上单击，显示中心点，将中心点移动至参考线交汇处，如图 9-89 所示。

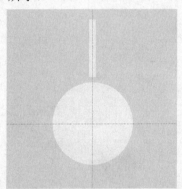

图 9-88　填充颜色值

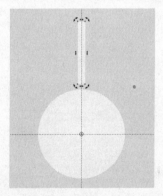

图 9-89　移动中心点

Step 07 将鼠标放到左上角的控制点上，拖动鼠标，顺时针旋转 36°后，按+键复制矩形，如图 9-90 所示。

Step 08 使用"钢笔工具" ，绘制出云朵图形，如图 9-91 所示。

图 9-90　复制矩形

图 9-91　绘制云朵

Step 09 使用"选择工具" ，选中云朵填充为白色，去掉轮廓线，如图 9-92 所示。

Step 10 按+键复制多个云朵，放在不同的位置，如图 9-93 所示。

图 9-92 填充颜色

图 9-93 复制云朵

Step 11 按+键复制云朵，右击调色板中⊠色块去除颜色，将轮廓线设置为白色，轮廓宽度设置为 1.5mm，按+键复制多个空心的云朵至不同位置，如图 9-94 所示。

Step 12 框选衣服、裤子和袜子移动至背景图像中，最终效果，如图 9-95 所示。

图 9-94 绘制空心云朵

图 9-95 最终效果图

9.3 女童服装款式设计

本节讲解女童服装款式的设计制作方法，整体服装设计是设计全身的服装及其搭配，让用户了解具体设计制作的步骤。

9.3.1 女童短袖 T 恤设计

本实例讲解设计女童短袖 T 恤的方法，先运用钢笔工具勾画出衣服的轮廓，然后为衣服上色和添加图案，绘制过程如图 9-96 所示。

图 9-96　绘制过程

1. 绘制 T 恤

Step 01 打开 CorelDRAW X5 软件，执行"文件"→"新建"命令，或使用 Ctrl+N 快捷键，设置纸张大小为 A4，纵向摆放，单击工具箱中的"钢笔工具" 按钮，在绘图区域绘制衣服的轮廓，设置轮廓宽度为 0.5mm，如图 9-97 所示。

Step 02 使用"钢笔工具" ，绘制衣服衣领和袖子，设置轮廓宽度为 0.2mm，如图 9-98 所示。

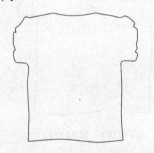

图 9-97　绘制衣服

图 9-98　绘制衣领和袖子

Step 03 使用"选择工具" ，单击衣领填充颜色值为（C=0；M=70；Y= 15；K=0），如图 9-99 所示。

Step 04 使用"钢笔工具" ，左边的袖子上绘制褶皱，如图 9-100 所示。

图 9-99　填充颜色值

图 9-100　绘制袖子褶皱

Step 05 按照与步骤 3 相同的方法，绘制右边袖子上的褶皱，如图 9-101 所示。

Step 06 使用"钢笔工具" ，在衣服底部绘制曲线，如图 9-102 所示。

图 9-101　绘制袖子褶皱　　　　　图 9-102　绘制曲线

Step 07 按 F12 键，弹出"轮廓笔"对话框，设置"宽度"为 0.25mm，设置"样式"为虚线，颜色值设置为（C=0；M=70；Y= 15；K=0），如图 9-103 所示。

Step 08 设置完成后单击"确定"按钮，得到的效果如图 9-104 所示。

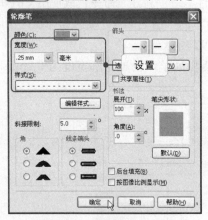

图 9-103　"轮廓笔"对话框　　　　　图 9-104　绘制虚线

Step 09 使用"钢笔工具" ，绘制衣服的褶皱，如图 9-105 所示。

Step 10 框选对象，按 Ctrl+G 快捷键进行群组，填充衣服褶皱颜色值为（C=0；M=0；Y= 0；K=20），取消轮廓线，如图 9-106 所示。

图 9-105　绘制衣服褶皱　　　　　图 9-106　填充颜色值

2. 绘制图案

Step 01 使用"钢笔工具" ✍，绘制出动物轮廓，如图 9-107 所示。

Step 02 填充颜色值为（C=80；M=90；Y= 90；K=0），取消轮廓线，如图 9-108 所示。

图 9-107　绘制大熊轮廓

图 9-108　填充颜色值

Step 03 使用"贝塞尔工具" ✎，绘制出脸部，并填充颜色值为（C=0；M=7；Y= 25；K=0），取消轮廓线，如图 9-109 所示。

Step 04 按照步骤 3 的方法，绘制大熊的手脚并填充颜色值（C=0；M=7；Y= 25；K=0），取消轮廓线，如图 9-110 所示。

图 9-109　绘制脸部并填充

图 9-110　绘制熊身体并填充颜色值

Step 05 使用"贝塞尔工具" ✎，绘制大熊的脸部和身体，并填充白色去掉轮廓线，如图 9-111 所示。

Step 06 使用"贝塞尔工具" ✎，绘制大熊的耳朵，并填充颜色值（C=0；M=7；Y= 25；K=0），去掉轮廓线，如图 9-112 所示。

图 9-111　绘制脸部和身体并填充颜色值

图 9-112　绘制大熊耳朵

Step 07 使用"贝塞尔工具" ，绘制耳朵红色部分和脚板，填充颜色值（C=0；M=50；Y= 9；K=0），去掉轮廓线，如图 9-113 所示。

Step 08 使用"椭圆形工具" ，绘制出大熊的眼睛，使用"钢笔工具" ，绘制大熊的鼻子，填充眼睛和鼻子的颜色值（C=80；M=90；Y= 90；K=0），去掉轮廓线，如图 9-114 所示。

图 9-113　绘制大熊耳朵及脚板并填充颜色值

图 9-114　绘制大熊眼睛

Step 09 使用"钢笔工具" ，绘制出大熊的嘴巴，填充颜色值为（C=0；M=90；Y=90；K=0），如图 9-115 所示。

Step 10 使用"钢笔工具" ，在图中绘制熊嘴巴轮廓，填充颜色（C=0；M=9；Y= 90；K=0），按 Shift+PageDown 快捷键将图形移动至嘴巴与鼻子下，如图 9-116 所示。

图 9-115　绘制大熊嘴巴并填充颜色值

图 9-116　绘制大熊嘴巴轮廓并填充颜色值

Step 11 使用"钢笔工具" ，在图中绘制小熊的耳朵，填充颜色值为（C=0；M=72；Y= 9；K=0），如图 9-117 所示。

Step 12 使用"椭圆形工具" ，在图中绘制小熊的眼睛和嘴巴，填充颜色值为（C=80；M=90；Y= 90；K=0），如图 9-118 所示。

图 9-117　绘制小熊耳朵并填充颜色值

图 9-118　绘制小熊眼睛并填充颜色值

Step 13 使用"钢笔工具" 🖊️，绘制小熊的嘴巴，填充颜色值为（C=0；M=50；Y= 90；K=0），如图 9-119 所示。

Step 14 使用"钢笔工具" 🖊️，绘制小熊的脚部，填充颜色值为（C=0；M=9；Y= 90；K=0），如图 9-120 所示。

图 9-119　绘制小熊嘴巴并填充颜色值

图 9-120　绘制小熊脚部并填充颜色值

Step 15 ❶单击"基本形状工具" 🔲按钮；❷在其属性栏中单击"完美形状"三角按钮，在弹出的面板中单击"心形"，如图 9-121 所示。

Step 16 在图中单击并拖动鼠标，绘制心形并旋转，填充颜色值为（C=0；M=70；Y= 15；K=0），取消轮廓线，如图 9-122 所示。

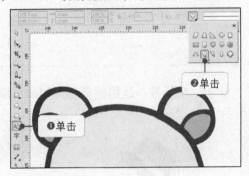

图 9-121　选择工具

图 9-122　绘制心形

Step 17 选中心形，单击并拖动图形至适当位置，按+键复制图形并旋转，如图 9-123 所示。

Step 18 单击心形图案，按+键复制，去掉填充颜色，将轮廓宽度设置为 0.5mm，填充颜色值为（C=0；M=70；Y= 15；K=0），如图 9-124 所示。

图 9-123　移动并复制心形

图 9-124　移动复制心形并取消填充

Step 19 ❶单击"文本工具"🔲按钮；❷输入文字"Bear Baby"；❸在属性栏中设置字体样式为"Curlz MT"，字体大小设置为 30pt，填充颜色值为（C=0；M=70；Y= 15；K=0），如图 9-125 所示。

Step 20 使用"选择工具"🔖，选中大熊和小熊图案移动至衣服内，得到的效果如图 9-126 所示。

图 9-125　输入文字并设置字体

图 9-126　最终效果图

9.3.2　女童装整体设计

本实例讲解女童装的整体设计，包括裙子、袜子、帽子等，运用钢笔工具勾画出服装的线条，并为服装上色，绘制过程如图 9-127 所示。

图 9-127　绘制过程

1. 绘制裙子

Step 01 打开 CorelDRAW X5 软件，执行 "文件" → "新建" 命令，或使用 Ctrl+N 快捷键，设置纸张大小为 A4，纵向摆放，单击工具箱中的 "钢笔工具" 按钮，绘制衣服的轮廓，在属性栏中设置轮廓宽度为 0.5mm，如图 9-128 所示。

Step 02 使用 "钢笔工具"，绘制衣服衣领和袖子，设置轮廓宽度为 0.2mm，如图 9-129 所示。

图 9-128　绘制裙子轮廓

图 9-129　绘制衣领和袖口

Step 03 使用 "钢笔工具"，绘制衣服的蝴蝶结和腰带，设置轮廓线为 0.2mm，如图 9-130 所示。

Step 04 使用 "贝塞尔工具"，绘制出袖子和褶皱，设置轮廓宽度为 0.2mm，如图 9-131 所示。

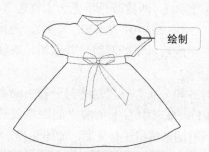

图 9-130　绘制蝴蝶结和腰带

图 9-131　绘制袖子和褶皱

Step 05 使用 "贝塞尔工具"，绘制裙子的褶皱，设置轮廓线为 0.2mm，如图 9-132 所示。

Step 06 使用 "钢笔工具"，绘制裙子门襟，设置轮廓宽度为 0.2mm，如图 9-133 所示。

图 9-132　绘制裙子褶皱

图 9-133　绘制裙子门襟

Step 07 使用"椭圆形工具" [图]，按住 Ctrl 键在图中绘制圆形，按+键复制圆形并拖动至适当位置，如图 9-134 所示。

Step 08 使用"调和工具" [图]，在属性栏中设置"调和对象"参数值为 20，单击底部的正圆，拖动鼠标并单击上方的正圆，在两个正圆之间创建调和，如图 9-135 所示。

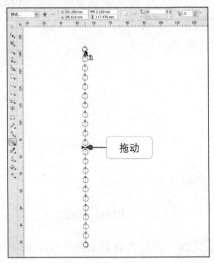

　　　　图 9-134　绘制圆形　　　　　　　　　　图 9-135　创建调和

Step 09 单击并拖动圆形，复制 9 排，把两排颜色填充为黄色（C=0；M=0；Y= 100；K=0），两排颜色填充为蓝色（C=40；M=0；Y= 0；K=0），两排颜色填充为大红色（C=0；M=100；Y= 100；K=0），两排颜色填充为粉红色（C=0；M=40；Y= 20；K=0），两排颜色填充为桃红色（C=0；M=100；Y= 0；K=0），填充完成后再复制两组，并取消轮廓线，如图 9-136 所示。

Step 10 框选全部圆形，执行"排列"→"对齐和分布"→"对齐与分布"命令，打开"对齐与分布"对话框，❶单击"分布"选项卡；❷选中右上角的"间距"复选框；❸单击"应用"按钮，把圆形间距分布均匀，选中所有圆形群组进行复制，如图 9-137 所示。

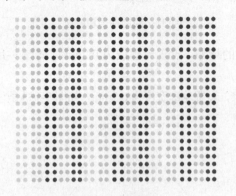

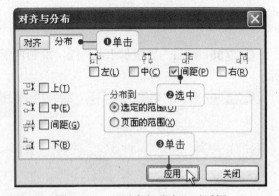

　　　图 9-136　圆点图形　　　　　　　　图 9-137　"对齐与分布"对话框

Step 11 使用"选择工具" [图]，选中裙子衣领、袖边、蝴蝶结和腰带，填充颜色值为（C=0；M=90；Y= 0；K=0），如图 9-138 所示。

Step 12 选中圆形图形，右击并拖动圆形至衣服处，释放鼠标，弹出快捷菜单，如图 9-139 所示。

图 9-138　填充颜色值

图 9-139　选择命令

Step 13 单击"图框精确剪裁内部"命令，得到的效果如图 9-140 所示。

Step 14 单击选中圆形组合，再次单击，按住 Ctrl 键拖动右上角的控制点，将图形旋转 45°，如图 9-141 所示。

图 9-140　填充裙子图案

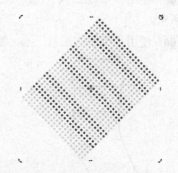

图 9-141　旋转图形

Step 15 选中图形，按+键进行复制，并在属性栏中单击"水平镜像" 按钮，如图 9-142 所示。

Step 16 按照步骤 12 和步骤 13 的操作方法，将图形裁剪至袖子内，如图 9-143 所示。

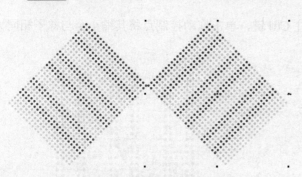

图 9-142　镜像复制图形

图 9-143　裙子最终效果图

2. 绘制袜子

Step 01 单击工具箱中的"钢笔工具" 按钮，在绘图区域中绘制袜子的轮廓，在属性栏中设置轮廓宽度为 0.5mm，如图 9-144 所示。

Step 02 使用"贝塞尔工具" ，绘制袜子的花边线，将轮廓宽度设置为 0.2mm，如图 9-145 所示。

图 9-144　绘制袜子轮廓　　　　　　　　　图 9-145　绘制花边

Step 03 使用"手绘工具" ，在袜子花边处绘制褶皱，设置轮廓宽度为 0.2mm，如图 9-146 所示。

Step 04 使用"贝塞尔工具" ，绘制线条，设置轮廓宽度为 0.2mm，如图 9-147 所示。

图 9-146　绘制花边褶皱　　　　　　　　　图 9-147　绘制脚后跟

Step 05 使用"选择工具" ，填充袜子局部颜色值（C=0；M=80；Y= 40；K=0），如图 9-148 所示。

Step 06 单击选择圆形图形，按住 Ctrl 键，单击拖动控制点将其缩小至与袜子相同大小，如图 9-149 所示。

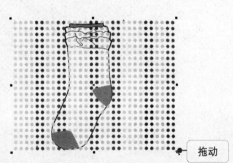

图 9-148　填充颜色值　　　　　　　　　图 9-149　缩小图形

Step 07 双击图形，按住 Ctrl 键，单击拖动右上角的控制点，在属性栏中设置旋转角度为 45°，如图 9-150 所示。

Step 08 执行"效果"→"图框精确剪裁"→"放置在容器中"命令，将图形裁剪至袜子中，得到的效果如图 9-151 所示。

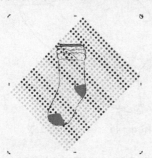

图 9-150　旋转图形

图 9-151　填充袜子

Step 09 框选袜子，按 Ctrl+G 快捷键进行群组，按+键复制袜子，如图 9-152 所示。

Step 10 双击左边的袜子，按住 Ctrl 键，单击并拖动右上角的控制点，把图形旋转 30°，将袜子移动至右边，得到的效果如图 9-153 所示。

图 9-152　复制袜子

图 9-153　旋转袜子

3. 绘制帽子

Step 01 单击工具箱中的"钢笔工具" 按钮，在绘图区域中绘制帽子的轮廓，设置轮廓宽度为 0.5mm，如图 9-154 所示。

Step 02 使用"贝塞尔工具" ，绘制线条，设置轮廓宽度为 0.2mm，如图 9-155 所示。

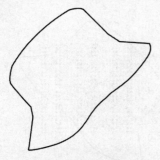

图 9-154　绘制帽子轮廓

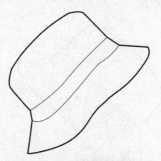

图 9-155　绘制帽子带子

Step **03** 使用"贝塞尔工具" 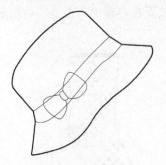，绘制蝴蝶结，设置轮廓宽度为 0.2mm，如图 9-156 所示。绘制帽檐的明线，如图 9-157 所示。

图 9-156 绘制蝴蝶结

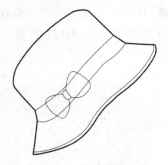

图 9-157 绘制帽檐明线

Step **04** 选中曲线，按 F12 键，弹出"轮廓笔"对话框，设置"样式"为虚线，如图 9-158 所示。

Step **05** 设置完成后，单击"确定"按钮，得到的效果如图 9-159 所示。

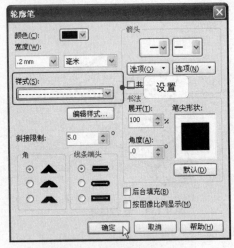

图 9-158 "轮廓笔"对话框

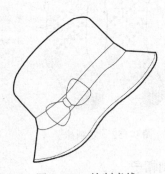

图 9-159 绘制虚线

Step **06** 使用"选择工具" ，选中帽子，填充颜色为白色，如图 9-160 所示。

Step **07** 单击圆形图形，把圆形缩小为与帽子带子适合的大小，按+键复制图像，如图 9-161 所示。

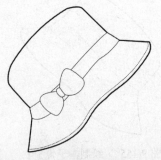

图 9-160 填充颜色

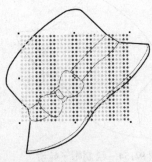

图 9-161 缩小图形

Step 08 使用"选择工具"，选中圆形图形，执行"效果"→"图框精确剪裁"→"放置在容器中"命令，把圆点放置在帽子带子中，得到的效果如图 9-162 所示。

Step 09 按照步骤 8 的方法，把其余三个圆点图形放置在蝴蝶结中，得到的效果如图 9-163 所示。

Step 10 将帽子填充颜色值为（C=0；M=90；Y= 0；K=0），如图 9-164 所示。

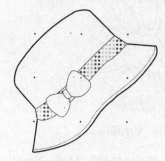
图 9-162　填充带子

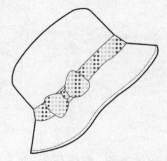
图 9-163　填充蝴蝶结

图 9-164　填充颜色值

4. 绘制背景

Step 01 单击工具箱中的"矩形工具"按钮，在绘图区域中绘制矩形，填充颜色值（C=0；M=0；Y= 20；K=0），取消轮廓线，如图 9-165 所示。

Step 02 使用"椭圆形工具"，按住 Ctrl 键在图中单击并拖动鼠标，绘制正圆，如图 9-166 所示。

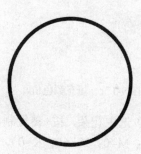

图 9-165　绘制背景

图 9-166　绘制圆形

Step 03 从标尺中拖出一条水平辅助线和一条垂直辅助线，如图 9-167 所示。

Step 04 使用"椭圆形工具"，将鼠标指针放在参考线上，按住 Shift 键拖动鼠标，绘制椭圆形，如图 9-168 所示。

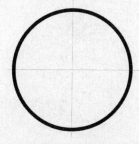
图 9-167　添加参考线

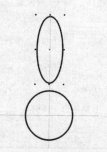
图 9-168　绘制椭圆

Step 05 使用"椭圆形工具"，在图形上单击，显示中心点，将中心点移动至参考线交汇处，如图 9-169 所示。

Step 06 将鼠标指针移至左上角的控制点上，拖动鼠标，顺时针旋转 36°后，右击鼠标复制矩形，按 Ctrl+D 快捷键重复复制椭圆，得到的效果如图 9-170 所示。

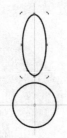

图 9-169　移动中心点

图 9-170　复制椭圆

Step 07 单击参考线按 Delete 键删除，框选花朵，填充颜色值为（C=20；M=0；Y= 60；K=0），去掉轮廓线，如图 9-171 所示。

Step 08 选中花朵按 Ctrl+G 快捷键进行群组，单击拖动花朵到背景上，重复按+键复制花朵，并移动至不同位置，如图 9-172 所示。

图 9-171　填充颜色值

图 9-172　复制花朵

Step 09 选中花朵，按+键复制，按 F12 键，弹出"轮廓笔"对话框，❶设置填充颜色值为（C=20；M=0；Y= 60；K=0），轮廓宽度设置为 1mm；❷设置完成后单击"确定"按钮，如图 9-173 所示。

Step 10 取消花朵颜色，得到的效果如图 9-174 所示。

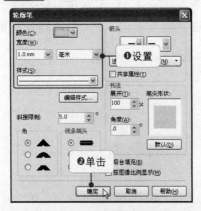

图 9-173　"轮廓笔"对话框

图 9-174　取消颜色

Step 11 按+键复制花朵轮廓，并移动至不同位置，如图 9-175 所示。

Step 12 单击选择之前制作完成的衣服、袜子和帽子，把它们拖动到背景图层上，最终效果如图 9-176 所示。

<table>
<tr><td>图 9-175　复制花朵</td><td>图 9-176　最终效果图</td></tr>
</table>

9.4 本章小结

　　本章内容介绍了童装的分类和运用 CorelDRAW X5 设计绘制童装的方法，分类介绍了男童 T 恤、女童 T 恤、男童装整体和女童装整体设计的方法和步骤，让用户了解运用 CorelDRAW X5 对童装进行设计的方法，掌握 CorelDRAW X5 的命令和相关工具的使用。

Chapter 10
服装配饰设计

本章导读

　　服装配饰，又称服饰品，是除服装以外所有附加在人体上的装饰品。主要包括包袋、腰饰、围巾、披肩、首饰、帽饰、鞋、袜、手套、眼镜等。

　　本章主要介绍服装配饰的设计方法，学习了本章之后，将了解到配饰的绘制方法以及学会配饰和服装之间的搭配。

重点难点

- 服装配饰的类型
- 服装配饰的特点
- 服装配饰的绘制
- 图形轮廓的绘制
- 图形颜色的填充

10.1 服装配饰的类型与特点

　　服装配饰，广义指衣服搭配的一些配饰物品，与服装体现的是一种从属角色。狭义指除了服装之外的物品称为服饰配件。服装配饰有很多种类型和其独有的特点，下面就来详细讲解相关的知识。

10.1.1 服装配饰的类型

　　服装配饰按佩戴部位分类可以将其分为 7 种，具体类型如下。

- **头饰**：用在头部及面部的装饰，如帽子、头花、耳坠、眼镜等。
- **肩饰**：肩部佩戴的装饰，如丝巾、披肩等。
- **胸饰**：胸部佩戴的装饰，如项链、围巾等。
- **腰饰**：腰部佩戴的装饰，如皮带、腰带等。
- **手饰**：手部佩戴的装饰，如手链、手镯、戒指，手表等。
- **脚饰**：脚部佩戴的装饰，如脚链、鞋子、袜子等。
- **佩戴饰**：服装上和随身携带的装饰品，如包、胸针等。

10.1.2 服装配饰的特点

　　服装配饰可以说形式变化多样，其特点主要有以下四点。

- **位置自由随意**：服装配饰在服装中的易塑性使其容易依附于人体，可用在人体的不同的位置，例如头、颈、肩、臂、腰、手、腕、腿、脚等部位，其样式、大小、疏密等都按照不同风格、不同格调的服装随意设计，不受限制。放在不同的位置都能使原本简单的款式变得丰富而有味道。
- **手法灵活多变**：配饰的种类性提供了多样多样的变幻手法，每种手法用在服装上都会塑造出不同的造型，更会产生完全不同的样式风格。同样的配饰，同样的位置，如果运用手法不同，服装造型、结构和感觉也会差距甚远。
- **性情潇洒活泼**：由于服装配饰的种类繁多且在服装中的应用手法也非常多样，使得服装配饰在服装中给人以一种潇洒多变且活泼生动的感觉。
- **面貌丰富多样**：人们在与事物进行交流的方式中，视觉是与触觉同等重要的一种感知方式。不同的服装配饰有不一样的材质特征，带给人的美感是视觉与触觉相结合的反映，使人们真实的感受和丰富的想象慢慢延伸。强调肌理对比是近年服装界注重细节、克服单调的一大手段。配饰本身的质感就很丰富，再与其他丰富的面料、辅料等相结合，便可形成特殊的肌理对比，从而增强视觉效果。

10.2　鞋子设计

　　鞋子在整体服装的搭配中是不可缺少的元素，是服装配饰中最重要的配饰。下面就来设计一双女式高跟凉鞋，要求款式新颖。本例在绘制鞋子的过程中，需要使用钢笔工具、贝塞尔工具、轮廓笔工具、颜色填充等，绘制过程如图 10-1 所示。

图 10-1　绘制过程

10.2.1　绘制鞋底

　　Step 01 打开 CorelDRAW X5 软件，执行"文件"→"新建"命令，或使用 Ctrl+N 快捷键，设置纸张大小为 A4，横向摆放，单击工具箱中的"贝塞尔工具" 按钮，绘制出鞋垫轮廓，在属性栏中设置轮廓宽度为 0.35mm，如图 10-2 所示。

　　Step 02 使用"贝塞尔工具" 和"形状工具" ，绘制出鞋跟轮廓，如图 10-3 所示。

图 10-2　绘制鞋垫　　　　　　　　　　　　　　　图 10-3　绘制鞋跟

　　Step 03 使用"选择工具" ，选中鞋垫，填充颜色值为（C=58；M=82；Y=0；K=0），如图 10-4 所示。

　　Step 04 使用"选择工具" ，选中鞋底面，填充颜色值为（C=0；M=40；Y=80；K=0），如图 10-5 所示。

图 10-4　填充鞋垫颜色值　　　　　　　　　　　图 10-5　填充鞋底颜色值

Step 05 使用"选择工具"，选中鞋跟，填充颜色值为（C=8；M=8；Y=0；K=0），如图 10-6 所示。

Step 06 使用"选择工具"，选中鞋跟垫，填充颜色值为（C=48；M=44；Y=76；K=0），如图 10-7 所示。

图 10-6　填充鞋跟颜色值

图 10-7　填充鞋底垫颜色值

Step 07 使用"贝塞尔工具"和"形状工具"，绘制鞋垫，如图 10-8 所示。

Step 08 使用"选择工具"选中鞋垫，填充颜色值为（C=13；M=0；Y=10；K=0），如图 10-9 所示。

图 10-8　绘制路径

图 10-9　填充颜色值

Step 09 使用"选择工具"框选所有形状，按 Ctrl+G 快捷键进行群组。

10.2.2　绘制鞋面

Step 01 使用"贝塞尔工具"和"形状工具"，绘制鞋面，如图 10-10 所示。

Step 02 使用"选择工具"，按住 Shift 键，选择绘制的鞋面，填充颜色值为（C=67；M=96；Y=2；K=0），效果如图 10-11 所示。

图 10-10　绘制鞋面

图 10-11　填充颜色值

Step 03 使用"贝塞尔工具" 和"形状工具" ，绘制鞋里，如图 10-12 所示。

Step 04 使用"选择工具" ，选中对象，填充颜色值为（C=84；M=96；Y=59；K=40），如图 10-13 所示。

Step 05 使用"选择工具" 框选所有形状，按 Ctrl+G 快捷键进行群组。

图 10-12　绘制鞋里

图 10-13　填充颜色值

10.2.3　绘制鞋带

Step 01 使用"贝塞尔工具" 和"形状工具" ，绘制鞋带，如图 10-14 所示。

Step 02 使用"选择工具" ，选中鞋带，填充颜色值为（C=67；M=96；Y=2；K=0），效果如图 10-15 所示。

图 10-14　绘制鞋带路径

图 10-15　填充颜色值

Step 03 使用"贝塞尔工具" 和"形状工具" ，绘制鞋带，如图 10-16 所示。

Step 04 使用"选择工具" ，选择 7 个新绘制的闭合路径，填充颜色值为（C=84；M=96；Y=59；K=40），最终效果如图 10-17 所示。

图 10-16　绘制鞋带路径

图 10-17　最终效果图

10.3 腰带设计

配戴腰带已经成为一种时尚，在国际大大小小的时装展中，设计师们已经离不开腰带了。特别是男士，腰带已经成为男士的重要配饰。腰带的作用已经延展到了实用性之外，时尚搭配和点缀的意义也日益突显，下面就来设计一款腰带，需要使用钢笔工具、贝塞尔工具、轮廓笔工具、颜色填充等，绘制过程如图 10-18 所示。

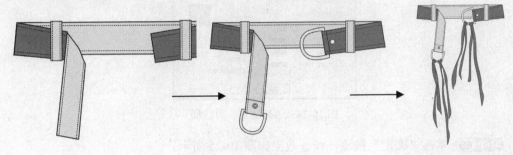

图 10-18　腰带绘制过程

10.3.1　绘制腰带轮廓

Step 01 打开 CorelDRAW X5 软件，执行"文件"→"新建"命令，或使用 Ctrl+N 快捷键，设置纸张大小为 A4，横向摆放，单击工具箱中的"矩形工具" 🔲 按钮，绘制一个矩形，如图 10-19 所示。选中对象，在属性栏中输入矩形大小数值为（55.0 mm；8.0 mm），如图 10-20 所示。

图 10-19　绘制矩形

| x: | 82.476 mm | ↔ | 55.0 mm | | 80.6 | % | 🔒 | ↻ | .0 | ° |
| y: | 139.098 mm | ↕ | 8.0 mm | | 26.5 | % | | | | |

图 10-20　设置属性栏大小

Step 02 使用"选择工具" 🔓，选中对象，填充图形颜色值为（C=2；M=17；Y=32；K=0），在属性栏中设定轮廓线的宽度为 0.25mm，如图 10-21 所示。

Step 03 选中矩形，执行"排列"→"转换为曲线"命令。使用"形状工具" 🔓，按住 Ctrl 键修改矩形下方的两个节点，分别向左、右两边平移，如图 10-22 所示。

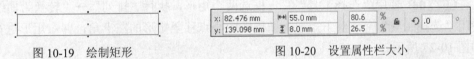

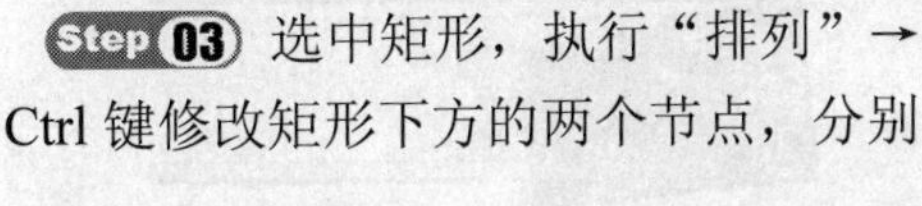

图 10-21　填充颜色值

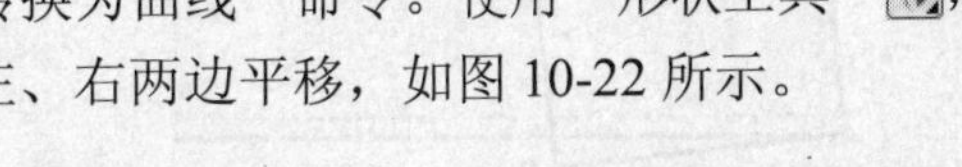

图 10-22　修改节点

Step 04 使用"手绘工具" 🔓，按住 Ctrl 键绘制两条水平线，如图 10-23 所示。

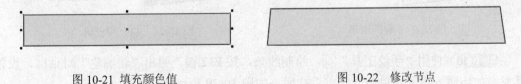

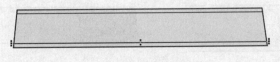

图 10-23　绘制线条

Step 05 选中两条水平线，按 F12 键，弹出"轮廓笔"对话框，设置其参数，如图 10-24 所示。

设置

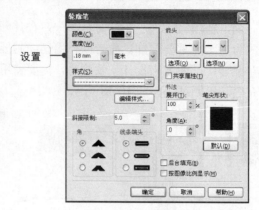

图 10-24　"轮廓笔"对话框

Step 06 单击"确定"按钮，线条效果如图 10-25 所示。

Step 07 使用"矩形工具" □，绘制两个矩形，在属性栏中选中设定的矩形，其大小数值分别为（13.0 mm；8.0 mm）、（19.0 mm；8.0 mm），设定轮廓线的宽度为 0.25mm，如图 10-26 所示。

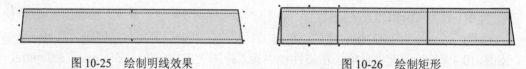

图 10-25　绘制明线效果　　　　　　　　图 10-26　绘制矩形

Step 08 使用"选择工具" ▧，框选两个矩形，执行"排列"→"转换为曲线命令"，使用"选择工具" ▧，双击矩形，把旋转中心点移至矩形的左上角，并对矩形进行旋转，如图 10-27 所示。

Step 09 使用"形状工具" ▧，对矩形形状进行修改，填充颜色值为（C=51；M=67；Y=87；K=5），如图 10-28 所示。

图 10-27　旋转矩形　　　　　　　　　图 10-28　填充颜色值

Step 10 使用"手绘工具" ▧，绘制线条，按 F12 键，弹出"轮廓笔"对话框，设置其参数如步骤 6 所示，单击"确定"按钮，如图 10-29 所示。

Step 11 重复步骤 8、步骤 9、步骤 10，修改另外一个矩形图像，效果如图 10-30 所示。

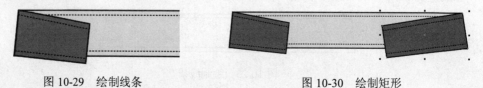

图 10-29　绘制线条　　　　　　　　　图 10-30　绘制矩形

Step 12 使用"矩形工具"□和"手绘工具"✐，绘制两个腰带袢和缉明线，设置颜色值为（C=2；M=17；Y=32；K=0），如图 10-31 所示。

Step 13 使用"贝塞尔工具"✎和"形状工具"✎绘制腰带，在属性栏中设置轮廓宽度为 0.25mm，如图 10-32 所示。

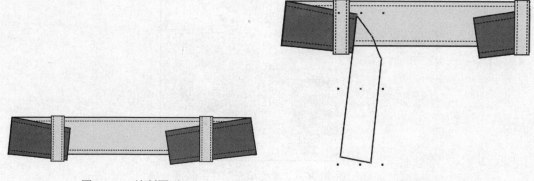

图 10-31　绘制图形　　　　　　　　　　图 10-32　绘制路径

Step 14 使用"选择工具"▯，选中对象，填充颜色值为（C=2；M=17；Y=32；K=0），使用"手绘工具"✐，绘制明线，如图 10-33 所示。

Step 15 使用"手绘工具"✐，绘制分割线条，如图 10-34 所示。

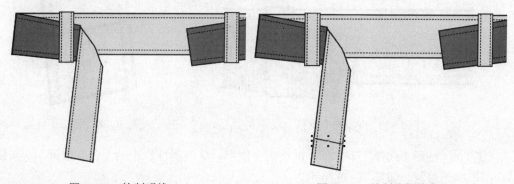

图 10-33　绘制明线　　　　　　　　　　图 10-34　绘制分割线条

10.3.2　绘制腰带装饰

Step 01 使用"椭圆形工具"○，绘制圆形，设置圆形大小为（1.5mm；1.5mm），如图 10-35 所示。

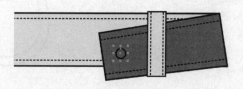

图 10-35　绘制圆形

Step 02 绘制完成圆形，按 F11 键弹出"渐变填充"对话框，❶设置"辐射"类型，"双色"渐变；❷单击"渐变填充"对话框中的"其他"按钮，设置颜色值为（C=2；M=17；Y=32；K=0），如图 10-36 所示。

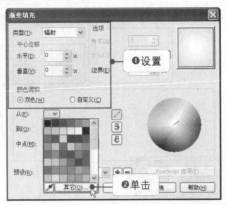

图 10-36 "渐变填充"对话框

Step 03 单击"确定"按钮，使用"手绘工具" ，绘制分割线条，如图 10-37 所示。

Step 04 使用"椭圆形工具" ，绘制圆形，设置圆形大小为（1.5mm；1.5mm）。选中圆形，按+键复制圆形，按住 Shift 键，向内等比例缩放，绘制内圆形，如图 10-38 所示。

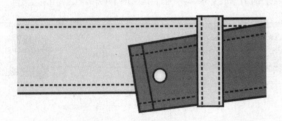

图 10-37 填充渐变颜色

图 10-38 绘制圆形

Step 05 使用"选择工具" ，框选两个圆形，单击属性栏中的"合并按钮" 按钮，结合图形填充白色，如图 10-39 所示。

Step 06 使用"贝塞尔工具" 和"形状工具" ，绘制腰带环扣，如图 10-40 所示。使用"选择工具" ，框选两个圆形，单击属性栏中的"合并按钮" 按钮，结合图形。

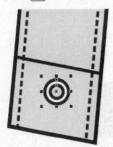

图 10-39 填充颜色

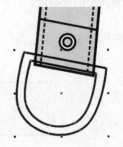

图 10-40 绘制腰带环扣

Step 07 按 Shift+PageUp 快捷键，将环扣移动至腰带内，并填充颜色值为（C=0；M=0；Y=0；K=10），如图 10-41 所示。

Step 08 重复步骤 7 的操作步骤，绘制另外的一个腰带环扣，效果如图 10-42 所示。

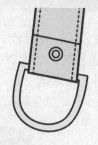

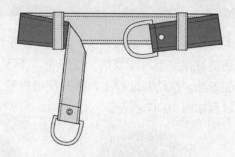

图 10-41　填充颜色值　　　　　　　　　　图 10-42　绘制腰带环扣

Step 09 使用"贝塞尔工具"和"形状工具"，绘制腰带的流苏，如图 10-43 所示。

Step 10 使用"选择工具"，框选流苏，填充颜色值为（C=51；M=67；Y=87；K=5），如图 10-44 所示。

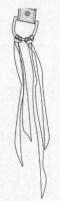

图 10-43　绘制流苏　　　　　　　　　　　图 10-44　填充颜色值

Step 11 使用"贝塞尔工具"和"形状工具"，继续绘制另一个腰带环扣上的腰带流苏，如图 10-45 所示。

Step 12 使用"选择工具"，框选流苏，填充颜色值为（C=51；M=67；Y=87；K=5），腰带最终效果如图 10-46 所示。

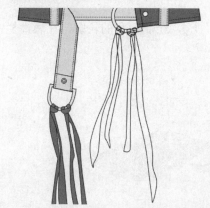

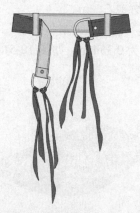

图 10-45　绘制流苏　　　　　　　　　　　图 10-46　最终效果图

10.4 帽子设计

人的外在美除了谈及外貌、身材、举止、气质等固有特性外，服装配套中的帽子一族，也是优美旋律里不可或缺的一段音符。下面就来设计一顶蓝色休闲帽。本例主要讲解帽子的绘制方法，在绘制过程中，需要使用钢笔工具、贝塞尔工具、轮廓笔工具、颜色填充等，绘制过程如图 10-47 所示。

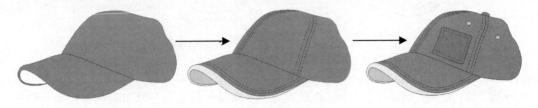

图 10-47　绘制过程

10.4.1　绘制帽子轮廓

Step 01 打开 CorelDRAW X5 软件，执行"文件"→"新建"命令，或使用 Ctrl+N 快捷键，设置纸张大小为 A4，横向摆放，单击工具箱中"贝塞尔工具" 按钮，绘制帽檐的轮廓，如图 10-48 所示。

Step 02 使用"形状工具" ，调节节点，完成帽檐轮廓，在属性栏中设置轮廓宽度为 0.35mm。如图 10-49 所示。

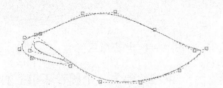

图 10-48　绘制帽檐轮廓

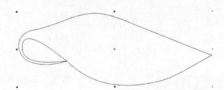

图 10-49　绘制完成帽檐

Step 03 使用"选择工具" ，选中帽檐，填充颜色值为（C=60；M=40；Y=0；K=0），如图 10-50 所示。

Step 04 使用"贝塞尔工具" 和"形状工具" ，绘制帽身的轮廓，在属性栏中设置轮廓宽度为 0.35mm，如图 10-51 所示。

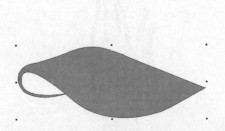

图 10-50　帽檐填色

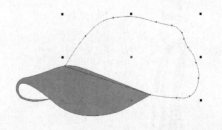

图 10-51　绘制帽身

Step 05 使用"选择工具"⬚，选中帽身，填充颜色值为（C=60；M=40；Y=0；K=0），按 Shift+PageUp 快捷键，将帽身移动至帽檐上，如图 10-52 所示。

Step 06 使用"贝塞尔工具"⬚和"形状工具"⬚，绘制帽檐的明线。在属性栏中设置轮廓宽度为 0.35mm，如图 10-53 所示。

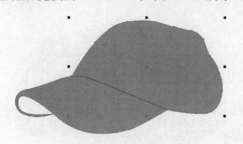

图 10-52　帽身填色

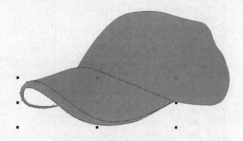

图 10-53　绘制帽檐边缘

Step 07 使用"选择工具"⬚，选中帽檐边缘，填充颜色值为（C=0；M=0；Y=0；K=10），如图 10-54 所示。

Step 08 使用"贝塞尔工具"⬚和"形状工具"⬚，绘制帽檐内壁，在属性栏中设置轮廓宽度为 0.35mm，使用"选择工具"⬚，选中帽檐内壁，填充颜色值为（C=0；M=0；Y=0；K=30），帽子外形轮廓绘制完成，如图 10-55 所示。

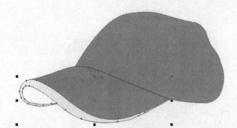

图 10-54　填充帽檐边缘

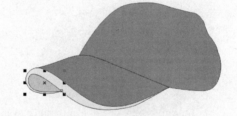

图 10-55　绘制帽檐内壁

10.4.2　绘制帽子装饰

Step 01 使用"贝塞尔工具"⬚和"形状工具"⬚，在帽身上面绘制两条分割线，在属性栏中设置轮廓宽度为 0.35mm，如图 10-56 所示。

Step 02 使用"贝塞尔工具"⬚和"形状工具"⬚，在帽身上面绘制六条明线，在属性栏中设置轮廓宽度为 0.35mm，如图 10-57 所示。

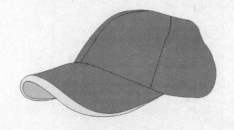

图 10-56　绘制线条

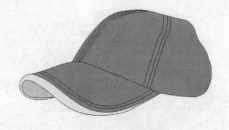

图 10-57　绘制线条

Step 03 使用"选择工具"选中所有的缉明线，按 F12 键，弹出"轮廓笔"对话框，设置其参数，如图 10-58 所示。

Step 04 单击"确定"按钮，得到效果如图 10-59 所示。

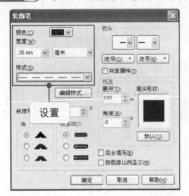

图 10-58 "轮廓笔"对话框

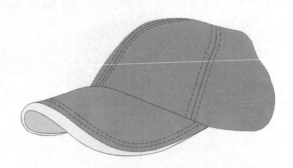

图 10-59 虚线效果

Step 05 使用"贝塞尔工具"和"形状工具"，在帽身上面绘制图案，在属性栏中设置轮廓宽度为 0.35mm，如图 10-60 所示。

Step 06 使用"选择工具"，选中图案，填充颜色值为（C=40；M=20；Y=0；K=40），如图 10-61 所示。

图 10-60 绘制路径

图 10-61 填充颜色值

Step 07 使用"贝塞尔工具"和"形状工具"，在帽身上面继续绘制一条明线，在属性栏中设置轮廓宽度为 0.35mm，如图 10-62 所示。

Step 08 选中所有的缉明线，按 F12 键，弹出"轮廓笔"对话框，设置其参数，如图 10-63 所示。

图 10-62 绘制路径

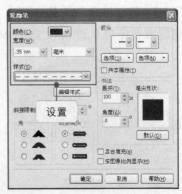

图 10-63 "轮廓笔"对话框

Step 09 单击"确定"按钮，虚线效果如图 10-64 所示。

Step 10 使用"椭圆形工具" ，绘制圆形，在属性栏中设置轮廓宽度为 0.35mm，如图 10-65 所示。

图 10-64　缉明线效果

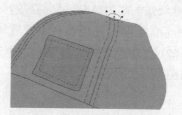

图 10-65　绘制椭圆

Step 11 使用"选择工具" ，选择闭合圆形，填充颜色值为（C=40；M=20；Y=0；K=40），按 Shift+PageDown 快捷键，将图形移动至帽身后，如图 10-66 所示。

Step 12 使用"椭圆形工具" ，按住 Shift 键在图像中绘制两个正圆形，在属性栏中设置轮廓宽度为 0.35mm，使用"选择工具" ，选择两个圆形，填充颜色值为（C=0；M=0；Y=0；K=30），帽子最终效果如图 10-67 所示。

图 10-66　填充颜色值

图 10-67　最终效果图

10.5　手袋设计

　　手袋的兴起与服装的演变有着密切的联系，手袋的地位正在逐渐上升，成为女士们衣着打扮中不可缺少的一部分。基于不同的潮流文化，不同的时代状况，不同的场合，女人的手袋已演变出变幻无穷的形式。

　　下面就来设计一款女式手袋，要求时尚、靓丽。本例主要讲解手袋的绘制方法，在绘制过程中，需要使用钢笔工具、贝塞尔工具、轮廓笔工具、颜色填充工具等，绘制过程如图 10-68 所示。

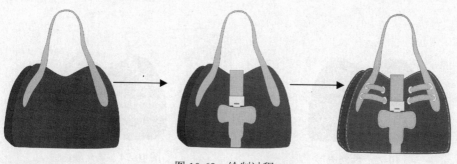

图 10-68　绘制过程

10.5.1 绘制手袋轮廓

Step 01 打开 CorelDRAW X5 软件，执行"文件"→"新建"命令，或使用 Ctrl+N 快捷键，设置纸张大小为 A4，横向摆放，使用"贝塞尔工具" 和"形状工具" ，绘制如图 10-69 所示的造型，在属性栏中设置轮廓宽度为 0.35mm。

Step 02 使用"选择工具" ，框选图形，填充颜色值为（C=23；M=100；Y=100；K=0），如图 10-70 所示。

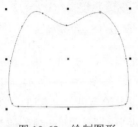
图 10-69 绘制图形

图 10-70 填充颜色值

Step 03 使用"贝塞尔工具" 和"形状工具" 绘制手袋的阴影，在属性栏中设置轮廓宽度为 0.35mm，如图 10-71 所示。

Step 04 使用"选择工具" ，框选图形，填充颜色值为（C=45；M=100；Y=100；K=22），如图 10-72 所示。

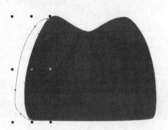
图 10-71 绘制图形

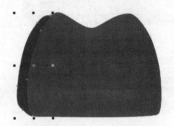
图 10-72 填充颜色值

Step 05 使用"贝塞尔工具" 和"形状工具" ，绘制包带，在属性栏设置轮廓宽度为 0.35mm，如图 10-73 所示。

Step 06 使用"选择工具" ，框选包带，填充颜色值为（C=2；M=27；Y=93；K=0），如图 10-74 所示。

图 10-73 绘制图形

图 10-74 填充颜色值

Step **07** 使用"矩形工具"□，绘制出矩形轮廓，在属性栏中设置轮廓宽度为 0.35mm，如图 10-75 所示。

Step **08** 使用"选择工具"，框选矩形，填充颜色值为（C=2；M=27；Y=93；K=0），如图 10-76 所示。

图 10-75　绘制矩形

图 10-76　填充颜色值

Step **09** 使用"贝塞尔工具"和"形状工具"，绘制装饰带，在属性栏中设置轮廓宽度为 0.35mm，如图 10-77 所示。

Step **10** 使用"选择工具"，框选图形，填充颜色值为（C=2；M=27；Y=93；K=0），如图 10-78 所示。

图 10-77　绘制装饰带

图 10-78　填充颜色值

Step **11** 使用"贝塞尔工具"和"形状工具"，绘制搭扣，在属性栏中设置轮廓宽度为 0.35mm，如图 10-79 所示。

Step **12** 使用"选择工具"，框选图形，填充颜色值为（C=0；M=7；Y=33；K=0），如图 10-80 所示。

图 10-79　绘制图形

图 10-80　填充颜色值

Step 13 使用"矩形工具"□，在图形上绘制矩形，如图 10-81 所示。

Step 14 使用"选择工具"▯，框选矩形，填充颜色值为（C=0；M=66；Y=96；K=0），如图 10-82 所示。

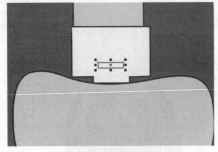

图 10-81　绘制矩形

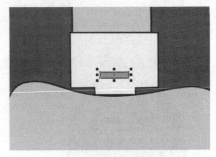

图 10-82　填充颜色值

10.5.2　绘制手袋装饰

Step 01 使用"椭圆形工具"○，在手袋带上绘制椭圆，使用"选择工具"▯双击椭圆，将其进行旋转，如图 10-83 所示。

Step 02 使用"选择工具"▯，框选椭圆，填充颜色值为（C=0；M=7；Y=33；K=0），如图 10-84 所示。

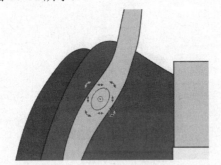

图 10-83　绘制椭圆

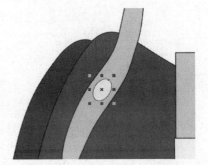

图 10-84　填充颜色值

Step 03 使用"选择工具"▯，选中椭圆，连续按 7 次+键，复制出椭圆，分别将其移动到适当的位置，并调整其角度，如图 10-85 所示。

Step 04 使用"贝塞尔工具"和"形状工具"，绘制四条织带，如图 10-86 所示。

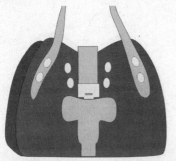

图 10-85　复制椭圆

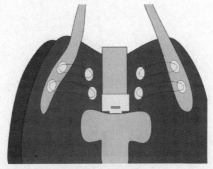

图 10-86　绘制织带

Step 05 使用"选择工具" ，按住 Shift 键选择 4 个路径，填充颜色为（C=2；M=27；Y=93；K=0），如图 10-87 所示。

Step 06 使用"贝塞尔工具" 和"形状工具" ，绘制手袋的明线，按 Shift+PageUp 快捷键，将明线向下移动，如图 10-88 所示。

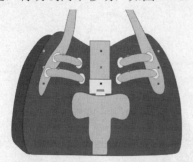

图 10-87　填充颜色

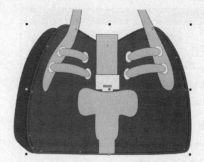

图 10-88　绘制明线

Step 07 使用"选择工具" ，选中明线，按 F12 键，弹出"轮廓笔"对话框，设置"样式"为虚线，颜色参数为（C=0；M=7；Y=33；K=0），如图 10-89 所示。

Step 08 单击"确定"按钮，缉明线效果如图 10-90 所示。

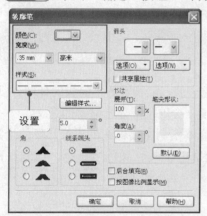

图 10-89　"轮廓笔"对话框

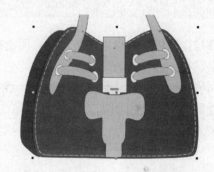

图 10-90　缉明线效果

Step 09 重复步骤 8 的绘制方法，绘制包侧面的虚线，如图 10-91 所示。

Step 10 使用"贝塞尔工具" 和"形状工具" ，绘制手袋带和装饰的虚线，按 Shift+PageUp 快捷键，将虚线向下移动，如图 10-92 所示。

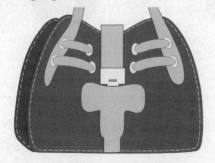

图 10-91　绘制虚线

图 10-92　绘制虚线

Step 11 使用"选择工具" ，选中装饰带的明线，按 F12 键，弹出"轮廓笔"对话框，设置"样式"为虚线，填充颜色值为（C=53；M=82；Y=100；K=28），如图 10-93 所示。

Step 12 单击"确定"按钮，整个手袋绘制完成，最终效果如图 10-94 所示。

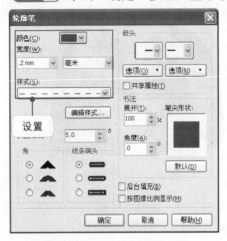

图 10-93 "轮廓笔"对话框

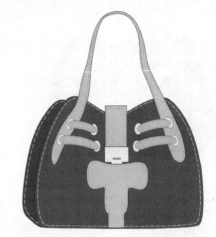

图 10-94 最终效果图

10.6 首饰设计

首饰是指佩戴在人身上的装饰品，现泛指以贵重金属、宝石等加工而成的耳环、项链、戒指、手镯等。首饰一般用以装饰人体，也具有表现社会地位、显示财富的意义。

下面就来设计一对耳环，要求精致，漂亮大方。本实例主要详细的讲解耳环的绘制，在绘制过程中，需使用钢笔工具、贝塞尔工具、轮廓笔工具、颜色填充等，绘制过程如图 10-95 所示。

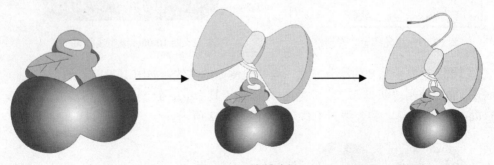

图 10-95 绘制过程

10.6.1 绘制吊坠

Step 01 打开 CorelDRAW X5 软件，执行"文件"→"新建"命令，或使用 Ctrl+N 快捷键，设置纸张大小为 A4，横向摆放，使用"贝塞尔工具" 和"形状工具" ，绘制樱桃轮廓，如图 10-96 所示。

Step 02 使用"选择工具"，选中图像，按 F11 键弹出"渐变填充"对话框，分别设置其颜色参数值为（C=30；M=94；Y=93；K=25）、（C=0；M=100；Y=100；K=0），如图 10-97 所示。

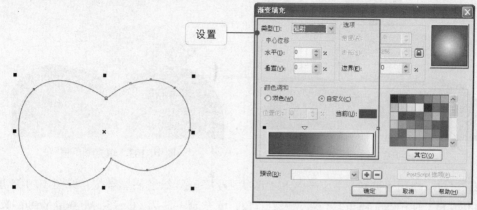

图 10-96　绘制图形　　　　　　　　　图 10-97　"渐变填充"对话框

Step 03 单击"确定"按钮，得到的效果如图 10-98 所示。

Step 04 使用"贝塞尔工具"和"形状工具"，绘制叶子轮廓，如图 10-99 所示。

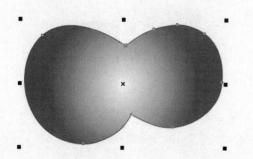

图 10-98　填充渐变颜色值　　　　　　　图 10-99　绘制叶子轮廓

Step 05 使用"选择工具"，选中叶子，填充颜色值为（C=47；M=0；Y=51；K=0），如图 10-100 所示。

Step 06 使用"手绘工具"，在图形上绘制四条明线，如图 10-101 所示。

图 10-100　填充颜色值　　　　　　　　图 10-101　绘制线段

Step **07** 使用"贝塞尔工具" 和"形状工具" ，绘制出圆形，如图 10-102 所示。

Step **08** 使用"选择工具" ，选中图像，填充颜色为白色，如图 10-103 所示。

图 10-102　绘制圆形　　　　　　　　　　　图 10-103　　填充颜色值

Step **09** 使用"贝塞尔工具" 和"形状工具" ，绘制阴影部位，如图 10-104 所示。

Step **10** 使用"选择工具" ，选中对象，填充颜色值为（C=75；M=46；Y=86；K=6），耳环吊坠绘制完成，如图 10-105 所示。

图 10-104　绘制阴影　　　　　　　　　　　图 10-105　　填充颜色值

10.6.2　绘制耳针

Step **01** 使用"贝塞尔工具" 和"形状工具" ，绘制出环扣轮廓，如图 10-106 所示。

Step **02** 使用"选择工具" ，选中对象，填充颜色值为（C=3；M=3；Y=10；K=0），如图 10-107 所示。

图 10-106　绘制图形　　　　　　　　　　　图 10-107　　填充颜色值

Step 03 重复步骤 2 的操作，绘制环扣轮廓，如图 10-108 所示。

Step 04 使用"贝塞尔工具" <img_1> 和"形状工具" <img_1>，绘制蝴蝶结轮廓，如图 10-109 所示。

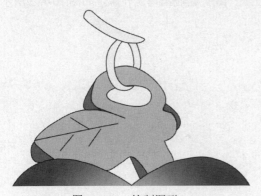

图 10-108　绘制图形

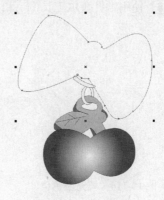

图 10-109　绘制路径

Step 05 使用"选择工具" <img_1>，选择路径，填充颜色值为（C=0；M=0；Y=100；K=0），如图 10-110 所示。

Step 06 使用"贝塞尔工具" <img_1> 和"形状工具" <img_1>，绘制圆形轮廓，如图 10-111 所示。

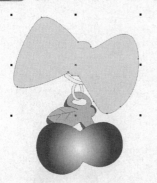

图 10-110　填充颜色值

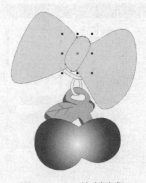

图 10-111　绘制路径

Step 07 使用"选择工具" <img_1>，选中对象，填充颜色值为（C=2；M=0；Y=44；K=0），如图 10-112 所示。

Step 08 使用"贝塞尔工具" <img_1> 和"形状工具" <img_1>，绘制蝴蝶结阴影，如图 10-113 所示。

图 10-112　填充颜色值

图 10-113　绘制路径

Step 09 使用"选择工具" ，选中对象，填充颜色值为（C=13；M=9；Y=97；K=0），如图 10-114 所示。

Step 10 使用"贝塞尔工具" 和"形状工具" ，绘制出弯钩轮廓，如图 10-115 所示。

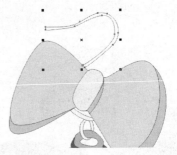

图 10-114　填充颜色值　　　　　　　　　图 10-115　绘制弯钩

Step 11 使用"选择工具" ，选中对象，按 F11 键弹出"渐变填充"对话框，设置其颜色参数分别为（C=9；M=7；Y=55；K=0）、（C=9；M=7；Y=55；K=0）、（C=44；M=39；Y=50；K=1）、（C=9；M=7；Y=55；K=0）、（C=9；M=7；Y=55；K=0），如图 10-116 所示。

Step 12 单击"确定"按钮，渐变颜色效果如图 10-117 所示。

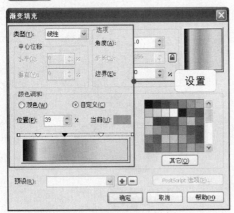

图 10-116　"渐变填充"对话框　　　　　图 10-117　填充渐变颜色

Step 13 使用"选择工具" ，框选整个对象，按 Ctrl+G 快捷键进行群组，按+键复制对象，并将其移动到图形的左边，如图 10-118 所示。

Step 14 选中对象，单击属性栏中的"水平镜像" 按钮，旋转对象，整个耳环制作完成，最终效果如图 10-119 所示。

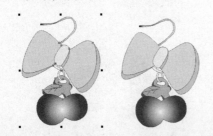

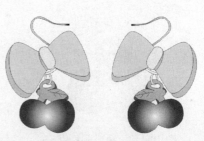

图 10-118　复制图像　　　　　　　　　　图 10-119　最终效果图

10.7 本章小结

　　服装配饰逐渐演变成为服装表现形式的一种延伸，已成为美的体现所不可或缺的一部分。在服装配饰中，鞋、帽、袜子都是必需品，其他大部分配饰装饰性大于实用性。在设计服装配饰时应注重造型与材料的结合，掌握好服装配饰的设计与绘制，会给服装设计带来不一样的效果。

Chapter 11
服装面料设计

本章导读

　　在现代服装设计领域，一件成功的作品除了款式造型、服饰色彩外，面料的运用和处理越来越突显出其重要性。面料不但可以诠释服装的风格和特性，而且将直接左右服装的色彩和造型的表现效果。本章主要介绍服装面料的分类以及常见面料的绘制方法。

重点难点

- 面料的分类
- 网纱面料设计
- 牛仔面料设计
- 灯芯绒面料设计
- 蕾丝面料设计

11.1 面料的分类

在服装设计中，面料的种类变化多样，十分丰富。根据不同的服装面料可以表现出不同的风格与特色。下面对常见的服装面料的特性分别作一些简单的介绍。

1. 棉布

棉是面料中最普遍采用的一种天然纤维，常用于制作时装、休闲装、内衣和衬衫。它的优点是轻松保暖，柔和贴身，吸湿性、透气性很好。缺点则是易缩、易老化发黄、易皱，外观上略欠美观，在穿着时必须时常熨烫，如图 11-1 所示。

2. 麻布

麻布是以大麻、亚麻、苎麻、黄麻、剑麻、蕉麻等各种麻类植物纤维制成的一种布料。一般被用来制作休闲装、工作装，目前多以其制作普通的夏装。它的优点是质地坚韧耐用，透气性、吸湿性强。缺点则是穿着不太舒适，外观较为粗糙生硬，如图 11-2 所示。

图 11-1　棉布

11-2　麻布

3. 丝绸

丝绸是用蚕丝或合成纤维、人造纤维、长丝纯织或交织而成的织品的总称。丝绸的品种很多，适合制作各种服装，尤其适合用来制作女士服装。它的优点是轻薄、合身、柔软、滑爽、透气、色彩绚丽，富有光泽，高贵典雅，穿着舒适。缺点是易生褶皱，容易吸身，褪色较快，如图 11-3 所示。

4. 呢绒

呢绒又叫毛料，它是对用各类羊毛、羊绒织成的织物的泛称。它通常用来制作礼服、西装、大衣等正规、高档的服装。它的优点是防皱耐磨，手感柔软，高雅挺括，富有弹性，保暖性强；缺点主要是洗涤较为困难，不大适用于制作夏装，如图 11-4 所示。

图 11-3　丝绸

11-4　呢绒

5. 皮革

皮革是经脱毛和鞣制等加工过程所得到的已经变性不易腐烂的动物皮。革是由天然蛋白质纤维在三维空间紧密编织构成的，其表面有一种特殊的粒面层，具有自然的粒纹和光泽，手感舒适。它多用以制作时装、冬装。皮革又可以分为两类，一是革皮，即经过去毛处理的皮革；二是裘皮，即处理过的连皮带毛的皮革。它的优点是轻盈保暖，雍容华贵；缺点则是价格昂贵，贮藏、护理方面要求较高，如图 11-5 所示。

6. 化纤

化纤是化学纤维的简称。它是利用高分子化合物为原料制作而成的纤维的纺织品。通常分为人工纤维与合成纤维两大门类。其共同的优点是色彩鲜艳、质地柔软、悬垂挺括、滑爽舒适；缺点则是耐热性、吸湿性、透气性、耐磨性较差，遇热容易变形，容易产生静电，如图 11-6 所示。

图 11-5 皮革

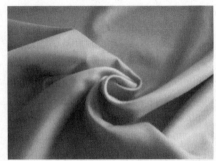
图 11-6 化纤

7. 网纱

网纱分为软纱与硬纱两种，常用于晚装、裙装或头巾等服饰，因具有网眼，其透气性好，手感柔软，悬垂性好，如图 11-7 所示。

8. 蕾丝

蕾丝面料分为有弹蕾丝面料和无弹蕾丝面料，也称为花边面料。有弹蕾丝面料的成分为氨纶 10%、尼龙 90%。无弹蕾丝面料的成分为 100%尼龙。蕾丝面料因材料质地轻薄而通透，具有优雅而神秘的艺术效果，被广泛地运用于女性的贴身衣物，如图 11-8 所示。

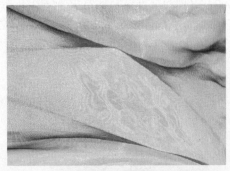
图 11-7 网纱

图 11-8 蕾丝

11.2 网纱面料设计

　　网纱具有轻便、透气性好、手感柔软、悬垂性好等特点，常运用在婚纱、头饰等设计中，下面就来设计一款网纱面料，要求突出网纱的网眼分布均匀的特点。

　　本例网纱面料绘制过程中，需使用矩形工具、PostScript 填充工具等，绘制过程如图 11-9 所示。

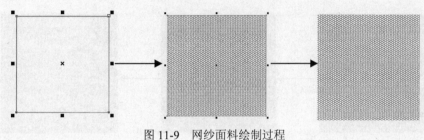

图 11-9　网纱面料绘制过程

Step 01 打开 CorelDRAW X5 软件，执行"文件"→"新建"命令，或使用 Ctrl+N 快捷键，设置纸张大小为 A4，横向摆放，单击工具箱中的"矩形工具"囗按钮，绘制一个正方形，如图 11-10 所示。

Step 02 单击工具箱中的"PostScript 填充"按钮，弹出"PostScript 底纹"对话框，在下拉列表中选择六边形，参数设置如图 11-11 所示。

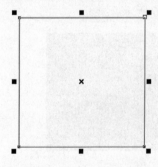

图 11-10　绘制正方形

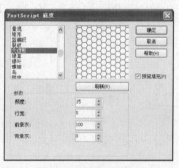

图 11-11　设置参数

Step 03 设置完成后，单击"确定"按钮，效果如图 11-12 所示。

Step 04 右击调色板中的⊠按钮，去除正方形轮廓线，最终效果如图 11-13 所示。

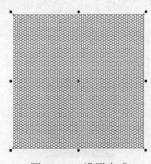

图 11-12　设置完成

图 11-13　最终效果图

11.3 牛仔面料设计

牛仔面料属于棉织物中的斜纹织物，其具有面料厚重，粗糙感强的特点，常用于休闲装中。下面就来设计一款牛仔面料，要求突出牛仔面料的水洗、撞色线特点。

本例牛仔面料绘制过程中，需使用矩形工具、调和工具、高斯模糊工具等，绘制过程如图 11-14 所示。

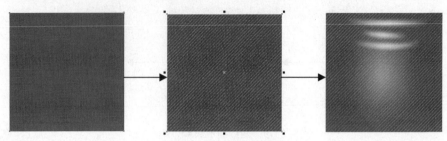

图 11-14　牛仔面料绘制过程

Step 01 打开 CorelDRAW X5 软件，执行"文件"→"新建"命令，或使用 Ctrl+N 快捷键，设置纸张大小为 A4，横向摆放，单击工具箱中的"矩形工具" □ 按钮，绘制一个正方形，如图 11-15 所示。

Step 02 单击工具箱中的"均匀填充工具" ◇ 按钮，在弹出的"均匀填充"对话框中，填充颜色值为（C=99；M=67；Y=24；K=0），如图 11-16 所示。

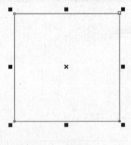

图 11-15　绘制正方形

图 11-16　填充颜色值

Step 03 右击调色板中的 ⊠ 按钮，去除矩形外轮廓线，如图 11-17 所示。

Step 04 单击工具箱中的"2 点工具" ✐ 按钮，按住 Ctrl 键，拖动鼠标，绘制一条直线，在属性栏中设置旋转角度为 225°，单击工具箱中的"选择工具" ⬚ 按钮，将旋转后的直线移动至正方形的左上角，如图 11-18 所示。

图 11-17　去掉轮廓线

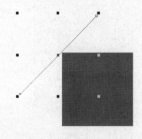

图 11-18　绘制斜线

Step 05 使用"选择工具" ⬚，单击直线，按+键复制对象，并将直线移动至正方形的右下角，如图 11-19 所示。

Step 06 单击工具箱中的"调和工具" ⬚按钮，单击左上角的直线，拖动鼠标至右下角直线，创建调和效果，如图 11-20 所示。

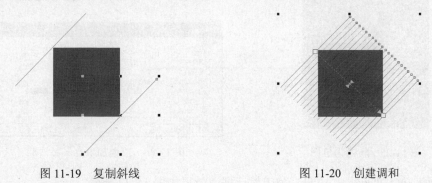

图 11-19　复制斜线　　　　　　　　　图 11-20　创建调和

Step 07 在属性栏中设置调和的步数为 ⬚70 ▼，效果如图 11-21 所示。

Step 08 框选创建调和的直线，按 Ctrl+G 快捷键进行群组，并填充颜色值为（C=60；M=40；Y=0；K=0），如图 11-22 所示。

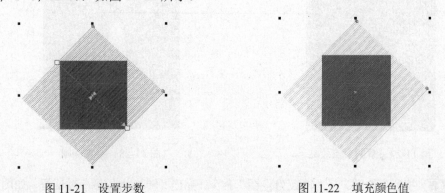

图 11-21　设置步数　　　　　　　　　图 11-22　填充颜色值

Step 09 执行"效果"→"图框精确剪裁"→"放置在容器中"命令，斜线组将放置在正方形中，如图 11-23 所示。

Step 10 执行"位图"→"转换为位图"命令，弹出"转换为位图"对话框，如图 11-24 所示。

图 11-23　裁剪图形

图 11-24　"转换为位图"对话框

273

Step 11 单击"确定"按钮，关闭对话框，图像效果如图 11-25 所示。

Step 12 执行"位图"→"杂点"→"添加杂点"命令，弹出"添加杂点"对话框，设置各项参数，如图 11-26 所示。

图 11-25 转换为位图

图 11-26 "添加杂点"对话框

Step 13 单击"确定"按钮，关闭对话框，效果如图 11-27 所示。

Step 14 单击工具箱中的"椭圆形工具" 按钮，在正方形中心位置拖动鼠标绘制出一个椭圆形，设置旋转角度为 325°，并填充为白色，如图 11-28 所示。

图 11-27 添加杂点效果

图 11-28 绘制椭圆

Step 15 执行"位图"→"转换为位图"命令，弹出"转换为位图"对话框，如图 11-29 所示。

Step 16 执行"位图"→"模糊"→"高斯式模糊"命令，弹出"高斯式模糊"对话框，设置半径为 150 像素，如图 11-30 所示。

图 11-29 "转换为位图"对话框

图 11-30 "高斯式模糊"对话框

Step 17 单击"确定"按钮，关闭对话框，图像效果如图 11-31 所示。

Step 18 单击工具箱中的"艺术笔工具" 按钮，在牛仔面料上方绘制出 3 条褶皱，填充为白色，在属性栏中设置各项参数，如图 11-32 所示。

图 11-31　模糊高光颜色

图 11-32　绘制褶皱

Step 19 按 Ctrl+G 快捷键进行群组，执行"位图"→"转换为位图"命令，弹出"转换为位图"对话框，单击"确定"按钮，关闭对话框，如图 11-33 所示。

Step 20 执行"位图"→"模糊"→"高斯式模糊"命令，弹出"高斯式模糊"对话框，设置半径为 20 像素，如图 11-34 所示。单击"确定"按钮，关闭对话框，最终效果如图 11-35 所示。

图 11-33　"转换为位图"对话框

图 11-34　"高斯式模糊"对话框

图 11-35　最终效果图

11.4　豹纹面料设计

豹纹具有性感、妩媚、狂野的特色，常运用于比基尼、内衣、大衣、裙子等款式中，下面就来设计一款豹纹面料，要求突出豹纹斑点的特点。

本例在绘制豹纹面料的过程中，需使用矩形工具、手绘工具、图框精确剪裁工具等，绘制过程如图 11-36 所示。

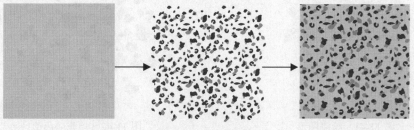

图 11-36　绘制过程

Step **01** 打开 CorelDRAW X5 软件，执行"文件"→"新建"命令，或使用 Ctrl+N 快捷键，设置纸张大小为 A4，横向摆放，单击工具箱中的"矩形工具"□按钮，绘制一个正方形，在属性栏中，选中对象大小工具，输入矩形大小数值为 100.0 mm 100.0 mm，如图 11-37 所示。

Step **02** 单击工具箱中的"均匀填充工具"◇按钮，在弹出的"均匀填充"对话框中，填充颜色值为（C=0；M=32；Y=96；K=0），如图 11-38 所示。

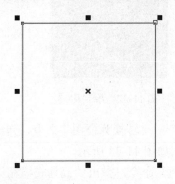

图 11-37　绘制正方形

图 11-38　填充颜色值

Step **03** 单击工具箱中的"手绘工具"❄按钮，绘制出不规则图形，如图 11-39 所示。

Step **04** 使用"均匀填充工具"◇，在弹出的"均匀填充"对话框中，填充颜色值为（C=36；M=63；Y=100；K=0），如图 11-40 所示。

图 11-39　绘制图形

图 11-40　填充颜色值

Step **05** 使用"手绘工具"❄，绘制出不规则图形，如图 11-41 所示。

Step **06** 使用"均匀填充工具"◇，在弹出的"均匀填充"对话框中，填充颜色值为（C=79；M=83；Y=82；K=66），如图 11-42 所示。

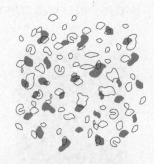

图 11-41　绘制图形

图 11-42　填充颜色值

Step 07 按 Ctrl+G 快捷键进行群组，按+键复制对象，并移动至合适位置，如图 11-43 所示。

Step 08 框选所复制的对象，按 Ctrl+G 快捷键进行群组，再按+键复制对象，如图 11-44 所示。

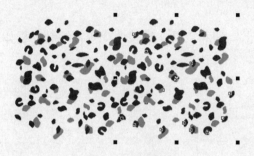

图 11-43　复制图形

图 11-44　复制图形

Step 09 将绘制完成的豹纹移动至正方形图形上，如图 11-45 所示。

Step 10 执行"效果"→"图框精确剪裁"→"放置在容器中"命令，将图形放置在正方形中，如图 11-46 所示。

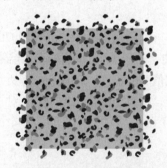

图 11-45　移动位置

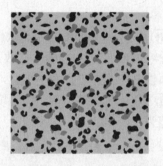

图 11-46　裁剪图形

Step 11 将图形转换为位图后，执行"位图"→"模糊"→"动态模糊"命令，弹出"动态模糊"对话框，设置间距为 8 像素，如图 11-47 所示。

Step 12 设置完成后，单击"确定"按钮，最终效果如图 11-48 所示。

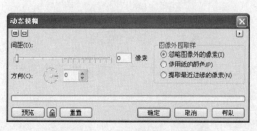

图 11-47　"动态模糊"对话框

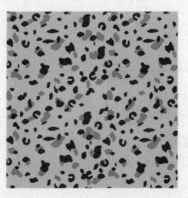

图 11-48　最终效果图

11.5 格子面料设计

常见的格子多种多样，包括宽条格子、窄条格子、方块格子、三条格子等。格子面料结构紧凑，颜色丰富，常运用在衬衣、裙子等款式中。下面就来设计一款格子面料，要求突出格子面料的结构紧凑、颜色层叠等特点。

本例格子面料绘制过程中，需使用矩形工具、调和工具、透镜命令等，绘制过程如图 11-49 所示。

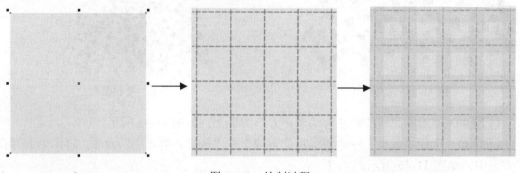

图 11-49　绘制过程

Step 01 打开 CorelDRAW X5 软件，执行"文件"→"新建"命令，或使用 Ctrl+N 快捷键，设置纸张大小为 A4，横向摆放，单击工具箱中的"矩形工具" ▣ 按钮，绘制一个正方形，在属性栏中选中对象大小工具，输入矩形大小数值为 ⬚ 100.0 mm ⬚ 100.0 mm，如图 11-50 所示。

Step 02 单击工具箱中的"均匀填充工具" ◈ 按钮，在弹出的"均匀填充"对话框中，填充颜色值为（C=20；M=0；Y=20；K=0），如图 11-51 所示。

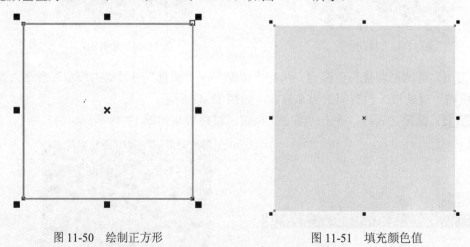

图 11-50　绘制正方形　　　　　　　　　　图 11-51　填充颜色值

Step 03 单击工具箱中的"2 点工具" ⬝ 按钮，按住 Ctrl 键，拖动鼠标左键绘制一条直线，如图 11-52 所示。

Step 04 按 F12 键，弹出"轮廓笔"对话框，设置颜色值为（C=60；M=0；Y=40；K=40），各项参数如图 11-53 所示。

图 11-52 绘制直线

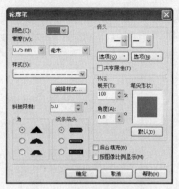

图 11-53 设置轮廓笔参数

Step 05 设置完成后，单击"确定"按钮，关闭对话框，按+键复制虚线，如图 11-54 所示。

Step 06 单击工具箱中的"调和工具" 按钮，单击上方的直线拖动鼠标至下方直线，创建调和效果，在属性栏中设置调和的步数为 3 ，效果如图 11-55 所示。

图 11-54 复制虚线

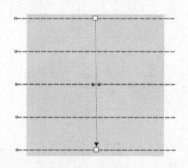

图 11-55 创建调和

Step 07 使用"选择工具" ，框选创建调和，按 Ctrl+G 快捷键进行群组，按+键复制虚线，并旋转为 90.0 °，效果如图 11-56 所示。

Step 08 按 Ctrl+G 快捷键进行群组，执行"效果"→"图框精确剪裁"→"放置在容器中"命令，虚线组将放置在正方形中，如图 11-57 所示。

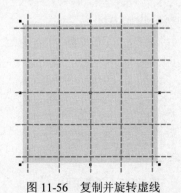

图 11-56 复制并旋转虚线

图 11-57 裁剪虚线

Step 09 单击工具箱中的"矩形工具" ▢ 按钮，拖动鼠标创建一个矩形，并填充颜色值为（C=29；M=4；Y=7；K=0），如图 11-58 所示。

Step 10 执行"效果"→"透镜"命令，弹出"透镜"泊坞窗，在"透镜类型"下拉列表中选择"透明度"，如图 11-59 所示。

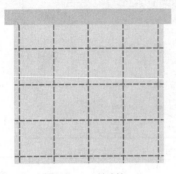

图 11-58　绘制矩形　　　　　　　　　　图 11-59　"透镜"泊坞窗

Step 11 单击"应用"按钮，效果如图 11-60 所示。

Step 12 按 4 次+键复制矩形，并分别移动至虚线位置上，如图 11-61 所示。

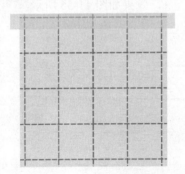

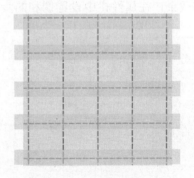

图 11-60　透镜透明度效果　　　　　　　图 11-61　复制透明度矩形

Step 13 按 Ctrl+G 快捷键进行群组，执行"效果"→"图框精确剪裁"→"放置在容器中"命令，将透明度矩形组放置在正方形中，如图 11-62 所示。

Step 14 使用"矩形工具" ▢，拖动鼠标创建一个矩形，并填充颜色值为（C=0；M=40；Y=0；K=0），如图 11-63 所示。

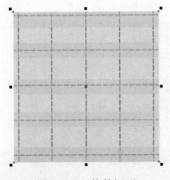

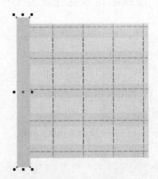

图 11-62　裁剪矩形　　　　　　　　　　图 11-63　创建矩形

Step 15 执行"效果"→"透镜"命令,弹出"透镜"泊坞窗,在"透镜类型"下拉列表中选择"透明度",按 4 次+键复制矩形,并分别移动至虚线位置上,如图 11-64 所示。

Step 16 按 Ctrl+G 快捷键进行群组,执行"效果"→"图框精确剪裁"→"放置在容器中"命令,将透明度矩形组放置在正方形中,最终效果如图 11-65 所示。

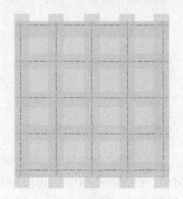

图 11-64 复制透明矩形

图 11-65 最终效果图

11.6 灯芯绒面料设计

灯芯绒面料是割纬起绒、表面形成纵向绒条的棉织物。因为绒条像一条条灯草芯,所以称为灯芯绒。灯芯绒具有弹滑、柔软、质地厚实、保暖性好等特点,适合制作秋冬季外衣、鞋帽等服饰。下面就来设计一款灯芯绒面料,要求突出灯芯绒面料绒条清晰圆润、光泽柔和均匀等特点。

本例在绘制灯芯绒面料的过程中,需使用矩形工具、渐变工具、调和工具、添加杂点命令、动感模糊命令等,绘制过程如图 11-66 所示。

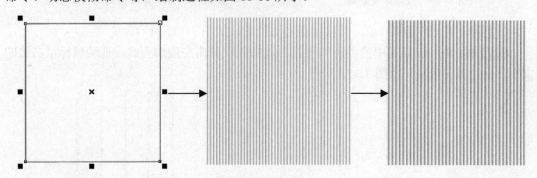

图 11-66 绘制过程

Step 01 打开 CorelDRAW X5 软件,执行"文件"→"新建"命令,或使用 Ctrl+N 快捷键,设置纸张大小为 A4,横向摆放,单击工具箱中的"矩形工具" □ 按钮,绘制一个正方形,如图 11-67 所示。

Step 02 使用"矩形工具" ▢ ，绘制出一个长方形，在属性栏中设置长方形的大小数值为宽 2mm、高 120mm ，如图 11-68 所示。

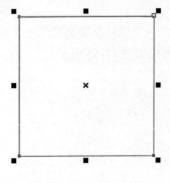

图 11-67 绘制正方形   图 11-68 绘制长方形

Step 03 单击工具箱中的"渐变填充工具" ▉ 按钮，在弹出的"渐变填充"对话框中选择"线性"，"双色"渐变，设置渐变颜色为绿色（C=60；M=0；Y=60；K=20），如图 11-69 所示。

Step 04 设置完成后，单击"确定"按钮，效果如图 11-70 所示。

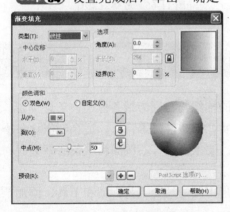

图 11-69 设置渐变参数   图 11-70 填充渐变色后的效果

Step 05 按+键复制对象，并移动至右边位置，如图 11-71 所示。

Step 06 单击工具箱中的"调和工具" ▦ 按钮，单击左边的直线，拖动鼠标至右边的直线，创建调和效果，如图 11-72 所示。

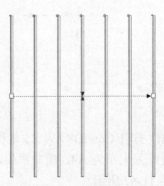

图 11-71 复制对象   图 11-72 创建调和

Step 07 在属性栏中设置调和的步数为 45，效果如图 11-73 所示。

Step 08 按 Ctrl+G 快捷键进行群组，右击调色板中的⊠按钮，去除正方形轮廓线，如图 11-74 所示。

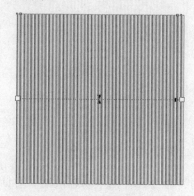

图 11-73　创建调和

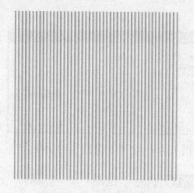

图 11-74　去除轮廓线

Step 09 将绘制完成的图形移动至正方形中，执行"效果"→"图框精确剪裁"→"放置在容器中"命令，效果如图 11-75 所示。

Step 10 右击调色板中的⊠按钮，去除正方形轮廓线，如图 11-76 所示。

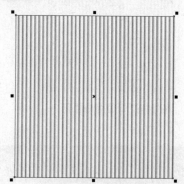

图 11-75　裁剪图形

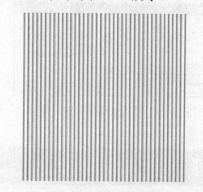

图 11-76　去除轮廓线

Step 11 执行"位图"→"转换为位图"命令，弹出"转换为位图"对话框，如图 11-77 所示。设置完成后，单击"确定"按钮，如图 11-78 所示。

图 11-77　"转换为位图"对话框

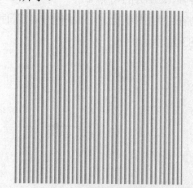

图 11-78　位图效果

Step 12 执行"位图"→"杂点"→"添加杂点"命令，弹出"添加杂点"对话框，设置相关参数，如图 11-79 所示。设置完成后，单击"确定"按钮，如图 11-80 所示。

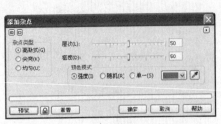

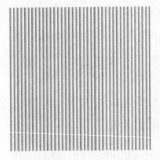

图 11-79　"添加杂点"对话框　　　　　　图 11-80　添加杂点效果

Step 13 执行"位图"→"模糊"→"动态模糊"命令，弹出"动态模糊"对话框，设置间距为 5 像素，如图 11-81 所示。设置完成后，单击"确定"按钮，最终效果如图 11-82 所示。

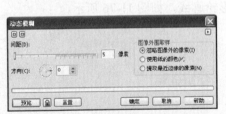

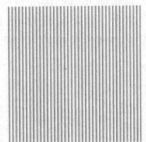

图 11-81　"动态模糊"对话框　　　　　　图 11-82　最终效果图

11.7　雪纺面料设计

雪纺面料轻薄透明，手感柔爽，富有弹性，外观清淡雅洁，具有良好的透气性和悬垂性，穿着飘逸、舒适，适合于制作夏季裙装款式。下面就来设计一款雪纺面料，要求突出雪纺面料轻薄透明的特点。

本例在绘制雪纺面料的过程中，需使用矩形工具、透明工具、裁剪命令等，绘制过程如图 11-83 所示。

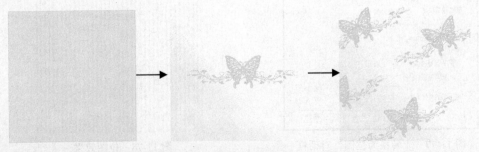

图 11-83　绘制过程

Step 01 打开 CorelDRAW X5 软件，执行"文件"→"新建"命令，或使用 Ctrl+N 快捷键，设置纸张大小为 A4，横向摆放，单击工具箱中的"矩形工具" ▢ 按钮，绘制一个正方形，在属性栏中选中对象大小工具，输入矩形大小数值为 ▢ 100.0 mm ，如图 11-84 所示。

Step 02 单击工具箱中的"均匀填充" ◈ 按钮，在弹出的"均匀填充"对话框中，填充颜色值为（C=8；M=8；Y=0；K=0），如图 11-85 所示。

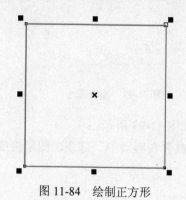

图 11-84 绘制正方形

图 11-85 填充颜色值

Step 03 单击工具箱中的"透明工具" ▨ 按钮，选中图形对象，在属性栏中设置相关参数，如图 11-86 所示。按住鼠标左键不放，向右上角方向拖动，如图 11-87 所示。

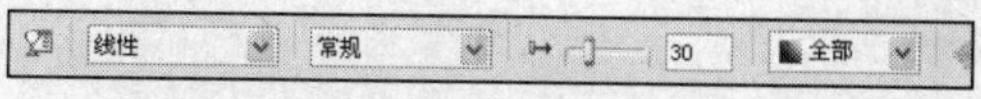

| 線性 ▾ | 常规 ▾ | ⊢┌— | 30 | ⬛全部 ▾ |

图 11-86 设置参数

图 11-87 拖动箭头

Step 04 拖动到适当位置后，释放鼠标即可创建出透明效果，如图 11-88 所示。

Step 05 导入素材文件 11-1.cdr，如图 11-89 所示。填充颜色值为（C=13；M=16；Y=4；K=0），如图 11-90 所示。

图 11-88 创建透明效果

图 11-89 导入素材

图 11-90 填充颜色值

Step 06 将素材移动至图形中，如图 11-91 所示。旋转图形，如图 11-92 所示。

图 11-91　移动位置　　　　　　　　　　图 11-92　旋转图形

Step 07 按+键复制图形，并移动至合适位置，如图 11-93 所示。

Step 08 执行"效果"→"图框精确剪裁"→"放置在容器中"命令，图形将放置在正方形中，最终效果如图 11-94 所示。

图 11-93　复制图形　　　　　　　　　　图 11-94　最终效果图

11.8　蕾丝面料设计

蕾丝面料质地轻薄而通透，适合制作各种礼服、内衣类服装。下面就来设计一款蕾丝面料，要求突出蕾丝面料图案的精致刻画的特点。

本例在绘制蕾丝面料的过程中，需使用矩形工具、扭曲工具、调和工具、贝塞尔工具、轮廓图命令等，绘制过程如图 11-95 所示。

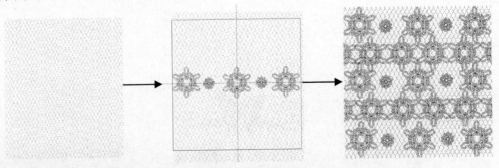

图 11-95　绘制过程

Step 01 打开 CorelDRAW X5 软件，执行"文件"→"新建"命令，或使用 Ctrl+N 快捷键，设置纸张大小为 A4，横向摆放，单击工具箱中的"矩形工具" □按钮，绘制一个正方形，如图 11-96 所示。

Step 02 单击工具箱中的"手绘工具" □按钮，按住 Ctrl 键，拖动鼠标绘制一条直线，单击工具箱中的 "扭曲工具" □按钮，在属性栏中设置各项参数，如图 11-97 所示。拖动变形中心处的菱形进行变形，效果如图 11-98 所示。

图 11-96　绘制正方形　　　　图 11-97　扭曲属性栏　　　图 11-98　将直线进行扭曲

Step 03 按+键复制图形，将复制的图形向右移动，单击属性栏中的水平镜像按钮 □，效果如图 11-99 所示。

Step 04 按 Ctrl+G 快捷键进行群组，按+键复制图形，将复制的图形向右平移至适合的位置，如图 11-100 所示。

图 11-99　复制并水平镜像　　　　　　　图 11-100　复制图形

Step 05 单击工具箱中的"调和工具" □按钮，单击上方的直线并拖动鼠标至下方直线，创建调和效果，在属性栏中设置调和的步数为 □ 32 ▼▲，效果如图 11-101 所示。

Step 06 按 F12 键打开"轮廓笔"对话框，设置颜色值为（C=20；M=0；Y=0；K=20），如图 11-102 所示。

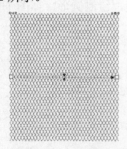

图 11-101　创建调和　　　　　　　　图 11-102　填充颜色值

Step 07 按住鼠标左键,从左侧标尺向右拖动,添加一条辅助线,单击工具箱中的"贝塞尔工具" ![]按钮,绘制出倒三角形,如图 11-103 所示。

Step 08 使用"形状工具" ![],拖动节点的控制手柄,调整曲线轮廓,如图 11-104 所示。

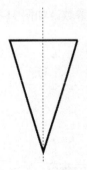

图 11-103　绘制倒三角形

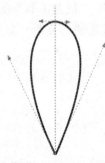

图 11-104　调整至椭圆轮廓

Step 09 执行"效果"→"轮廓图"命令,弹出"轮廓图"泊坞窗,选中"向外"单选按钮,设置偏移为 1、步长为 1,如图 11-105 所示。设置完成后,单击"应用"按钮,效果如图 11-106 所示。

Step 10 按 Ctrl+G 快捷键进行群组,按+键复制图形,按 Shift 键等比例缩小图形后,旋转移动至如图 11-107 所示的位置。

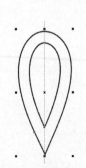

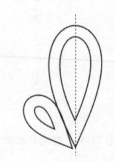

图 11-105　"轮廓图"泊坞窗　　图 11-106　增加外轮廓　　图 11-107　复制并旋转图形

Step 11 按+键复制图形,单击属性栏中的水平镜像按钮 ![],效果如图 11-108 所示。

Step 12 按住鼠标左键,从上方标尺栏向下拖动,添加一条横向辅助线,单击工具箱中的"椭圆形工具" ![]按钮,按住 Ctrl 键,拖动鼠标左键,绘制圆形,如图 11-109 所示。

图 11-108　复制图形

图 11-109　绘制圆形

Step 13 框选绘制完成的图形，按 Ctrl+G 快捷键进行群组，按+键复制图形，分别移动至合适的位置，如图 11-110 所示。

Step 14 框选图形，按 Ctrl+G 快捷键进行群组，单击属性栏中的垂直镜像按钮，如图 11-111 所示。

图 11-110 复制图形

图 11-111 复制图形

Step 15 选择圆形，执行"效果"→"轮廓图"命令，弹出"轮廓图"泊坞窗，选中"向内"单选按钮，设置偏移为 1、步长为 2，如图 11-112 所示。设置完成后，单击"应用"按钮，如图 11-113 所示。

图 11-112 "轮廓图"泊坞窗

图 11-113 轮廓图效果

Step 16 使用"椭圆形工具"，按住 Ctrl 键，拖动鼠标左键，绘制圆形，按+键复制图形，移动至圆形上方，如图 11-114 所示。

Step 17 按+键复制图形，并移动至合适位置，如图 11-115 所示。

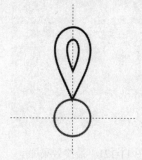

图 11-114 复制图形

图 11-115 复制图形

Step 18 按 Ctrl+G 快捷键进行群组，按+键复制矩形，并移动至圆形下方，如图 11-116 所示。

Step 19 使用"选择工具" ，将绘制完成的图案移动至面料的中心位置，如图 11-117 所示。

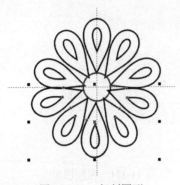

图 11-116　复制图形

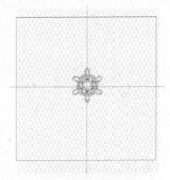

图 11-117　移动图形

Step 20 按+键复制图形，并移动位置，如图 11-118 所示。

Step 21 按 Ctrl+G 快捷键进行群组，按+键复制图形，并移动位置，如图 11-119 所示。

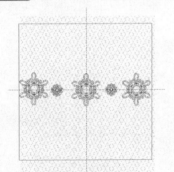

图 11-118　复制图形

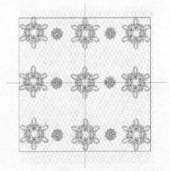

图 11-119　复制图形

Step 22 按+键复制图形，并移动位置，如图 11-120 所示。

Step 23 按 Ctrl+G 快捷键进行群组，执行"效果"→"图框精确剪裁"→"放置在容器中"命令，花纹图样将放置在正方形中，最终效果如图 11-121 所示。

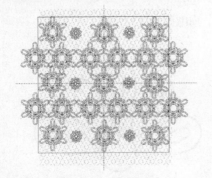

图 11-120　复制图形

图 11-121　最终效果图

11.9 本章小结

　　服装的款式造型需要通过面料的柔软、硬挺、悬垂以及厚薄、轻重等特性来保证。用户在绘制服装面料时，需要考虑到面料本身的特性，如牛仔面料的厚重、针织面料的柔软、网纱面料的薄透等特性，使用 CorelDRAW X5 软件都可以表现出这些服装面料的质感。

附录 CoreIDRAW X5 常用快捷键使用说明

操作命令或功能	快捷键	操作命令或功能	快捷键
显示导航窗口	【N】	应用程序编辑器	【Alt+F11】
保存当前的图形	【Ctrl+S】	打开文件	【Ctrl+O】
另存为	【Ctrl+Shift+S】	导入文件	【Ctrl+I】
导出文件	【Ctrl+E】	打印文件	【Ctrl+P】
擦除图形的一部分或将一个对象分为两个封闭路径	【X】	垂直定距对齐选择对象的中心	【Shift+A】
撤销上一次的操作	【Ctrl+Z】	垂直分散对齐选择对象的中心	【Shift+C】
打开编辑文本对话框	【Ctrl+Shift+T】	垂直对齐选择对象的中心	【C】
将文本更改为垂直排布（切换式）	【Ctrl+.】	打开"大小工具卷帘"	【Alt+F10】
运行缩放动作然后返回前一个工具	【F2】	运行缩放动作然后返回前一个工具	【Z】
发送选择的对象到后面	【Shift+B】	发送选择的对象到前面	【Shift+T】
将选择的对象放置到前面	【Shift+PageUp】	将选择的对象放置到后面	【Shift+PageDown】
发送选择的对象到右面	【Shift+R】	发送选择的对象到左面	【Shift+L】
将文本对齐基线	【Alt+F12】	将对象与网格对齐（切换）	【Ctrl+Y】
对齐选择对象的中心到页中心	【P】	绘制对称多边形	【Y】
拆分选择的对象	【Ctrl+K】	将选择的分散对象对齐舞台水平中心	【Shift+P】
将选择的对象分散对齐到页面水平中心	【Shift+E】	打开"封套工具卷帘"	【Ctrl+F7】
打开"符号和特殊字符工具卷帘"	【Ctrl+F11】	复制选定的项目到剪贴板	【Ctrl+C】
设置文本属性的格式	【Ctrl+T】	恢复上一次的"撤销"操作	【Ctrl+Shift+Z】
剪切选定对象并将其放置在"剪贴板"中	【Ctrl+X】	删掉文本插入记号右侧的字	【Ctrl+Del】
将字体大小减小为上一个字体大小设置	【Ctrl】+小键盘【2】	将渐变填充应用到对象	【F11】
结合选择的对象	【Ctrl+L】	绘制矩形	【F6】
打开"轮廓笔"对话框	【F12】	打开轮廓图工具	【Ctrl+F9】
绘制螺旋形	【A】	启动"拼写检查器"，检查选定文本的拼写	【Ctrl+F12】

（续　表）

操作命令或功能	快捷键	操作命令或功能	快捷键
在当前工具和挑选工具之间切换	【Ctrl+Space】	显示绘图的全屏预览	【F9】
将选择的对象组成群组	【Ctrl+G】	取消选择对象或对象群组所组成的群组	【Ctrl+U】
删除选定的对象	【Delete】	将选择对象上对齐	【T】
将字体大小减小为字体大小列表中上一个可用设置	【Ctrl】+小键盘【4】	转到上一页	【PageUp】
将镜头相对于绘画上移	【Alt+↑】	生成"属性栏"并对准可被标记的第一个可视项	【Ctrl+Backspace】
打开"视图管理器工具卷帘"	【Ctrl+F2】	在最近使用的两种视图质量间进行切换	【Shift+F9】
用"手绘"模式绘制线条和曲线	【F5】	平移绘图	【H】
按当前选项或工具显示对象或工具的属性	【Alt+Backspace】	刷新当前的绘图窗口	【Ctrl+W】
水平对齐选择对象的中心	【E】	将文本排列改为水平方向	【Ctrl+,】
打开"缩放工具卷帘"	【Alt+F9】	缩放全部的对象到最大	【F4】
缩放选定的对象到最大	【Shift+F2】	缩小绘图中的图形	【F3】
将填充添加到对象；单击并拖动对象实现喷泉式填充	【G】	打开"透镜工具"	【Alt+F3】
打开"图形和文本样式工具卷帘"	【Ctrl+F5】	退出 CorelDRAW 并提示保存活动绘图	【Alt+F4】
绘制椭圆形和圆形	【F7】	绘制矩形组	【D】
将对象转换成网状填充对象	【M】	打开"位置工具"	【Alt+F7】
添加文本	【F8】	将字体大小增加为字体大小列表中的下一个设置	【Ctrl】+小键盘【6】
转到下一页	【PageDown】	将镜头相对于绘画下移	【Alt+↓】
包含指定线性标注线属性的功能	【Alt+F2】	添加/移除文本对象的项目符号切换	【Ctrl+M】
将选定对象按照对象的堆栈顺序放置到向后一个位置	【Ctrl+PageDown】	将选定对象按照对象的堆栈顺序放置到向前一个位置	【Ctrl+PageUp】
使用"超微调"因子向上微调对象	【Shift+↑】	向上微调对象	【↑】
使用"细微调"因子向上微调对象	【Ctrl+↑】	使用"超微调"因子向下微调对象	【Shift+↓】
向下微调对象	【↓】	使用"细微调"因子向下微调对象	【Ctrl+↓】

操作命令或功能	快捷键	操作命令或功能	快捷键
使用"超微调"因子向右微调对象	【Shift+←】	向右微调对象	【←】
使用"细微调"因子向右微调对象	【Ctrl+←】	使用"超微调"因子向左微调对象	【Shift+→】
向左微调对象	【→】	使用"细微调"因子向左微调对象	【Ctrl+→】
使用形状工具调整对象的节点	【F10】	打开"旋转工具卷帘"	【Alt+F8】
打印设置 CorelDRAW 选项的对话框	【Ctrl+J】	打开"轮廓颜色"对话框	【Shift+F12】
给对象应用均匀填充	【Shift+F11】	将选择对象右对齐	【R】
将镜头相对于绘画右移	【Alt+←】	再制选定对象并以指定的距离偏移	【Ctrl+D】
将字体大小增加为下一个字体大小设置	【Ctrl】+小键盘【8】	将"剪贴板"的内容粘贴到绘图中	【Ctrl+V】
将"剪贴板"的内容粘贴到绘图中	【Shift+Insert】	转换美术字为段落文本或反过来转换	【Ctrl+F8】
将选择的对象转换成曲线	【Ctrl+Q】	将轮廓转换成对象	【Ctrl+Shift+Q】
预置的"自然笔"样式来绘制曲线	【I】	将镜头相对于绘画左移	【Alt+→】
显示所有可用/活动的字体大小的列表	【Ctrl+Shift+H】	新建空白文档	【Ctrl+N】
在绘画中查找指定的文本	【Alt+F3】	更改文本的对比度	【Ctrl+B】
将文本对齐方式更改为行宽的范围内分散文字	【Ctrl+H】	更改选择文本的大小写	【Shift+F3】
将字体大小减小为上一个字体大小设置	【Ctrl】+小键盘【2】	将文本对齐方式更改为居中对齐	【Ctrl+E】
将文本对齐方式更改为两端对齐	【Ctrl+J】	将所有文本字符更改为小型大写字符	【Ctrl+Shift+K】
删除文本插入记号右边的字符	【Del】	将字体大小减小为字体大小列表中上一个可用设置	【Ctrl】+小键盘【4】
将文本插入记号向上移动一个段落	【Ctrl+↑】	将文本插入记号向上移动一个文本框	【PageUp】
将文本插入记号向上移动一行	【↑】	添加/移除文本对象的首字下沉格式（切换）	【Ctrl+Shift+D】
选定"文本"标签，打开"选项"对话框	【Ctrl+F10】	将字体大小增加为字体大小列表中的下一个设置	【Ctrl】+小键盘【6】
将文本插入记号向下移动一个段落	【Ctrl+↓】	将文本插入记号向下移动一个文本框	【PageDown】

（续　表）

操作命令或功能	快捷键	操作命令或功能	快捷键
将文本插入记号向下移动一行	【↓】	显示非打印字符	【Ctrl+Shift+C】
向上选择一段文本	【Ctrl+Shift+↑】	向上选择一行文本	【Shift+↑】
向下选择一段文本	【Ctrl+Shift+↓】	向上选择一个文本框	【Shift+PageUp】
选择文本框开始的文本	【Ctrl+Shift+Home】	选择文本框结尾的文本	【Ctrl+Shift+End】
选择行首的文本	【Shift+Home】	选择行尾的文本	【Shift+End】
选择文本插入记号右边的字	【Ctrl+Shift+←】	选择文本插入记号右边的字符	【Shift+←】
选择文本插入记号左边的字	【Ctrl+Shift+→】	选择文本插入记号左边的字符	【Shift+→】
将文本插入记号移动到文本开头	【Ctrl+PageUp】	将文本插入记号移动到文本框结尾	【Ctrl+End】
将文本插入记号移动到行首	【Home】	将文本插入记号移动到行尾	【End】
移动文本插入记号到文本结尾	【Ctrl+PageDown】	将文本对齐方式更改为右对齐	【Ctrl+R】
将文本插入记号向右移动一个字	【Ctrl+←】	将文本插入记号向右移动一个字符	【←】
将字体大小增加为下一个字体大小设置	【Ctrl】+小键盘【8】	显示所有可用/活动字体粗细的列表	【Ctrl+Shift+W】
显示一个包含所有可用/活动字体尺寸的列表	【Ctrl+Shift+P】	显示一个包含所有可用/活动字体的列表	【Ctrl+Shift+F】

答案

Chapter 01

1. 选择题

（1）D　　　　　　　（2）B

2. 填空题

（1）成衣　　　　　　（2）实用性、审美性、经济性

3. 简答题

（1）服装设计过程包含：收集资料→规划设计风格→确定设计方案→样衣制作→审查样衣→绘制产品设计正稿→下单。

（2）电脑绘图表现方式多种多样，具有强大的工具和丰富的表现手法，在使用电脑绘制图像时，用户可运用各种画笔工具设置出画笔的大小、粗细、样式进行绘制，也可修改款式，调整颜色明暗，调换背景，操作时非常灵活方便。

Chapter 02

1. 选择题

（1）A　　　　　　（2）C　　　　　　（3）A

2. 填空题

（1）水平线、垂直线和斜线
（2）"简单线框"、"线框"、"草稿"、"正常"、"增强"、"像素"
（3）位图和矢量图

3. 简答题

（1）位图本质上是由二维连续排列的正方形栅格构成的，这些栅格又叫"像素"，是位图的最小单位。"像素"不仅是位图的最小单位，也是屏幕显示的最小单位。在 Windows 操作系统、Mac OS 操作系统中设置的屏幕大小的单位就是像素。每个像素都会被分配一个颜色值。

（2）使用"插入页面"命令，可以设置插入页面的数量、位置、版面方向和大小等参数；使用"再制页面"命令，如果选中"仅复制页面"单选按钮，将插入和当前页面一样尺寸、大小和方向的页面；选中"复制图层及其内容"单选按钮，插入页面中将会乱复制当前页面中的所有对象。

Chapter 03

1. 选择题

（1）B　　　　　　　　（2）C　　　　　　　　（3）D

2. 填空题

（1）椭圆、圆、圆弧和饼形
（2）多边形、星形、复杂星形
（3）预计、画笔、喷涂、书法、压力

3. 简答题

（1）矩形工具可以在文件窗口中绘制出矩形和正方形图元；3 点矩形工具可以在绘图区域中绘制出特定宽度和高度的矩形，且可以指定任何绘制角度。

（2）方法一：选择需要复制的对象，执行"编辑"→"复制"命令或者按 Ctrl+C 快捷键，接着执行"编辑"→"粘贴"命令或者按 Ctrl+V 快捷键即可。

方法二：选择需要复制的对象，单击标准工具箱中的"复制" 按钮，接着单击"粘贴" 按钮即可。

方法三：直接按小键盘上的＋键即可在当前位置复制对象。

方法四：使用"选择工具" 选取对象后，拖动此对象到指定的位置，接着单击鼠标右键，当鼠标指标变为 形状时，释放鼠标左键即可。

Chapter 04

1. 选择题

（1）C　　　　　　　　　　（2）D

2. 填空题

（1）群组、文本
（2）锯齿、尖突

3. 简答题

（1）定义好裁剪区域后，单击属性栏中的"清除裁剪选取框" 按钮，或者按 Esc 键可以取消裁剪。

（2）使用造型命令变形对象后，均不能再恢复到造型前的形状。但用户可以在"造形"泊坞窗中"保留原件"栏中选中"来源对象"和"目标对象"复选框，以防止误操作。

Chapter 05

1. 选择题

（1）A   （2）C

2. 填空题

（1）线性、辐射、圆锥、方形   （2）交互式填充工具、交互式网状填充工具

3. 简答题

（1）对比色是指完全相反的颜色，如红色与绿色，青色与橙色，黑色与白色等，对比色相配能形成鲜明的对比。互补色搭配使用色相环中相距较远颜色的配色方案，如黄色与紫色，红色与青绿色，这种配色比较强烈。

（2）在操作图样填充时，用户也可以装入自己喜欢的图样用于填充。单击"装入"按钮，将弹出"导入"对话框，在对话框中选择目标文件，单击"导入"按钮，导入的文件将自动添加到样式列表中。完成设置后，单击"确定"按钮即可。

Chapter 06

1. 选择题

（1）C   （2）B

2. 填空题

（1）二方连续   （2）点、线、面

3. 简答题

（1）服装图案被称为在服装设计中继款式、色彩、材料之后的第四个设计要素。图案在服装设计中不仅具有标志、美化功能，还能体现服装的风格和个人的情趣，是服装设计中不可缺少的部分。图案是服装的审美性、文化性、时尚性的根本所在，也恰恰是使得服装得以创新和增值的关键要素。

（2）四方连续是由一个单位向上、下、左、右四个方向进行有规律的反复排列，并无限的扩展延续的图案，四方连续的形式为平接或错接。四方连续的特点为造型严谨，注意整体艺术效果以及纹样的变化规律。